MOEWIG
ROMAN

Walter Flemmer

Das Messer im Leib der Puppe

MOEWIG

MOEWIG Band 2273
Moewig Taschenbuchverlag Rastatt

Umschlagentwurf und -gestaltung: Franz Wölzenmüller, München
Verkaufspreis inkl. gesetzl. Mehrwertsteuer
Auslieferung in Österreich:
Pressegroßvertrieb Salzburg, Niederalm 300, A-5081 Anif
Printed in Germany 1984
Druck und Bindung: Elsnerdruck GmbH, Berlin
ISBN 3-8118-2273-X

18. Dezember

Dienstreise im Dezember. Ich pfeife auf Paris. Die Überstunden, die so zusammenkommen, rechne ich der Firma nicht vor. Kann ich nicht. Vierzehn Wochenenden sind jetzt beisammen. Leitende Mitarbeiter sind verpflichtet, auch am Samstag oder Sonntag loszufahren, wenn am Montag irgendwo ein Termin angesetzt ist. Stabsbesprechungen werden regelmäßig auf einen ruhigen Samstagvormittag gelegt. Sie genießen doch das Privileg der freien Zeiteinteilung, sagte Bill, als im Sommer einer motzen wollte. Die Arbeiterinnen stechen mit der Karte die Zeit. Sie nicht. Wollen auch Sie Karten haben? Wer sticht die Zeit? denke ich. Die Zeit sticht uns. Mich etwa nicht? Jetzt jedenfalls kann ich nichts gegen die Zeit ausrichten.

Die Zeit fährt mich nach Paris. Dieser Bill. Immer die New Yorker Idioten. Vierzehn Wochenenden? Stimmt nicht ganz. Entweder ein Samstag oder ein Sonntag. Die anderen bummeln ab. Ich teile ein. Teile die anderen ein. Ihre Zeit. Ich gehe von meiner Zeit aus. Die sollen auch mal so schuften. Sie können leicht reden. Sie teilen ein! Wer wirft dem anderen die Zeit vor? Ich. Warum wieder Dezember? Warum hat die Zentrale die Tagung in den Dezember gelegt? In die Woche vor Weihnachten. Die in New York setzen sich einfach über alles hinweg. Zentrale Planungen. Und doch will niemand von uns in die Zentrale. Wenn, dann müssen sie uns holen. Geplante Zentrale. Mit der Distanz zum Zentrum ist eine geringe Abnahme der Planvorhaben spürbar. Von New York aus Paris, Mailand, London, München geplant. Integration. Und Hamburg blickt nach München, Mailand schafft Rom an. Frühling in Paris, das wäre ein Angebot gewesen. Aber eine Dezemberwoche mit Regen. Wer sich das ausgedacht hat. Wir wählen nichts aus, wir funktionieren. Sie sollen mitdenken, sagte Bill. Ich denke mit, auch wenn ich Bill in der letzten Woche am liebsten geohrfeigt hätte. Dieses Großmaul. Ich spreche Englisch, nicht Amerikanisch. Ich hau ihm ins Gesicht, hab' ich gedacht, als er seinen dicken Hintern auf meinen Schreibtisch niedersetzte. Sie vertragen keine Kritik, Franz? Seien Sie froh, daß ich Sie so direkt angesprochen habe. Wir hätten auch sanften Druck aus der Ferne ausüben können. Langsam aushungern, dachte ich, du Schwein, so nicht, nicht jetzt. Jetzt noch nicht? Das ist doch die Firmenphilosophie: geradeheraus. Sag mir alles ins Gesicht, was du denkst. Ich denke nicht daran. Auch Sie, Bill. Drohen gilt nicht. Er will mir seine Gunst entziehen. Wie einem kleinen Kind. Drohen mit dem Liebesentzug. Verlaß das Zimmer, ich rede nicht mehr mit dir. Soll ich draußen heulen? In einer halben Stunde werde ich wieder hereingelassen. Gedemütigt. Das Firmenfamilienleben soll weitergehen. Jetzt werde ich Sie behandeln wie die anderen, sagte er. Jetzt erst? Weil ich mich geweigert habe, seiner Meinung zu sein. Er soll anschaffen. O. k., ich stimme zu. Aber ich bin nicht Ihrer Meinung, Bill. Wir brauchen andere Verkaufskonzepte für die Bundesrepublik. Der amerikanische Markt ist nicht auf den deutschen übertragbar. Verdammte Blaupauserei. Andere Konzepte für Plattling und andere für Buxtehude, verstehen Sie mich, Bill? Ich kenne mich in Niederbayern aus. Was wissen Sie von Niederbayern? Ich hab' dort drei Jahre gelebt nach dem Krieg. Da gehen sie im Winter aus dem kleinen Dorf zwei Stunden durch den verschneiten Wald in die Schule. Drum kam ich später ins Internat. Da lernst du, daß die eine andere Seife wollen als ein New Yorker Girl. No Sir! Angepaßt, so würde euch die Richtung passen. Keine anderen. Auch für euch keine Weißwürste. Nur wenn wir die Methoden zentral steuern, können wir weltweit den Erfolg halten, den Sie wohl nicht geschaffen haben. Hab' ich nicht Bill, hab' ich nicht. Sie leben von der Firma! Ich stoß' dir die Firma in den Rachen zurück, wenn du noch ein Wort sagst, dachte ich und nickte, als Bill die flache rechte Hand auf seinen Schenkel schlug. Brauchte mich nicht von ihm anpöbeln zu lassen. Zog aber zurück, gab nach, wußte, der holt sich keinen anderen. Was kostet der Kotau nach außen? Ich bin nicht Ihrer Meinung, aber selbstverständlich akzeptiere ich Ihre Anordnung. Morgen wird man uns andere Konzepte andienen. Die Firma legt Wert auf Selbständigkeit. Jeder von uns hat einen genau abgegrenzten Arbeitsbereich. Natürlich verzahnt. Sie müssen sich wie selbständige Unternehmer fühlen. Sie müssen handeln, als arbeiteten Sie in Ihre eigene Tasche. Da wäre aber eine Beteiligung am Umsatz die Voraussetzung. Der jährliche Ansporn. Wir wollen keine Jasager. Sie müssen Ideen haben. Dafür werde ich bezahlt. Gerade von den Verkäufern erwarte ich Ideen, sagte Bill. Konzepte, Franz, Konzepte. Sie glauben doch nicht, die Damen würden uns unsere Artikel nur deshalb abkaufen, weil wir schon immer großartig verkauft haben. Gestern diese Methoden, morgen andere. Der gibt mir ja recht, aber ich soll doch seiner Meinung sein. Falsche Meinung. Aber richtige neue Konzepte. Wir fahren zu den neuen Konzepten nach Paris. Aber da laß ich Bill nicht ran. Nicht in München. Das Münchner Büro ist das Münchner Büro. Was denn sonst? Aber genau den Unterschied begreift er nicht. Wenn Sie den einmal für drei Jahre nach München schicken, dann gute Nacht. Jedenfalls wird er nicht Generaldirektor. Aber Regionalchef, das ist drin. Reicht mir jetzt schon, wenn ich ihn auf die Jagd begleiten muß. Is there any possibility? Immer ist da eine Möglichkeit. Kleinwild. Großwild soll er in Ungarn oder Sibirien jagen. Oder flieg doch nach Afrika. Wird Zeit, daß wir in Kenia und in Nigeria präsent sind. Das gleiche Parfum entfaltet sich auf brauner Haut anders als auf weißer. Hängt von der Schweißabsonderung und der Sonneneinstrahlung ab. Also eigene Kollektion für Schwarzafrika. Schweres Eau de Toilette unter die schwarzen Achselhöhlen. Keine Zerstäuber. Unbrauchbar in der Hitze. Ich begleite Bill nicht nach Afrika. Was der mit mir vorhat? Immer die Hinweise auf die Chancen, die ich im Haus noch haben kann. Das Haus, die Firma. Der liebe Gott, verdammt noch mal, wer ist das? Wir. Ich. Da oben steht er: das Haus. Und uns wird mit dem Haus gedroht. Haben wir den Ruf des Hauses angekratzt? Habe ich mit meinen persönlichen Meinungen das Haus geschädigt? Ich pfeife auf das Haus. Ich werde Bill doch den Entwurf vorlegen. Er muß zugeben, daß das Münchner Konzept eine neue Variante bringt. Läßt sich in die New Yorker Konzepte einbringen. Das müssen Sie doch sehen, Bill. Zehn Prozent Umsatzsteigerung können sich glatt ergeben. Ich habe einen Probelauf durchgeführt. Ich habe die Verkäufer laufen lassen. War gar nicht so einfach. Nicht jeder denkt wie Sie, ist aufgeschlossen. Natürlich sind Sie aufgeschlossen. Schwamm drüber, Bill, hab' nicht daran gedacht, daß Sie das kränken könnte. Ich habe die Unterlagen für Sie kopieren lassen. Wenn Sie hineinsehen wollen. Ist ganz einfach. Jetzt Tee, Fräulein Pelzner, bitte zwei Tassen. Die Gegensprechanlage funktioniert wieder nicht. Zwei Tassen, hab' ich gesagt. Fünf Minuten ziehen lassen. Und die kleinen Kekse. Er beißt an. Bill, ich hab' Sie überzeugt. Wir können Ihnen garantieren, daß die ganze Mannschaft mitzieht. Sie sind motiviert. Sag ich doch, drei Monate Motivation, Schritt für Schritt, jeden Tag eine kleine Portion mehr. Haben wir gelernt. Ich vergesse die New Yorker Eintrichterungen nicht. Jeder wird zurechtgeschliffen. Sie kapieren jetzt, wohin der Weg führt? Zum Käufer natürlich. Einführungskurs für die neuen leitenden Mitarbeiter. Natürlich in New York. Firmengeruch. Sie bekommen das Gefühl, in den inneren Kreis aufgenommen zu werden. Langsam. In drei Monaten ein erster Schritt. Die Firmenhierarchie ist erst einmal als unumgängliche Struktur zu begreifen. Dann die Unternehmenszielsetzung. Ich erinnere mich noch genau an den ersten Tag, als Bill im Kreis der vier anderen Oberbosse uns Neulingen die Zielsetzung erläuterte. Darauf wurden wir eingeschworen. Das müssen Sie im Hinterkopf behalten, jede Ihrer späteren Entscheidungen muß gemessen werden, automatisch, im Schlaf, an den Unternehmenszielen. Wir werden, wir wurden ausgeliefert an diese Ziele. Wir haben sie akzeptiert. Die rituelle Aufnahme in den Club der Leitenden. Diese Ziele dürfen nicht in Frage gestellt werden. Das Infragestellen überlassen Sie am besten dem Langfristdenken der obersten Etage. Sie werden an die Entscheidungen herangeführt, aber ich bin überzeugt, daß Sie jetzt nicht in den Dimensionen für die nächsten dreißig Jahre denken müssen. Die mittelfristigen Überlegungen der regionalen Managementhierarchie fließen ein in die von uns zu verantwortende Globalsteuerung. Global, richtig, dachte ich, wir sind global. Fürchterlich gesagt, aber Bill meint sicher nichts anderes. Gewinnziele, Existenzsicherung, Liquiditätsziele, Rentabilität, Wachstum. Bill sprach auch von sozialer Verantwortung und brachte sie mit Macht und Image zusammen. Ihr jeweiliger Geschäftsbereich legt die Subziele fest nach der Vorgabe des Unternehmensgesamtziels. Daraus ist jener Maßnahmenkranz zu entwickeln, der die Subziele als erreichbar und das Gesamtziel als realistisch erscheinen läßt. Kosten der Maßnahmen geschätzt, Vorkalkulationen, Summe der Kosten der Einzelmaßnahmen, Gesamtbudget für die Subzielerreichung. Schließlich Addition der Geschäftsbereichsbudgets. Methode erfolgreich schon 1926 intern von General Electric angewandt. Natürlich heute nicht mehr undifferenziert gültig. Wir haben die Schwachstellen beseitigt. Methode abhängig oder beeinflußbar von der Art des Unternehmens. Für mich entscheidend immer der Vertriebsplan. In ihm die Verkaufsorganisation, Werbung, Strategie an Markt, Auftragseingang. Lieferungen und Strukturänderungen, alles eingeordnet in die Gesamtziele, die uns Bill geradezu verkündend aus New York mitbringt, Zielhierarchie mit funktionsorientiertem Marketing. Wir fixieren, die Unternehmensspitze fixiert die Unternehmenszielsetzung für das Folgejahr im ersten Quartal des Vorjahres. Daraus folgt, daß die Geschäftsbereichsleiter die Geschäftsbereichsziele im zweiten Quartal fixieren. Bereich Marketing und in ihm die Abteilung Verkauf berechnen Absatzziele nach Gebieten und Bezirken. Selbstverständliche Mechanismen zur Erfüllung des Unternehmensgesamtziels. Was aber können wir noch als Gesamtziel vorgeben, wenn wir beinahe schon Global-Monopolisten sind? Wir verbessern unser Image. Leichtere Duftkombinationen, Ensembles. Nicht nur das einzelne Produkt wird angeboten, die Palette wirbt für das Ganze. Ein Ensemble von einander ergänzenden Einzelstücken. Die farbliche Abstimmung ebenso entscheidend wie die Geruchskomponenten, regionale Verschiedenheiten, so weit wie notwendig, aufgenommen. Nuancen verschieben den Ensembleeindruck. Die Frau muß wissen, daß jedes andere Einzelprodukt einer Fremdfirma den Gesamteindruck stört. Wir handeln geschmacksbildend. Ästhetik der Formen, Farben und Düfte. Wirksamer als der Besuch von Ausstellungen. Wir verbreiten unser Image und verändern das Image der Badezimmer ganzer

Nationen. Corporate identity. Jedermann weiß: unser Erscheinungsbild ist unverwechselbar. Unternehmensgesamtstrategie, die direkt in Marketing, in die Werbung, die zugleich die Präsentation des Produktes ist, eingeht. Wiedererkennung, Geschmacksgewöhnung.

Bill, verstehen Sie doch, wie könnte ich den Käufer vergessen haben. Sie wissen, auch das Wild muß vor die Flinte getrieben werden. Vor Ihre Flinte, Bill. Sie treffen, wenn nur genug getrieben wird. Wollen Sie sagen, daß wir keine Treiber sind? Ich bin lange genug mit Ihnen auf dem Ansitz geblieben. Auch in der Nacht, minus 17 Grad in dem Bergwald bei Ruhpolding. Wenn wir die Wärmeglühstäbe nicht dabei gehabt hätten, die natürlich wieder die Japaner erfunden haben, wären wir erfroren. MYCOAL HANDWARMER. Keeps you warm all over. Und in den handwarmer werden die fuel sticks gelegt. Zünden Sie ein Ende des fuel stick mit einem Zündholz an, blasen Sie drauf, bis es ganz glüht. Es entsteht keine Flamme, nur ein Glühen. Dann legen Sie den glühenden stick in den warmer, mit dem glühenden Ende in die weiteste Ausbuchtung der Blechschachtel, schließen Sie den warmer sorgfältig. Jeder MYCOAL FUEL STICK heizt neun Stunden lang und gibt Ihnen herrliche Wärme durch die Warmer-Schachtel. Do not use the warmer in the bed. Hab' ich ja auch nicht vor. Aber Bill war begeistert. Kannte die Neuigkeit noch nicht. The use of this product not in accordance with the manufacturer's operating instructions, is the user's responsibility. Sollen wir das auch auf unsere Seifenschachteln drucken? U. S. Pat. No 3547100. Bill hätte die sticks kennen müssen. Jedenfalls hab' ich ihm die Hände damit gewärmt. Und die Blechschachtel wird in ein Samtsäckchen gesteckt, kann in der Hosentasche getragen werden. Bill hat gelacht und gesagt: nehm ich zum Eierwärmen. Er war froh für die Wärmeverpflegung, als uns die Kälte ins Gesicht biß. Aber ich fahre nicht mit ihm nach Afrika. Wenn er mich einladen sollte? Er wird mich nicht einladen. Dazu bin ich noch zu klein. Noch? Jeder darf wachsen im Haus, und doch wachsen keine Bäume durch das Dach. Läßt Bill mich wachsen? Ich habe Angst vor dem Tag, an dem ich vor die Alternative gestellt werde: weiterwachsen und nach Amerika gehen oder dableiben und die Decke auf das Haupt gestoßen zu bekommen. Wenn die New Yorker denken, du mußt nach New York, dann gehst du oder du bleibst unten. Unten, auf der gleichen Stufe bleiben, heißt immer unten bleiben, denn dann gehst du unter. Jede Weigerung gegen die Weisheit von oben heißt untergehen, Untenbleiben ist untergehen. Mach dir doch in einer solchen Situation das eigene taktische Verhalten bewußt. Die erwarteten Taktiken des anderen lassen sich leicht einschätzen, sind ja immer die gleichen. Wer fragt, führt, wer gefragt wird, wird geführt. Aber doch nicht, wenn du Bill gegenübersitzen mußt. Wie dann maßvolle Kompromißbereitschaft zeigen, sachlich und ruhig bleiben und auf polemische oder direkte Angriffe, Herausforderungen selbstbewußt reagieren? Haben Sie nicht Schlagfertigkeit mit Ihren Freunden als Gesellschaftsspiel geübt, haben wir Sie nicht zur Schlagfertigkeit erzogen? Schlagfertigkeit haben wir nicht mit der Muttermilch geschluckt, sie läßt sich erlernen. Meinst du? Und dann stehst du ohne Antworten da, ohne Schlagfertigkeiten. Rückschläge. Wer schlägt denn zurück, wenn er angeschlagen ist? In jedem Menschen wirken Emotionen, die ins Unbewußte und Unterbewußte führen. Wen man mit Vernunft nicht erreicht, den muß man mit der Emotion packen. Weiß Bill doch. Hat er doch selbst dozieren lassen. Seinerzeit in New York. Oft umgeht man gezielt, was man wahrnehmen kann, was handgreiflich ist, um direkt das Unterbewußte anzusprechen. Ein Satz ist mir im Gedächtnis geblieben: Jeder Mensch, auch der verstandesmäßig ausgerichtete, ist über das Unterbewußtsein zu erreichen; deshalb ist es wichtig, nicht nur das Hirn, sondern auch das Herz des Gesprächspartners anzusprechen. Was nützt mir das Herz, wenn ich vor der Frage stehe, ob ich nach New York ins Hauptquartier gehen soll? Ich will keine Lyrik, wenn Entscheidungen dieser Tragweite anstehen. Das schön verpackte Wort ist die Tonart, in der wir reden. Also der Ton macht die Musik. Denkt ihr. Ich will geradewegs zu einem Ja oder Nein kommen. Nur wer sich ständig in seiner Art, sich zu geben, zu reden, zu reagieren, auf andere einzugehen, kontrolliert, ist Herr der Situation. Nur die Bewußtheit führt uns zu dem Ziel, das wir uns persönlich gesetzt haben. Wie aber kommen wir mit dem Unbewußten zurecht? Wie reagieren wir auf die Emotionen? Wir dürfen nicht den vorprogrammierten Instinktmustern folgen, in unserer organisierten, geplanten Umwelt sind die Instinktmuster schädlich, sagen die Betriebspsychologen. Selbstkontrolle und Selbsterziehung.

Die drehen dir die Chancen ab, hat Mayerhofer zu Schedler gesagt, als dieser sich nicht von dem Häuschen trennen wollte, das er in Gräfelfing gebaut hatte. Häuschenbauer sind für Weltfirmen ungeeignet. Als Bill kam, hat er ihm nur kalt ins Gesicht gesagt: Sie sind Häuschenformat, sonst nichts. In der Zentrale brauchen wir Weltformat. Sie Taschenformat, Sie. Mayerhofer blieb die Sprache weg. Aber Schedler nahm den Streich an. Schedler kommt nicht mit nach Paris. Hat ja auch nichts mit dem Vertrieb zu tun. Davon abgesehen, sein Taschenformat wäre für Paris zu klein gewesen. Mitarbeiter seines Niveaus neiden uns diese Reisen. Wir haben eine Chance, voranzukommen. Hausgeförderte Mitarbeiter. Er hat seine Chancen selbst beendet. Qualitäten zeigen sich in der Fähigkeit, immer wieder von vorne anfangen zu können. Sie holen uns in die Fortbildung wie Schulanfänger. Theorie für die Praxis. Auch die Theorie entwickelt sich. Veränderungen im Vergleich über die Jahre. In meiner früheren Firma wirklich Schulunterricht. Das neue Haus fordert mehr, bietet mehr an. Hätte ich mich andernfalls verändert? Wer nicht aufsteigt, fällt ab. Jedes Jahr einmal die Auffrischung. Kontakte, die andernfalls nicht zustande kämen. Sollen wir uns auch noch lieben? Bills Familiensinn. Unser Haus. Ich bin froh, wenn ich am Abend die Tür schließen kann. Vergiß nicht deinen Aufstieg, deine Verantwortung. Endlich rede ich mit. Die erste Stufe ist erreicht. Ich werde einige Zeit brauchen, um die nächste zu schaffen. Aber ich lasse nicht einfach über mich verfügen. Meinst du? Mir genügt, daß ich die Konzepte ausarbeite und vorbereite, die uns über die Käufer verfügen lassen. Ich muß den Außendienstmitarbeitern die Zusammenhänge klarmachen. Der Außendienst ist theorie- und konzeptfeindlich, Sie müssen die Mitarbeiter über die Praxis erreichen. Lassen Sie die Kerle ihren Alltag erzählen, die Stories aus den Dorfgasthöfen, die Begegnung mit der Drogistin aus Passau, trinken Sie mit ihnen. Ist schon gut, Bill, Sie haben Erfahrung. Amerikanischer Markt. Aber Ihr Süden ist nicht unser Süden. Gut, also Paris. War dran in der Reihe unserer europäischen Niederlassungen. Bekommen das Hotel jetzt natürlich zum Sonderpreis. Neue Werbekonzepte, Mitarbeiterschulung, Verkaufsorganisation. Das teure Management ist den New Yorkern teuer. Wir werden auf dem laufenden gehalten. Neue Konzepte? Doch wieder Nostalgie. Elefanten aus Seife und Asterix-Figuren als Flaschen für die Baby-Bade-Lotion. Warum füllen wir die Lotion nicht in eine Weichplastikflasche? Die für Damen, sie müßte die Form eines Penis haben. Werde ich als Verbesserungsvorschlag einbringen. Wenn Roland Topor dem Mann in einer seiner Zeichnungen die Potenz so zum Kopf steigen läßt, daß der Penis die Gurgel durchbohrt und oben aus der platzenden Schädeldecke herausstößt, dann können wir doch einen weichen, sanft gefüllten, sanft sich anfühlenden Lotion-Penis in unsere Kollektion aufnehmen. Und hier, gnädige Frau, die neueste Kreation, speziell für Sie. Die Verkäuferin klappt das Etui auf, und da liegt das Fläschchen. Die Dame wird nicht rot. Greift nach dem Dingsda und umfaßt es mit den Fingern, prüft die Füllung. Paris im Dezember. Zuerst einmal hinkommen.

Als ich heute früh aus dem Fenster in die undurchdringliche Nebelsuppe sehe, ist die Katastrophe schon zu ahnen. Aber da im Verkehrsfunk keine Meldung über einen annullierten Flug kommt, finde ich mich pünktlich um 10 Uhr auf dem Flughafen Riem ein. Verkehrsfunkglaube, Schlagermischgefühle, Stauglaube, Freie-Fahrt-Glaube. Du wirst auf die Straße gesetzt, funkgeleitet, sonntagszerplaudert. Wieder macht der Hauptabteilungsleiter selbst Dienst hinter dem Mikrofon. Er ist Journalist geblieben, einer der Macher. Seine Sendung, sein Programm. Plaudern und Katastrophen zu melden macht Spaß. Ihm hörbar. Sonntagsnebelservice. Guten Morgen meine lieben Hörer, schon zum Fenster hinausgeschaut? Bei uns im Studio. Ich sehe nicht einmal den Turm der Brauerei vor dem Fenster. Ich hoffe, Sie fahren langsam, richten Sie Ihr Tempo entsprechend den Verkehrsverhältnissen ein. Ich richte gar nichts ein. Ich richte gar nichts aus, ich rechne mir die Enttäuschung aus. Aber sie haben nichts abgesagt. Nur Abba im Funk und die Knef. Fahrt durch den Nebel alles andere als erfreulich. Die Fröhlichkeit des Funksprechers. Gott sei Dank kein Lastwagenverkehr. Um 10.30 Uhr ist der Flug annulliert. Verkehrsfunk zwecklos. Keine Staus, gestaute Wut. Soll ich mit dem Wagen nach Paris fahren? Bis Mitternacht wäre die Strecke zu schaffen. Verrückt. Bei dem Nebel. Fragen, ob eine andere Maschine fliegt, später. Das Mädchen am ABR-Schalter sagt: unwahrscheinlich, daß die Abendmaschine wegkommt. Fahren Sie mit der Bahn. Abfahrt: München Hauptbahnhof 13.58 Uhr, Ankunft Paris 23.11 Uhr. Was bleibt mir anderes übrig? Die New Yorker soll der Teufel holen. Tagung. Schulung. Die glauben immer noch, wir seien nicht schnell genug, nicht rigoros genug bei der Führung der Mitarbeiter. Sie müssen sich immer vorsagen: wir sind kein öffentlicher Dienst, bei uns arbeiten keine Beamten auf Lebenszeit. Wer nichts bringt, geht. Das gilt für die Mädchen an den Verpackungsmaschinen wie für das höhere Management. Ich höre Bill immer noch reden. Wie der sich aufgeblasen hat auf der letzten Schulung. Sie alle sind Verkäufer. Wir wollen verkaufen, was denn sonst? Sie müssen die Frage-Technik anwenden. Überraschend positive Ergebnisse. Zuerst an der Westküste erprobt. Sie sollen beim Trainieren die Technik des Argumentierens üben. Rückstellungsfragen. Nie über den Fragen des Kunden das Ziel aus den Augen verlieren. Aber der moderne Verkäufer gibt Antworten, geht nicht über den Kunden hinweg, geht auf den Kunden ein. Das ist eine wichtige Frage, sagen Sie. Ich werde später darauf eingehen. Ich komme gleich auf sie zurück. Wenigstens so weit entgegenkommen. Viele von Ihnen finden die neue Taktik ungewohnt. Sie müssen lernen, den Ihnen völlig Fremden, den Kunden anzuerkennen, ihn zu loben, auf seine Persönlichkeit einzugehen, egal, ob Ihnen sein Aussehen oder sein stinkender Atem paßt. So motivieren Sie ihn zum Abschluß. Er wird nur abschließen, wenn Sie ihn motivieren. Verkaufsgespräche ohne Motivation sind keine Verkaufsgespräche. Wir wollen Vertrauen gewinnen. Sie überreden nicht, Sie motivieren. Motivationsintensität steigert den Verkaufserfolg. Wir müssen steigern, Sie müssen sich steigern, wir steigern uns von Erfolg zu Erfolg. Der Kauf der indonesischen Fabriken im letzten Jahr ist nicht das Ergebnis von Faulheit, sondern von Strategie und gewonnenem Vertrauen. Wir werden auch in Asien weiteres Vertrauen gewinnen, mit Ihnen. Bill suchte uns zu motivieren, er verkaufte uns das Verkaufen. Sind wir denn in den letzten Jahren Trottel gewesen? Natürlich nicht, wir haben doch die Erfolge gebracht. Hat er ja auch gesagt. Aber er hat uns unsicher gemacht. Aus uns ist noch mehr herauszuholen. Wie aus den Kunden. Wir hetzten den Kunden nach, Bill hetzt uns nach. Hoffentlich hat die Zentrale einen anderen nach Paris geschickt. Wenn die die Tage wieder so vollgepackt haben, daß nicht einmal ein Vormittag zum Einkaufen bleibt, dann werde ich streiken. Du wirst gar nichts sagen, du wirst still sein und mitmachen, weil du froh bist, daß du trotz der Rezession in München untergekommen bist, daß du im Werk München bleiben konntest. Du wirst dich schulen lassen, du wirst mitdiskutieren und zumindest den Eindruck des Interesses erwecken. Du wirst deine Verkaufskonzepte verbessern. Du wirst lernen, anders mit den Mädchen umzugehen. Wir verkaufen Schönheit. Wir versprechen Schönheit, jeder Frau. Unsere Artikel haben alle Drogerien, Kaufhäuser, Selbstbedienungsläden des Kontinents erobert. Und jetzt die neuen Chancen in Asien. Wir sind immer auf der Spur des neuen Typs gewesen. Auch jetzt. Nicht mehr die ausgezehrten, blassen, hohlwangigen Mannequins. Man wird wieder Körper tragen, vorzeigen. Frische. Kräftige Farben. Die neuen Modelle sehen gesund aus. Cheryl Tiegs ist kräftig, hat Busen, ist gesund. Mit der kannst du beinahe boxen. Die kommt dir entgegen mit offenen Haaren, kann zeigen, was sie hat. Die kann Männern ins Gesicht schauen. Mit der wollen Männer ausgehen. Dieses Lachen färbt ab. Wenn wir die für eine Kampagne gewinnen könnten. Die Natürlichkeit dieses Jahres läßt Veruschkas sechziger Jahre vergessen, auch Suszy Parker, Jean Shrimpton oder Lauren Hutton. Aber auch sie wird hergerichtet für Zigarettenwerbung, für Harper's Bazar, vielleicht für unsere Artikel. Sie braucht diesen zusätzlichen Hauch, den Schimmer des Lippenstifts auf ihren zu schmalen Lippen, das hingewehte Rot auf den Wangen. Ist schon gut. Jetzt aber die neunstündige Bahnfahrt vor mir.

Nebel in Augsburg, in Ulm und bis zur Steige. Plötzlich über der Alb ein wolkenloser Himmel und tief im Westen das kochende Gelb der Wintersonne. Zurückgeworfen von grauen Hausflächen. Vorbei an den Hintergärten der Nation, den bis knapp an den Bahnkörper reichenden Einfamilienhausgrundstücken. Rüben und Kohlköpfe aus der eigenen Ernte, und jede Nacht der Schnellzug mitten durch das Schlafzimmer. Rasch bricht nach Stuttgart die Nacht herein. In Ludwigsburg beginnt die Fahrt in die Finsternis. Nach Pforzheim noch fünfeinhalb Stunden zu fahren. Der Reiseplan, den mein Büro ausgearbeitet hat, sähe jetzt Paris vor. Ich habe mich auf einen Spaziergang durch die Sonntagnachmittagstraßen und ein langes Abendessen in einem bretonischen Restaurant gefreut. Der Zugkellner bietet Würstchen mit Senf und Limonade an.

Führungskräfte werden zentral geschult. Unsere Verpackungsmädchen und die Hilfskräfte an den Abfüllmaschinen werden nur einmal eingewiesen, dann beherrschen sie alle Handgriffe. Die können jetzt das Fußballspiel im Fernsehen genießen. Blöder Gedanke. Ich will gar kein Fernsehspiel sehen. Ich muß die Auftragslisten noch einmal durchsehen. Warum Auftragslisten? Sie können doch kein Werbekonzept entwickeln, wenn Sie nicht über die Auftragslage informiert sind. Bei uns werden alle Abteilungsleiter über alles informiert. Über alles? Mir soll auch das recht sein. Informationszeitalter. Wo soll das Sekretariat nur mit all den Fotokopien hin? Nur wenn eines Tages die ganze Ablage auf Mikrofilm genommen wird, werden wir die Informationen bändigen können. Und wer setzt sich vor die Lesegeräte, um die Einzelheiten später wieder herauszuholen? Vernichten wäre besser. Jedes Jahr alle Papiere vernichten. Niemand könnte sich auf einen Vorgang aus dem letzten Jahr oder auf eine vor drei Jahren geschriebene Aktennotiz beziehen. Aber wir sammeln jedes Jahr mehr Informationen, wir schicken sie immer schneller in die elektronischen Speicher. Die Versuchung, mit einem Schalter alles wieder elektronisch auszulöschen. Das getötete Gedächtnis. Elektronische Verbesserungen. Verbesserungen bei der Führung des Unternehmens. Wer führt denn? Wir führen aus, was die New Yorker bestimmt haben. Ich werde verbessern. Ich werde die

Pariser Tagung zum Forum für Verbesserungen umfunktionieren. Wir schulen uns in Verbesserung. Wir geloben Verbesserung. Wir müssen radikal werden, umkrempeln. Solidarisierung der Führungskräfte. Gegen? Gegen die Oberführer. Nein, ich werde zuhören, mitmachen, Lernbereitschaft zeigen, Teamgeist. Wir haben noch eine Chance trotz des mörderischen Wettbewerbs. Was heißt mörderisch? In diesem Jahr wäre eine Prämie fällig gewesen. Aber die stifte ich wohl als Beitrag zur Wiedergewinnung der Stabilität, der Marktführung. Wenn wir nicht so groß wären, müßten wir den Markt nicht führen. Wir werden doch von Amerika aus geführt. Und das jetzt beim Verfall des Dollars. Eine solche Fahrt in den Keller haben wir noch nicht erlebt. Ich werde meine Dollarreiseschecks nur schwer loswerden. Und vor zehn Jahren hat die Mutter die Hälfte ihres Vermögens in Dollar angelegt. Auf Nimmerwiedersehen. Wir müssen unabhängiger werden, ein europäisches Management aufbauen. Aber dann schicken sie immer wieder einen Boß aus den Staaten herüber, der glaubt, alles besser wissen zu müssen. Wenn ich mit dem Flugzeug nach Paris gekommen wäre, müßte ich mir jetzt nicht diese Gedanken machen, sondern könnte bei einer Flasche jungen Beaujolais auf den morgigen Tag warten. So aber fahre ich weiter und weiß nicht einmal, wo wir uns gerade befinden. Ich habe noch drei Stunden Fahrt vor mir und stehe vor der Alternative, die vorbereiteten Papiere aus dem Koffer zu nehmen oder weiter unsinnige Kopfkritik zu betreiben. Wir fahren in Straßburg ein. Kurzer Aufenthalt. Der französische Schaffner, der nach Straßburg zwanzig Francs Zuschlag kassiert, bewahrt mich vor der Entscheidung oder schiebt sie so auf, daß nun keine der Alternativen zum Zuge kommt.

Nach der Ankunft auf dem Gare de l'Est nimmt die Fahrt zum Hotel Suffren La Tour nur eine Viertelstunde Zeit in Anspruch. Am Sonntag, um Mitternacht, sind die sonst überfüllten Straßen beinahe leer. Stille. Leere auch im Hotel. Das Zimmer ganz in Orange. Orange im Bad. Plastikwände. Ein herausziehbares Bidet orange unter dem Waschbecken. Vier Stehlampen. Japanisches Management. Fernseher. Eine Zimmerbar, die so funktioniert, daß man auf den Knopf für ein bestimmtes Fach drückt, das dann den Whiskey oder Sherry auswirft. Gleichzeitig notiert eine elektronische Verbindung an der Kasse unten beim Empfang den Verbrauch. Wie beim Telefonieren. Datenerfassung. Alle Daten wandern in Speicher. Werden bei Bedarf herausgeholt. Gespeicherte Menschen. Die Stille ist erfreulich, das Zimmer überheizt. Ich muß das Fenster öffnen und den Ventilo-Convecteur auf arrêt stellen, um schlafen zu können. Die lange Bahnfahrt hat mich ermüdet. Die Nacht wird kurz sein. Morgen die Jahresversammlung, das Jahresschulungsmeeting, die Auffrischung in Theorie. Ob die Kollegen alle schon angekommen sind? Wir mieten immer für die ganze Crew. Kommt billiger. Allerdings steigen einige Individualisten anderswo ab. Das schafft Ärger bei der Geschäftsleitung. Aus-der-Reihe-tanzen wird nicht gerne gesehen. Schließlich sind wir eine große Familie, die Zusammengehörigkeit demonstrieren muß, hat Bill gesagt. Die Familie läßt sich auffrischen, holt die Theorie nach, die jeder von uns längst durch die Praxis überwunden hat. Theorieübung als Anschluß an die Wissenschaft der Betriebsführung. Erkenntnisse der Verkaufspsychologie auch für die hartgesottenen Verkäufer. Kommunikationswissenschaft. Ich akzeptiere, wir akzeptieren. Wir machen mit, wir lassen uns schulen. Wir lassen uns vollaufen mit den Konzepten, die andere ausgekocht haben. Theorie für die Macher, für die Praktiker. Manager, die nicht weiterlernen, bleiben stehen. Banale Feststellung. Stammt ja auch von Bill. Ich will nicht stehenbleiben. Ich warte auf die Präsentation der Schulungsmannschaft. Die kommen sicher wieder als Gruppe. Arbeitsteilung auch beim Unterrichten. Teamwork. Wir haben unsere Lektion gelernt. Können gar nicht mehr anders.

Ich entwickle meine Konzepte. Wird doch von mir verlangt. Neben der Teamwork. Wenn ich keine Ideen mehr habe. Arbeitsteilung nur so lange bis die Kreativitätsstolperstufe in deinem Hirn zu wirken beginnt. Ich stoße an mich an. Ich stoße in die Fläche vor. Ich sehe die Fläche. Plätze sind schon besetzt. Wir bauen in die Nischen. Der Kampf gegen die französische Parfümindustrie. Die Duty-free-Produzenten als Gegner. Sollten uns nicht interessieren. Wie aber gelingt der Sprung in die höheren Etagen? Hausfrauenimage abbauen. Im Rahmen des Spitzenverbandes der französischen Parfüm- und Schönheitsmittelindustrie werden sich die Produzenten der bekannten Luxusparfümmarken zur Interessengemeinschaft ‚Prestige de la Parfumerie Francaise' zusammenschließen. Haben die Angst vor uns? Strategisches Ziel der Interessengemeinschaft: die Bundesrepublik. Gemeinsame Marktaktivitäten. Groupement der Firmen Chanel, Desprez, Dior, Guerlain, Hermès, Guy Laroche, Lanvin, Nina Ricci, Patou, Paco Rabanne, Rochas, Roger u. Gallet, Van Cleef und Arpels. Da ist die Elite der Duftmischer beisammen. Verstärkung der Position auf dem deutschen Markt. Warum deutscher Markt? Klar. Weil dort die französischen Marken einem besonders starken Wettbewerb aus den USA ausgesetzt sind. Wir halten die Position. Haben nicht zum Spaß jahrelang darum gekämpft. Vor zehn Jahren waren die Franzosen Monopolisten auf dem deutschen Markt. Haben denen die Luft aus den Zerstäubern geholt. Unsere aggressiven Methoden. Haben den Markt erweitert. Immer breitere Bevölkerungsschichten erreicht. Wege geebnet für die Franzosen? Deren Marketing prüfen. Abendgespräche in Paris. Imagepflege auf dem deutschen Markt unterlaufen. Markterweiterung wohin? Cremes für die von den Fabrikbändern, von den Montagearbeiten auf den Akkordplätzen geschundenen Hände. Haben wir die Düfte demokratisiert? Kommen ohne den Mittelstand nicht aus. Massenproduktion Garantie für den Erfolg. Leben die Kleinen noch gut von der Exklusivität? Warum dann die Interessengemeinschaft? Frankreichs Parfümindustrie peilt für dieses Jahr einen Gesamtumsatz von acht Milliarden Francs an. Jährliche Exportzunahme 15 Prozent. Parfüms, Haarpflegemittel und Toilettenartikel jedoch erreichen in Deutschland eine Steigerungsrate von 17 Prozent. Also überproportional der Export in die Bundesrepublik. Wir müssen uns ranhalten. Um ein Kilo Jasminöl zu gewinnen, braucht man 720 Kilo Jasminblüten. Ein Kilo Jasminblüten, das sind rund 10 000 Blütenblätter. Warum Jasmin? In Grasse sammeln 20 000 Menschen jährlich vier Millionen Kilogramm Blüten und Duftpflanzen. Was ist das gegen die Importe? 1893 der synthetische Veilchenduft. Aldehyd-Chemie. Parfüms

Christian Dior stellt täglich 530 verschiedene Erzeugnisse in einer Auflage von 120 000 Einheiten her. Zu viele verschiedene Erzeugnisse. Hermès komplettierte Parfüms durch Badeserie. Seit langem unser Konzept. 1974 der zu gute Start von Rabannes ‚Pour Homme' in den USA hat die New Yorker irritiert. Sehe die leere Fläche vor mir, ohne die Flakons der Konkurrenten. Wir spiegeln die Fläche ein. Europa als dreidimensionale spiegelnde Karte. An allen wichtigen Orten eine unserer Produkte aufgestellt. Die Konturen spiegeln sich in den Vertiefungen und Erhebungen. Wir füllen die Täler aus und lehnen uns an die Flanken der Gebirge. Ich stelle die Abwesenheit von Menschen fest. Die Luft ist durchsichtig. Ich schaue auf die Hügel. Die Bäume fressen die Luft auf. Die Blätter werden blau. Ich sehe die Schatten der großen Fabriken von den Hängen fallen. Drinnen laufen die Bänder. Auch an den Abfüllmaschinen keine Menschen. Ich könnte mir Wolken hinzudenken. Die Metallspiegel würden die Wolken zurückwerfen. Gläser, runde, eckige Flaschen, grün- und gelb-getönt von den Flüssigkeiten, die wir in sie gefüllt haben.

Ich verlasse die Landschaften. Gehe zu den Städten. Lesbare Kleckse, in Großaufnahmen strukturierte Linien und Schluchten. Ich siedle uns an zwischen den Betontürmen. Ich gehe in die oberen Stockwerke. Dort die isolierten Wohnungen, über zwei Etagen angelegt. Künstliche Isolation, schalldichte Oasen über den verkehrslärmenden Schneisen, Frauen in Pucci-Kleidern. Hauchende Stoffe, geometrische Muster, zu Blumenphantasien sich schlingende Farbkaskaden. Die langbeinige Schwarze ist mit dem Taxi gekommen. Sie hat den Mantel dem weißhaarigen Diener gegeben. Sie führt unsere neueste Kollektion vor. Wir arrangieren seit einigen Monaten Parties für die Reichen und die Middle-class-Leute. Anbietparties. Ensembles zu Sonderpreisen, einschließlich kosmetischer Beratung. Dauern einen Spätnachmittag lang. Wir sorgen für die Getränke und ausgesuchte Häppchen. Sie sitzen in den Nischen, werden beraten. Wir nehmen Abonnements. Jeden Monat neue Lieferung. Wir sind bereit, einen Kosmetikfahrplan für die ganze Familie aufzustellen. Richten die Bäder für die Kinder, für die Eltern ein, Sonderarrangements für die älteste

Tochter. Tag- und Nachtservice. Wenn Sie ihn wünschen. Wir kommen ins Haus. Aber zunächst die Party. Laden Sie Freundinnen und Freunde ein. Auf unsere Kosten. Anlaß: Präsentation einer neuen Kosmetikkollektion. Verbinden Sie die Einladung mit einem Geburtstag. Wir kümmern uns um die Blumen. Wir verkaufen nicht nur an die Drogerien und an Spezialshops, wir bedienen Sie individuell. Für diese Gruppe keine Automaten. Wir testen die Haut, wir beraten die Augen, wir prüfen die Figur, messen die Schweißabsonderung, bei besonderen Anlässen unterschiedlich. Wir erfüllen die Träume. Sind für Sie da. Wir unterbieten die Preise der französischen Firmen. Pelletier, unser Mann in Paris, behauptet sich gegen die alteingesessenen Produzenten. Ob Bill das neue Konzept lange mitträgt? War noch nicht auf einer der Präsentationsparties. Die Frauenarme, die sich entgegenstrecken. Verreiben des Parfümtropfens. Die langbeinige Schwarze betupft eine nackte Schulter. Atomiseur gerichtet auf die Achsel. Über die Funktionalität hinaus der schöne Duft. Keine Erschöpfung in den klaren Realitäten und Zwängen des Tages. Angebote zum Träumen. In der Welt der Apparate der Wunsch nach der Welt der schönen Düfte. Das Parfüm, Mittel gezielter zwischenmenschlicher Aktivitäten oder auf der Haut sich entfaltender Traum. Wir müssen die Sehnsüchte wachhalten.

Ich notiere Sehnsüchte. Die Stille des Hotelzimmers. Ich halte mich wach.

19. Dezember

Ich erwarte dich, Nicole, sagte mir Bettina, als ich sie vorgestern vom Büro aus anrief. Wir werden ein paar schöne Tage miteinander haben. Oder ist deine Tagung wieder so vollgepackt mit Sitzungen, daß uns nur die Abende bleiben?

Ich wußte, Bettina würde die nächsten Tage für mich Zeit haben. Studieren ist halt einfacher als arbeiten. Ich dachte, Zeit wird schon bleiben. Ich werde mich davonstehlen, wenigstens an einem der Nachmittage. Vielleicht läßt sich der Tagungsleiter einige Stunden abhandeln. Wir gehen doch nicht ins Kloster. Ich werde ihn schon hinkriegen, redete ich mir ein. Ich werde sicher wenige Konkurrentinnen haben, denn die Männer sind immer in der Überzahl. Wann kommt eine Frau in eine führende Position? Ich kann mir auf dem Stuhl unseres Präsidenten keine Frau vorstellen. Auch in unserem ganz auf Weiblichkeit eingestellten Unternehmen – die Sets für Männer machen zwar einen immer sichtbareren Anteil in den Bilanzen aus, bleiben aber noch weit hinter den Artikeln, die Frauen benutzen, zurück – geben die Männer den Ton an. Aber ich habe immer wieder Vorteile daraus gezogen. Einerseits bestimmen die vielen Frauen in untergeordneten Stellungen, in der Packerei, beim Versand, in den Büros, an den Abfüllmaschinen, das Bild, andererseits werden die wenigen, die die Leiter hinaufgeklettert sind, beneidet von den Hunderten unter ihnen und gelegentlich von einigen aus den oberen Etagen gehaßt. Doch bei uns wird Schönheit verkauft, und eine Frau, die nichts gleichsieht, käme nicht in die Leitungsetage. Also kann sie ihr Aussehen einsetzen, kann die Männer an der Leine führen, nicht alle. Warum sollte ich meine Position nicht ausnützen? Ich habe lange genug um sie gekämpft und möchte sehen, wer gegen mich angeht, wenn die Vorbildung zur Debatte steht. Das abgebrochene Studium der Kunstgeschichte hat mir natürlich nichts gebracht, aber mit der Ausbildung zur Grafikerin und der Journalistenausbildung kann ich mich sehen lassen. Ohne Titel werde ich natürlich den Herren Doktoren der Chemie nicht gleichgestellt. Die sind auf ihren Abschluß so stolz, daß sie beinahe schon wieder lächerlich wirken. Ich habe vierzehn Semester studiert, wissen Sie, das Studium der Chemie ist doch das längste und schwierigste, und vor allem für die Promotion muß man zeigen, was man kann. Ich widerspreche Ihnen nicht, meine Herren. Ich sehe ein, daß ganz oben ein chemisch reiner Wind weht, in dieser Luft kann ich nicht mitatmen. Aber ihr braucht mich, und ich bin eine Frau. Wenn ich will, kann ich mich jeden Mittag oder Abend von einem von euch ausführen lassen. Geschäftliche Gespräche in gelockerter Atmosphäre. Jetzt rede auch ich schon diesen Unsinn. Gelokkerte Atmosphäre, und dabei hockt die Verklemmtheit doch zwischen den Augenbrauen. Sie haben alle Angst, mit mir gesehen zu werden. Sie haben alle ihre braven Frauen zu Hause, die den ganzen Tag über mit den Vorbereitungen für den Abend beschäftigt sind. Wo hast du dich heute wieder herumgetrieben? Die Zentrale prüft die Frauen der Spitzenleute. Häuslichkeit und gepflegtes Aussehen sind erwünscht. Berufstätigkeit der Ehefrauen ist nicht gerne gesehen. Aber die Frauen sollen Bescheid wissen über den Arbeitsbereich und die Verantwortung der Männer. Die Firma hat Wochenendinfotrainings für die Frauen der Spitzenleute eingeführt. Ich habe als Referentin an einem teilgenommen. Sogar betriebswirtschaftliches Grundwissen haben wir denen vermittelt. Ich sehe den dozierenden Unternehmensberater vor mir, der den eifrig mitschreibenden Frauen die Spartenorganisation vorträgt. Hierbei ist das Grundprinzip der Aufgabengliederung eine Orientierung an den einzelnen Produkten oder verschiedenen Produktgruppen, die das Unternehmen herstellt und/oder vertreibt. Im Extremfall liegt dann die Verantwortung für das Schicksal einzelner Produkte oder Produktgruppen des Unternehmens für alle Funktionen von der Forschung über die Entwicklung, den Einkauf, die Produktion bis einschließlich des Verkaufs in einer Hand. Natürlich nicht in der Firma, in der Ihre Ehemänner tätig sind, fügte er hinzu. Aber ich will Ihnen ja die Grundprinzipien erläutern, die übertragbar sein müssen. Er wies darauf hin, daß er zum Nachlesen des Vorgetragenen ein Buch veröffentlicht habe, in dem alles, was die Frauen der Führungskräfte wissen müssen, gut gegliedert zusammengestellt sei. Die Frauen müssen wissen. Die Firma schreibt vor, was die Frauen wissen müssen. Die Stimme geht mir nicht aus dem Ohr. Übereinstimmung herrscht darin, daß Marketing eine unternehmenspolitische Grundkonzeption bedeutet, die alle Handlungen im Betrieb vom Markte her und auf den Markt hin ausrichtet. Der Markt, der Kunde bestimmt unser Denken. Der Kunde steuert uns, ohne daß er dies bemerkt. Dabei kann ich die Kollegen allein dadurch in Unruhe versetzen, daß ich das knappsitzende schwarze Spitzenkleid anziehe, das vorne durchgeknöpft ist. Drei Knöpfe mehr als üblich offengelassen und keinen BH drunter, das genügt, um die Blicke anzuziehen. In der letzten Woche saßen mir die beiden wieder gegenüber, ich habe die Blicke genossen. Die beiden konnten einfach nicht wegsehen. Ist also die persönliche Mitarbeiterin der Führungskraft immer auch eine Rivalin der Ehefrau? fragte der Unternehmensberater und meinte die Sekretärinnen. Kluge Ehefrauen machen die Bekanntschaft der Sekretärin ihres Mannes, sie machen sie zur Verbündeten in der Sorge um das Wohl des Ehemannes. Wie das klingt. Von mir war nicht die Rede. Ich will auch keine persönliche Mitarbeiterin einer Führungskraft werden. Die Spannungen sind für mich spannend. Ich habe immer wieder beschlossen, meine Position so attraktiv wie möglich für mich zu machen. Ich wollte lernen, und die Einsicht in die Verhältnisse ist immer schon das halbe Ziel. Meine Unabhängigkeit mag ihnen gelegentlich unangenehm sein, aber im Gegensatz zu den Frauen in den unteren Stellungen kann ich mich wehren. Habe ich mich wehren müssen? Ich konnte mit meinem Schicksal zufrieden sein. Ich war sicher, daß ich mich nicht verstellen mußte, um akzeptiert zu werden. Ich brauchte keine Rollen zu spielen. Ich hatte meinen Koffer gepackt in der Erwartung einiger ruhiger Tage. Weg von Hamburg, während alle anderen mit Weihnachtsvorbereitungen beschäftigt waren, schien mir keine schlechte Lösung zu sein.

Ich habe mich auf Paris gefreut. Aus dem kalten und unfreundlichen Hamburg nach Paris zu kommen, ist auch im Dezember für mich ein Ereignis. Als ich gestern Mittag ankam, blieb noch genügend Zeit, mich umzusehen. Das neue Kulturzentrum Beaubourg, in das mich Bettina geführt hat, ist sicher nicht jedermanns Geschmack, mich aber hat die dort praktizierte Methode, Kunst an den Mann zu bringen, begeistert. Da hat man geglaubt, das Centre d'art et de culture Georges Pompidou werde in den ersten Neugier-Wochen täglich etwa dreißigtausend Besucher anziehen. Und dann mußte man feststellen, daß über diese Wochen hinaus täglich mehr als fünfzigtausend Menschen das, wie manche sagen, häßlichste Gebäude Europas, besuchen wollten und sich von den glasumröhrten Rolltreppen nach oben befördern ließen. Wo kann man heute anderswo ein aufregendes Unbehagen genießen? Auch Bettina, die hier Kunstgeschichte studiert und gerade dabei ist, sich in einer Seminarübung mit dem Borobudur zu beschäftigen, sagte: ich lasse ganz gerne einmal meine Buddhafiguren auf dem Weg zu dem heiligen Berg sitzen und zeige jedem, der mich in Paris besucht, was modern ist an und in dieser alten Stadt. Im Louvre warst du doch häufig genug. Der Beaujolais nouveau zum Abendessen dann war für mich der richtige Bettschwermacher. Für einen Bummel durch die Nachtwelt konnte mich Bettina nicht mehr begeistern. Die für den nächsten Tag drohende Sitzung ließ mich bald zum Schlafen kommen. Wenn ich weiß, daß ich Schlaf brauche, kann ich das rasche Einschlafen geradezu einschalten. Heute früh konnte ich lange baden und war doch schon vor acht Uhr beim Frühstück. Ich habe keinen der Kollegen im Frühstücksraum bemerkt, nur einige Gruppen amerikanischer Touristen, die wohl mit allen Kindern und auch Großmüttern Weihnachten an der Seine verbringen oder ihre Einkäufe machen. Zwei Frauen hatten sich beim Frühstück an meinen Tisch gesetzt. Das Einkaufen hat mir die erste Verspätung und einen vorwurfsvollen Blick eingebracht. Weil ich die Zeit vor Tagungsbeginn hatte ausnutzen wollen und gleich zum Kaufhaus Lafayette gefahren war, schaffte ich die erste Sitzung nicht. Als ich in den Saal stürmte, haben mich natürlich alle angestarrt und gegrinst.

Na die, schon wieder! Ich kann mir vorstellen, welche Bemerkungen sich in ihren Hirnen formten. Ich beschloß, alle Blicke zu ignorieren, nur dem des Fortbildungsleiters, dem des Herrn Mathey, konnte ich nicht ausweichen. Herr Mathey stand vor der Hafttafel und unterbrach seine Erklärungen, als er mich hereinkommen sah. Ich murmelte ein paar entschuldigende Worte vor mich hin und setzte mich neben Silbermann auf den freigebliebenen Stuhl. Sollen mich gern haben die anderen, dachte ich mir.

Wir saßen an einem offenen Rechteck. Vorne war wie in der Schule die Lehrgruppe aufgebaut: Herr Mathey, ein Assistent und eine Sekretärin, ein Overheadprojektor, die Hafttafel und sogar eine Videoeinheit mit Monitoren und Kamera. Der will was von uns, dachte ich, hier riecht man die Arbeit. Auch gut, also hinein und zumindest so getan, als existiere nichts Wichtigeres in der Welt als die Strukturen und Strategien, die Herr Mathey vortrug.

Ich schaute mich um, musterte die Teilnehmer. Wie üblich überwogen die Männer. Führungskräfte sind auch bei uns normalerweise männlich. Wie das klingt: normalerweise. Nichts daran ist normal. Diese Normalität, wann wird sie einmal angekratzt werden? Die Gesichter kenne ich. Lebrun und Pelletier aus Paris, Rivaton aus Brüssel, Puglisi aus Rom, die englische Mannschaft mit Norman und Whitney. Blöd, daß ich die Vorstellung versäumt habe. Jetzt weiß ich nicht, wer die neuen Kollegen sind, die drei neuen Gesichter. Die gepflegte Dame links an der Querseite des Tischrechtecks und die beiden Herren an der gegenüberliegenden Tischseite. Ich suchte in der Arbeitsmappe nach der Teilnehmerliste und hatte schnell festgestellt, daß der grauhaarige Herr neben Rivaton der neue Mann in Madrid sein mußte. Ganz links außen aber, beinahe mit dem Ellenbogen an den Lehrtrupp stoßend, saß, vor sich hinträumend, Franz Helmholtz aus München. Dem also haben sie vor zwei Jahren den Marketingbereich und die Werbung anvertraut, dachte ich. Ich bin neugierig, was da noch alles auf uns zukommt, denn in Hamburg dürfen wir nur den Vertrieb organisieren, während die Münchner so gut wie alles andere bestimmen. Aber schließlich haben die den Produktionsapparat aufgebaut. Wir müssen sowieso alles von denen beziehen. Wir können nicht unsere eigenen Sprüche auf die Verpackungen drucken lassen. Aber die firmeneigene Druckerei sitzt in Hamburg. Wir stellen die Schachteln und Packungen her, die Münchner liefern die Fläschchen, Dosen und Tuben samt Inhalt und sagen noch dazu, welche Farbe die Verpackungen haben müssen und was darauf stehen soll. Vielleicht richten die demnächst eine Standleitung nach Hamburg ein, über die man im Fotosatzverfahren von München aus setzen und drucken kann. Wenn ich die letzten eineinhalb Jahre nicht in Mexiko verbracht hätte, würde ich Helmholtz längst begegnet sein. War schön in Guadalajara. Die Hibiskusbäume auf den Straßen, die Markttage, die Sonne.

Ich war in die Runde eingedrungen, und nach einigen Minuten der stillen Anpassung konnte ich mich ruhig umsehen, mit den Augen zwinkernd die alten Bekannten begrüßen und freundlich dem Fortbildungsleiter zulächeln, die Unterlagen ordnen. Die Sekretärin brachte mir die Anwesenheitsliste zum Unterschreiben. Die wollen sichergehen, daß jeder an jeder Sitzung teilnimmt, dachte ich. Sicher wieder eine Anweisung aus New York, die einer der Direktoren erlassen hat. Dem werden dann die Anwesenheitslisten zusammen mit einem Bericht geschickt, und so hat er einen Beleg dafür, daß auch unsere Arbeit von der Zentrale aus ausgezeichnet geleitet wurde. Wir sind die Abhängigen. Vielleicht füttert er die Teilnehmerdaten auch noch in einen Computer, der bis zu unserem Ausscheiden aus der Firma oder sogar darüber hinaus festhält, wann wer sich wo aufgehalten und wie am Gespräch beteiligt hat. Wir sind erfaßt und schließlich auch auf die politische Zuverlässigkeit geprüft worden. Die Firma hält streng an einer wohl noch aus McCarthys Zeiten stammenden traditionellen Kommunistenfurcht fest und klopft jeden vor der Einstellung daraufhin ab, ob er nicht eine Großmutter in der DDR oder in der UdSSR sitzen hat, die vielleicht Einfluß auf die Denkungsart des Enkels ausüben könnte. Noch gefährlicher freilich wäre die frühere Beteiligung an einem Anti-Vietnam-Sit-In und die damit bekundete sozialistische Gesinnung oder die Verbindung zum Eurokommunismus. Wir haben beste amerikanische Tradition zu verkörpern. Unsere Bosse waren immer Freunde der Regierung. Einer der Generaldirektoren ist sogar vor Jahren als Wirtschaftsberater ins Weiße Haus berufen worden. Ich schaute diesem Neuling aus München zu. Wo sie den wohl hergeholt haben? Wie alt der wohl sein mag? Fünfunddreißig vielleicht. Ich begann mich mit ihm zu beschäftigen, sah auf seine Hände, mit denen er spielte. Viel zu häufig bewegt er seine Hände, dachte ich. Ein Zeichen von Eitelkeit oder Unsicherheit. Träumt er vor sich hin? Werbeleiter sollten von der Geschäftsführung immer Traumzeiten zugebilligt bekommen. Denen muß doch Neues einfallen. Einfälle kommen im Traum. Warum nicht? Auch ich träume gelegentlich Unsinn. Die müssen spazierengehen, täglich drei Stunden, was nützt alles Nachdenken hinter dem Schreibtisch, wenn das Hirn leer bleibt. Raus an die Alster oder an die Isar, ins Grüne hinaus, zu Wasser und Sonne. Der müßte auch einmal nach Mexiko. Eine mexikanische Serie, die haben wir noch nicht. Gefäße, den Vorbildern aus dem Nationalmuseum nachempfunden, unaussprechliche mexikanische Namen, das wäre eine Idee. Muß ich ihm vorschlagen. Hoffentlich krempelt Helmholtz den Münchner Laden ein wenig um. Wir sind viel zu traditionell, meiner Meinung nach. Er sollte ein Konzept für junge Leute entwerfen. Die Altersgruppe unter dreißig sprechen wir noch kaum an. Mich hat unsere Zielgruppe, diese Ansammlung behäbigen Mittelstandes, nie recht begeistern können. Genau auf sie war unsere Werbung bisher zugeschnitten. Was heißt bisher? Sie wird auch morgen noch auf die gleiche Gruppe zugeschnitten bleiben, wie in Amerika. Wenn Helmholtz so ist, wie er aussieht, dann müßte auch ihm dieser Stil ein Greuel sein. Aber vielleicht identifiziert er sich mit ihm, um Karriere zu machen. Vielleicht hat er eine Familie zu versorgen, die jetzt stolz ist, daß ihm der Sprung in ein Weltunternehmen gelungen ist. Er wird nicht auf Konfliktkurs gehen. Warum sollte er gleich die ersten Jahre gefährden? Ich würde gerne von Hamburg nach München umziehen. Erstaunlich ist, daß auch er schon den Formzwang der Familie angenommen hat. In unserem Hause haben die Herren in Anzug und Krawatte zu erscheinen. Auch im Sommer wird selten ein

Hemdkragen geöffnet. Unamerikanisch. Wo bleibt die Lässigkeit amerikanischer Büros? Hemdsärmeligkeit ist bei uns nicht gefragt. Natürlich sind die unteren Hierarchien freier. Wir aber haben den Geist der Firma zu verkörpern. Gepflegtsein als Verkaufsaura. Aber seine Krawatte ist geradezu frech, könnte von Emilio Pucci sein. Ich werde vor dem Mittagessen den Vorschlag machen, die Atmosphäre ein wenig dadurch zu lockern, daß Pullover oder Hemdsärmeligkeit gestattet werden, warm genug ist der Sitzungsraum.

Während ich mich so in Gedanken mit diesem Franz Helmholtz zu beschäftigen begann, wurde mir klar, daß er nur kurz aufgeblickt hatte, als ich den Raum betreten hatte. Dann aber spürte ich seinen Blick. Er sah mich an. Ich mußte zurückblikken, hatte Angst, er würde durch mich hindurchsehen, mich nicht treffen. Aber hatten nicht seine Augen mich gesucht? Einbildung. Keine Wünsche denken. Ruhige Augen, die nicht scheu schnell einen Blick erhaschen wollten, sondern sehr bewußt auf mich gerichtet waren. Nachdenkliche Augen, dunkelbraune Augen unter einer hohen schmalen Stirn, über der die kräftigen schwarzen Haare nach hinten gekämmt waren. An der Seite über den Ohren entdeckte ich graue Strähnen. Das macht ihn nicht älter, nur interessanter, dachte ich. Er sieht gesund aus. Ob er Sport treibt? Sollte ich zurückblicken, sollte ich diesen Blick aufnehmen? Ich hatte zurückgeblickt. Hatte ich noch eine Möglichkeit, auszuweichen, abzugleiten? Was ging mich dieser junge Werbechef aus München an? Ich war nicht nach Paris gekommen, um mit ihm zu flirten. Ich hatte Frederik versprochen, keinen Tag länger als nötig in Paris zu bleiben. Wir wollten an den Feiertagen und in der Woche nach Weihnachten in Madonna di Campiglio zum Skifahren gehen. Ich freute mich auf den Cima di Crostè, den Spinale, den Skizirkus, auf die Abfahrt vom Sabbion. Wir hatten ein Appartement in Piuzzolo gemietet. Ich war nach Paris gekommen, weil die Firma das Jahrestreffen der Marketingleute, der Werbe- und Vertriebschefs in Paris arrangiert, angeordnet hatte, weil ich mich auf ein paar Einkaufsstunden freute. Das hatte doch nichts zu tun mit diesem Helmholtz aus München.

Ich blickte ihn wieder an. Er hatte sich Notizen gemacht,

mich nicht mehr beachtet. Aber wenn er aufschaute, mußte er mich ansehen. Fünf Meter zwischen uns. Diese Distanz sollte bleiben. Ich schreckte hoch, Herr Mathey teilte Arbeitsgruppen ein. Wir werden zwischen Plenarsitzungen und Arbeitsgruppengesprächen abwechseln, sagte er. Da wir fünfunddreißig Teilnehmer sind, ergibt dies sieben Gruppen. Ich habe die Gruppen so zusammengestellt, daß sich möglichst gemischte Gesellschaften ergeben. Englisch wie üblich Konferenzsprache, das wissen Sie ja. In zwei Gruppen könnte sich auch anbieten, Französisch zu wählen. Das stelle ich Ihnen frei. Die Protokolle allerdings müssen in englischer Sprache abgefaßt werden.

Komm doch zur Sache, dachte ich, nenn schon die Namen. Und ich ertappte mich bei der ängstlichen Überlegung: was dann, wenn ich nicht in die Gruppe mit Helmholtz komme? Ich will in seine Gruppe, dachte ich, hoffentlich habe ich Glück. Zwei Deutsche müssen doch wenigstens in eine Gruppe. Gemischte Gesellschaft, das bedeutet doch auch: ein Herr und eine Dame. Bin ich verrückt? Ich will mit diesem Helmholtz nichts zu tun haben. Ist Zufall, daß er mich angesehen hat, Spielerei für Augenblicke, ich kenne ihn nicht. So begegnet man keinem Mann. Wer sagt das? Was weiß ich von Begegnung? Meine ich doch. Frederik war nicht der erste. Ich werde zum Skifahren mit ihm weg sein von Hamburg, weg sein von hier. Warum habe ich ihn angesehen? Ich liefere mich doch nicht einem Blick aus. Er hat überhaupt kein Recht, mich einfach anzusehen. Diese selbstsichere Art, über Frauen zu verfügen. Meinen noch immer, sie könnten angeben, und wir warteten nur auf den gnädigen Blick. Er wird sich in mir getäuscht haben. Was will er mit mir? Selbstsicher, überlegen, das geht bei mir nicht. Vor zehn Jahren vielleicht, jetzt nicht mehr, ich bin selbständig. Aber er hat doch gar nicht selbstsicher, nicht überlegen dreingesehen. Der Blick hat mich nicht gezwungen. Ich lasse mich nicht zwingen, von dem schon gar nicht. Welke Masche im Ohr. Mann, ich bin weiter in der Welt rumgekommen als du. Du mit deinem Anhang. Woher weiß ich, daß der verheiratet ist? Dachte ich doch vorhin. Treue zur neuen Firma basierend auf der Verpflichtung für Frau und

Kinder. Der rebelliert doch nicht, er will bei uns bleiben. Mach schon.

Endlich nannte Herr Mathey Namen. Ich wurde in Gruppe zwei angesiedelt. Bei jeder weiteren Nennung machte ich einen Strich auf mein Papier. Der sechste Name: Helmholtz. Geschafft. Ich blickte ihn an. Er lächelte.

Ich hatte seinen Blick aufgefangen. Warum seinen Blick? Warum ich, nicht eine der anderen Frauen im Raum? Ich habe nicht auf ihn gewartet, dachte ich, er war nicht eingeplant. Ich wußte nicht, ob er sich ähnliche Gedanken machte. Aber ich wollte der Spur nachgehen, die mir sein Blick gelegt hatte. Ich wollte den Zufall spielen lassen, wollte selbst mit dem Zufall spielen. Die Tische wurden gerückt, die Einzelgespräche begannen. Die Teilnehmer sammelten die Papiere ein. Ich nahm nur Schreibmaterial und meine Tasche in den Gruppenraum mit. Die anderen nahmen die ganzen Mappen unter den Arm. Für mich konnte die Arbeit beginnen.

19. Dezember

Ich bin in den Frühstücksraum hinuntergefahren. Um 7.30 Uhr, trotz der mitternächtlichen Ankunft. Ein heißes Bad und kaltes Duschen haben mich wieder munter gemacht. Der Raum ist voll besetzt. Ich finde einen Platz an einem Tisch an der Stirnseite des Raumes. Stoffüberzogene, violette Jugendstillampen. Nostalgieplakate an den Wänden: Autorennen um die Jahrhundertwende. Ich bestelle Tee mit Zitrone. Das französische Frühstück. Mißlungenes Zugeständnis an die Gäste aus dem Ausland. Auch in diesem teuren Hotel dürftig. Ein Hörnchen neben einem Brötchen, ein Döschen Marmelade. Will ich denn ein englisches Frühstück in einem französischen Hotel? Ich mache mir nichts aus solchen Beschränkungen. Warum dann die Bemerkung? Gewohnheiten also doch, sogar beim Frühstück. Ich sehe vor mich hin. Mir direkt gegenüber an dem Tisch in der zweiten Reihe, von der anderen Stirnseite aus gesehen, sitzt eine junge Frau, getrennt von mir durch vier oder fünf Tischreihen. Zwischen den Köpfen der anderen Gäste sehe ich ihr Gesicht. Sie sitzt zusammen mit zwei anderen Frauen am Tisch. Die eine Frau mit dem Rücken zu mir, blonde Haare lang über die Schultern fallend. Sie trägt einen weiß-rot-violett gestreiften Pullover. Die andere Frau verdeckt. Die junge Frau aber kann ich genauer sehen. Sie hat braune Haare, trägt einen kamelhaarfarbenen Pullover. Hält ein Glas mit Orangensaft in der linken Hand, trinkt einen Schluck, setzt das Glas ab, stützt den rechten Ellenbogen auf den Tisch. Ihr Gesicht schmal, vielleicht durch die Haare schmaler erscheinend. Eine Silberkette um den Hals. Hängt an ihr ein Silberapfel? Ganz genau kann ich wegen der Entfernung nicht sehen. Vielleicht ist der Apfel eine Kugel. Ihre Haare sind leicht gewellt. Sie bricht ein Brötchen auseinander, zieht den Deckel von dem Marmeladedöschen ab.

Dann sehe ich sie im Profil. Sie schiebt den Kopf ein wenig vor, wendet sich zu ihrer Nachbarin, streicht mit gestreckten, an das Messer angelegten Fingern die Butter auf das Brötchen. Ihre linke Hand liegt nun auf dem Tisch. Sie spreizt den Daumen nach oben.

Ein schwarzer Kellner geht mit der Kaffeekanne durch die Tischreihen, schenkt lässig, wie abwesend nach, übersieht das Handzeichen eines Gastes, wacht erst nach einem Fingerschnippen auf. Der Kellner schenkt auch ihr nach. Neben mir sind zwei Plätze frei geworden. Angebissene Hörnchen, bestrichene, nicht aufgegessene Brötchen. Dann sehe ich, daß die dritte Frau eine weiße Bluse mit großen blauen Punkten trägt. Sind die drei Amerikanerinnen? Überall im Raum hört man Englisch sprechen. Die junge Frau spricht, sie zieht beim Sprechen die Mundwinkel zur Seite, blickt auf, ihre Augen sehen durch mich hindurch. Sie registriert mich nicht. Sie spricht Englisch. Ich höre ihre Stimme schwach durch das Gemurmel. Ich überlege: wie alt kann sie sein? Nicht mehr als 26 Jahre. Ich beschließe ihr dieses Alter zu geben. Ist sie Amerikanerin? Gehört sie zu den Touristengruppen, die das Hotel bevölkern?

Sie kaut mit beiden Backen. Der Rollkragen des Pullovers umschließt den Hals eng. Sie zeichnet mit beiden Händen eine auseinanderweichende Bewegung in die Luft. Noch hat sie den Orangensaft nicht ausgetrunken. Sie unterhält sich ausdauernd und angeregt mit den beiden Frauen am Tisch. Sie ist die jüngste von ihnen.

Ich gebe ihr Namen. Ich phantasiere die Namen zu den Ländern und Landschaften, in die ich die Frau stelle. Wohin würde ich sie am liebsten hinbefördern? Nein, ich will sie nirgendwohin befördern. Ich spiele mit meinen Gedanken. Meine Gedanken spielen mit ihr. Da ist irgendeine Frau, die mir gefällt. Ich freue mich über ihre dunklen Augen, über dieses fremde Gesicht, das greifbar nahe ist und das ich morgen wohl nicht mehr sehen werde. Einen Augenblick lang überlege ich, ob ich am Abend die Bar aufsuchen soll. Tanz ab 22 Uhr habe ich auf einer Tafel im Aufzug gelesen. Aber am Abend arrangiert die Firma – wer ist das eigentlich? – sicher eine gemütliche Runde zum Einandernäherkommen. Wir könnten unsere feuchte Runde auch in der Bar ansiedeln. Würden die Bar sprengen. Haben sicher ein Nebenzimmer des Restaurants reserviert.

Sie verläßt zusammen mit den zwei Frauen den Raum. Ich bleibe sitzen. Fünf Minuten. Vorbei. Ich habe geträumt. Winke den Kellner heran. Noch eine Tasse Tee. Ende der Morgenzeremonie. In den nächsten Tagen werden wir wie üblich an den Tischen zusammensitzen. Kollegentische. Immer vier Bekannte. Und ein Fremder setzt sich dazu. Kommunikation. Die sollen wir pflegen, den Mitarbeitern vermitteln. Verkaufskommunikation, Klima schaffen. Ich stehe auf, gehe zum Aufzug, fahre hinauf, kann mein Zimmer nicht mehr aufsperren. Klemmt der Schlüssel? Minutenlanges Hantieren. Wie ein Einbrecher. Fummeln wie mit dem Dietrich. Ausgesperrt. Der Bart könnte abbrechen. Erneute Versuche. Das Schloß bleibt verriegelt. Ich muß ein Dienstmädchen auftreiben. Sie kommt aus dem Aufzug, mit einem Frühstücksbrett. Versuche ihr auf Französisch das Problem klarzumachen. Wieder die Stolperei an der Grammatik. Sie wechselt ins Englische. Gott sei Dank. Sie werde einen Zentralschlüssel holen. Einige Augenblicke warten. Als die Türe geöffnet ist: Sie dürfen den kleinen Verriegelungshebel nur dann vorschieben, wenn Sie im Zimmer sind, nicht wenn Sie das Zimmer verlassen, sonst ist das Schloß blockiert. Ich nicke, verstehe, danke, ziehe meinen Mantel an, habe noch Zeit für einen ersten Spaziergang. Beginn der Arbeit um elf Uhr. Wegen der Kollegen, die mit der ersten Maschine ankamen. Erster Versuch, die Stadt wieder zu spüren, Versuch, sie zu schmecken. Rasche Fahrt von Bir-Hakeim zum Étoile. Kenne die Stationen noch. Namensreihe. Immer der Weg zur Métro. Da sind die Menschen. Nicht in den Taxis. Preise vergleichen. Kalte Dezemberzugluft. Klarer Anfang. Die Sonne weht die Luft die Champs Elysées hinab. Rue de Balzac, Rue Washington. Die Geschäfte haben noch geschlossen. Schmutz zusammengefegt. Putzfrauen mit Wasserkübeln und Lappen in den Eingängen. Das Putzwasser im Schwung auf den Gehsteig gegossen. Die Wasserlachen breiten sich in wandernden Flächen aus. Schmutzinseln auf dem Wasser. Zigarettenpackungen zertreten, Papierfetzen, Plastiktüten. Das Wasser spült sie über den Bordstein. Das Reinigungswasser aus den Bodenhydranten schwemmt den Abfall die Straßen hinab. Dunkles Schwarz der geteerten Flächen. Weihnachtsdekorationen in den Schaufenstern. Schokoladenschachteln plattgetreten auf dem Gehsteig, aufgeschichtet, glänzend in Schaufenstern. Bei Fiat künstlicher Wald, weißgespritzte Tannen in den weitläufigen Auslagen. Auto als Weihnachtsgeschenk, glänzende Karosserien. Unterwäsche, dunkles Rot, schwarze Spitzen, als Novität Strumpfhose, die um die Hüften fest anliegt und in bogenförmigem Ausschnitt Unterbauch, Geschlecht und Hinterteil frei läßt. Praktisch für den Gang zur Toilette und für die schnelle Liebe. Gestern Nacht begrüßte der Eiffelturm den Neuangekommenen mit Lichtgrüßen. Weihnachtsschrift aus Glühlampen im Gestänge des Turms. Die Zeit drängt. Zurück zum Étoile. Wieder Métro. Kurzer Weg ins Hotel. Unterlagen aus dem Zimmer geholt. Fünf Minuten vor Beginn des ersten Treffens im Konferenzsaal. Aus einem anderen Raum Musik, Hämmern, Sägen, vielleicht Vorbereitungen für eine Weihnachtsfeier. Begrüßungen, übliches Händeschütteln und Schulterklopfen. Familienzusammenkunft oder Strategiekommission. Entspannte Atmosphäre. Pflichtübungen zu erwarten, aber doch auch Tage der Erholung. Kein Kämpfen an der Front. Planspiele. Ernstnehmen und doch Spielen. Man ist weg von Zuhause, vor allem fern von Büro und Telefon. Natürlich auch hier erreichbar. Bitte, Fräulein Zenhoff, rufen Sie nur in dringenden, wirklich dringenden Fällen an, Sie wissen, man fällt unangenehm auf, wenn man ständig während einer Konferenz ans Telefon gerufen wird. Wir sollen ungestört, einmal frei von allen Terminen auftanken können. Sie wird sich nicht daran halten. Einige Störungen eingeplant. Umherstehen im Saal. Abschätzen der Situation. Man kann sich den Platz aussuchen. Fensterseite oder nicht? Nicht zu weit nach vorne. Oder doch. Sich hinducken unter den Augen des Tagungsleiters. Schulerfahrungen. Beginn der ersten Sitzung. Alle Stühle bis auf einen besetzt. Lehrgangsleiter stellt sich und sein Team vor. Das bekannte Gerede von Experiment und Mitmachen. Nicht ich veranstalte den Lehrgang. Sie entscheiden über Erfolg oder Mißerfolg. Wir haben ähnliche Kurse in vielen Industriebetrieben durchgeführt, kürzlich für eine große Versicherungsgruppe. Na und, wir wollen zur Sache kommen. Jetzt stellt er auch noch seine Mitarbeiter vor, denke ich. Schon gut. Wie der wohl bezahlt wird? Die Geschäftsleitung läßt sich unsere Fortbildung etwas kosten. Fortbildung bringt Vorteile. Für wen? Nicht zuletzt für die ganz oben. Von unten gesehen, sitzen wir oben. Schick, eine Woche nach Paris nur zur Fortbildung. Die machen französische Ferien auf unsere Kosten. Von unten aus gesehen haben wir alles erreicht, was zu erreichen war. Da sitzen einige Hunderttausend Mark Monatseinkommen zusammen. Die mittlere Führungsschicht der Dreißig- bis Fünfundvierzigjährigen. Wohin sind die Älteren gekommen? Herr Mathey bittet die Teilnehmer, sich vorzustellen. Auch wenn sich die meisten von Ihnen kennen. Bitte, wir beginnen an der rechten Ecke. Ich stelle mich vor. Nicht alle kennen mich. Nach ein paar Jahren kann man nicht alle Kollegen kennengelernt haben. Wir beginnen mit der Erörterung der Lernziele und der Trainingsmethode, sagt Herr Mathey, und werden dann auch Gruppen bilden. Das Plenum dient nur zur Erörterung der grundsätzlichen Probleme, zur Generaldebatte, Mitteilung von Einzelergebnissen und der Überlegung gemeinsamer Strategien. Die praktische Arbeit müssen Sie in der Gruppe leisten. Wir haben im gleichen Stockwerk Zimmer frei machen lassen. Sie haben genügend Platz für Diskussionen. In jedem Zimmer liegt Papier. Sie sollen auf den großen Bogen die Ergebnisse festhalten, mit farbigen Filzschreibern. Sie bringen die Bogen in das Plenum mit. Auf den Bogen sollen Sie auch die Punkte oder Vorschläge der brainstormings festhalten. Jede Sitzung dient der Lösung eines Problems, einer Aufgabe. Die nötige Theorie liefern wir im Plenum.

Der geht kräftig ran. Wenn wir das drei Tage aushalten. Wir nennen die Verkaufsförderung heute das fünfte Instrument des Marketings, beginnt Mathey zu dozieren. Ihnen allen ist klar, daß Sie ohne Verkaufsförderung nicht mit Erfolgen rechnen können. Keiner von Ihnen darf damit rechnen, daß seine Ware von selbst den Weg zum Kunden findet. Auch bekannte Markenwaren bedürfen der Verkaufsförderung. Diese Verkaufsförderung kann nicht dem Einfallsreichtum eines einzelnen überlassen bleiben, sondern ist Teil der Gesamtstrategie eines Unternehmens. Wissenschaftlich erarbeitete Taktiken helfen uns, das Ziel, die Steigerung des Umsatzes, zu erreichen. Wir werden in diesen Tagen Verkaufsförderungstechniken zu besprechen und Verkaufsförderungsprobleme zu erörtern haben. Da wir aber wissen, daß derartige Taktiken sich nicht im luftleeren Raum abspielen, sondern mit Ihnen allen zu tun haben, werden wir zu einer Selbsteinschätzung der Gruppenarbeit kommen müssen. Sie werden sich selbst analysieren, wir werden fragen, wie Führungskräfte ihre Zeit verwenden, wir werden Hilfen zur persönlichen Arbeitsdisposition anbieten und Entscheidungsprozesse beschreiben, simulieren und bewerten. Modernes Marketing ist nicht ohne Rückbesinnung auf die persönliche, menschliche Komponente denkbar. Sie wissen, daß Verkaufsförderung eine kommunikative Aufgabe ist, deshalb auch schreiben wir die Kommunikation in unserem Seminar groß. Kommunikation in den Gruppen, aber auch in der nicht zu knapp bemessenen Freizeit. Jetzt merken Sie sich: Verkaufsförderung ist die Summe aller Maßnahmen, die das Produkt durch punktuelle Aktionen beim Absatzorgan, Absatzmittler oder Endverbraucher auf der Logistikkette zum Endverbraucher drückt oder zieht. Als ob ich nicht selbst definieren könnte. Keine Neuigkeiten. Sie müssen nicht mitschreiben. Nach jeder Sitzung erhalten Sie Blätter, auf denen wichtige Sätze, Grafiken etc. stehen. Die Kollegen blicken von ihren Papieren auf. Haben wir doch alles schon einmal gehört, denken sicher die meisten von ihnen. Aber Mathey langweilt nicht. Er macht deutlich, daß Marketing eine unternehmerische Grundhaltung ist, die sämtliche Unternehmensdisziplinen auf die Bedürfnisse des potentiellen Konsumenten ausrichtet. Durch sie wird die unternehmerische Leistung als Nutzenstiftung mittels Marketingtechniken dem vermeintlichen Verbraucher angeboten. Einen Augenblick lang frage ich mich, wer denn die Bedürfnisse des potentiellen Käufers ausgeforscht hat. Der hat doch gar nicht die Bedürfnisse, die wir befriedigen wollen. Wir müssen doch die Bedürfnisse erst wecken, um sie dann befriedigen zu können. Wer hat schon ein Grundbedürfnis, sich mit unseren Seifen oder Shampoos zu waschen, sich mit unseren Lippenstiften anzumalen? Nicht nachdenken, Strategien entwickeln, bei der Sache bleiben, den Umsatz steigern. Mir ist klar, daß ich in der Hierarchie im Marketing bin, daß der Marketingleitung die organisatorischen Einheiten Product Management, Verkauf und Kundenservice, Werbung, Verkaufsförderung und schließlich Marktforschung untergeordnet sind. Und wenn die Leitung der Verkaufsförderung wieder Merchandising, Dekoration, Design und Kontrolle und Abstimmung koordinieren muß, so sind diese Gruppierungen nicht ohne Einfluß auf die Werbung. Ich habe über die Gestaltungsfragen und produktbezogene Aktionen, die mit dem Bereich Merchandising gekoppelt sind, mit nachzudenken. Wenn wir die Aktionen, wenn wir Verkaufsförderung nicht mit der Werbung und dem Handel abstimmen und sie nicht langfristig planen, haben wir keine Chancen gegen die Konkurrenz. Die Streuverluste wären zu groß. Display, Zweitplazierungen, Messen und Austellungen, Verkaufsbriefe, Kataloge, Tragetaschen, Gewinnspiele, Hauswurfsendungen usw. usw.

Ich höre zu, ich versuche die graphischen Unterstützungen, die Mathey auf die Folie des Overheadprojektors zeichnet, aufzunehmen. Ich sitze mit dem Rücken zu den Fenstern, muß mich ein wenig nach rechts drehen, um auf die Projektionsleinwand sehen zu können.

Da geht die Saaltüre auf, eine junge Dame kommt herein, blickt etwas ängstlich, entschuldigend um sich, sucht einen Stuhl. Ich schaue auf. Die zu spät gekommene Kollegin ist die junge Frau aus dem Frühstücksraum. Sie sitzt mir gegenüber, streicht mit den Händen durch das Haar, das der Wind durcheinandergebracht haben muß. Mädchen? Ich muß wissen, wie sie heißt. Leicht festzustellen. Nicole Ellmann, Hamburg. Ich habe mich getäuscht. Keine Amerikanerin. Die beiden Frauen an ihrem Tisch im Frühstücksraum Zufallsbekanntschaften, vielleicht? Ihr Make-up tadellos. Nicole ist 26 Jahre alt. Habe ich heute früh behauptet. Vielleicht getäuscht. Der nähere Augenschein läßt präzisere Vermutungen, Schätzungen zu. Ich kann das Alter nicht nachprüfen. Will ich nachprüfen? Versuche ich, den Augen drüben zu folgen? Sie muß sich in die Runde einüben, denke ich. Nicht einfach für sie, wenn sie so hineinplatzt. Aber warum hat sie sich verspätet. Habe noch nie mit ihr telefoniert. Ob sie mich weiter interessiert? Die Trägheit des Frühstücks ist gewichen. Jetzt ist die junge Frau keine Fremde mehr. Kolleginnen habe ich immer in Ruhe gelassen. Warum soll mich diese Nicole interessieren? Wenn ich eine Fremde zu beschreiben hätte. Menschen aus der gleichen Firma haben so viel selbstverständlich Bekanntes an sich. Mich haben immer nur Fremde interessiert. Diese Frau ist nicht ängstlich. Die hat Männergesellschaften ausgehalten. Wie komme ich auf diese Wertung? Ihr braunes Haar hat einen kräftigen Glanz. Die Haare sind füllig, nicht fein und leicht, legen sich eher schwer an das Gesicht. Ein hübsches Gesicht? Ich weiß nicht. Jedenfalls sportlich. Kann ein Gesicht sportlich sein? Erfahrungen mit ihr machen. Sie wird ihre Erfahrungen haben, ich habe meine Erfahrungen. Sie zieht den Pullover glatt, setzt sich auf dem Stuhl zurück. Trägt sie keinen BH unter dem Pullover? Was geht mich das an? Ein Lächeln für die Runde. Was kümmert euch mein Zuspätkommen? Vertikales Marketing ist eine gemeinsame Grundhaltung von Produktions- und Handelsunternehmen, die in kooperativer Abstimmung ihre sämtlichen Unternehmensdisziplinen auf die Bedürfnisse des potentiellen Konsumenten ausrichten und durch die gemeinsame unternehmerische Angebotsleistung als Nutzenstiftungen mittels abgestimmter Marketingtechniken dem vermeintlichen Verbraucher angeboten wird, zitiert Mathey aus einem Handbuch der Verkaufsförderung. Nicole hört zu. Ich weiß, wir sind nicht zusammengekommen, um nur selbst zu lernen. Wir sollen lernen, das Gelernte weiterzugeben. Hab' ich natürlich alles schon einmal gehört, aber wir sollen unsere Verkäufer schulen. Sind die Zwischenstationen, die Multiplikatoren. Ist preiswerter, uns optimal zu informieren, als für die Massen in den unteren Bereichen die kostspieligen Fortbildungen einzurichten. Da wird an unser regionales Selbstbewußtsein appelliert. Selbstverwaltung, soweit diese der zentralen Steuerung gelegen kommt. Mathey gibt mir Stichworte, die ich weitergeben soll. Ich habe das Gefühl, daß sich in meinem Kopf früheres Wissen mit dem mischt, das jetzt vor mir ausgebreitet wird. Ich reproduziere. Managementkurse, die ich vor Jahren besuchen mußte, haben Ablagerungen hinterlassen. Ich bin der Schwamm, der ausgedrückt werden, der aufnehmen kann. Der Handel soll bereits in der Phase der Produktpolitik am Gesamtmarketing beteiligt werden. Bei uns selbstverständlich. Erhalte doch jeden Tag die Trendmeldungen von draußen. Wir haben den direkten Kontakt. Für uns immer noch wichtig Marketingmanagement von Kotler, Stuttgart, 1974, mach' weiter Mathey, Nicole macht sich Notizen. Die vertikalen Marketingsysteme wie in den USA üblich, kooperative vertikale Marketingsysteme, administrative vertikale Marketingsysteme, vertragliche vertikale Marketingsysteme. Und hier 1. vom Großhändler freiwillig geförderte, 2. freiwillige Einzelhändlerkooperationen, 3. Franchise-Organisationen, das heißt vom Hersteller geförderte Einzelhändler, vom Hersteller geförderte Großhändler, von einem Dienstleistungsunternehmen geförderte Einzelhändler. Wenn wir die Einzelhändler nicht fördern würden. Das war doch unsere Chance. Der direkte Vertriebsweg. Keine Großhandelsorganisationen. Dann die Idee mit den Selbstbedienungsautomaten. Wie Zigarettenautomaten. Aber die Selektion unwirtschaftlicher Umsätze in den Vertriebswegen wird über die Selektion von Kunden und Kundengruppen vorgenommen. Selektion. Mechanismus des Marktes. Wenn Bill anfängt zu selektieren. Die Selektion ist eine Maßnahme, die schwerwiegende Folgen nach sich ziehen kann. Mathey spricht von letzter Konsequenz. Ich sage mir vor: Kundenselektion verfolgt das Ziel, die Erfolgsträchtigkeit der einzelnen Abnehmergruppen zu steigern. Wir selektieren, wir holen die faulen Verkäufer heraus. Bill hat uns selektiert. Sie sind dazu da, zu selektieren. Wir sind darauf angewiesen, ein selektiertes Verkäufermaterial zu haben. Ich kann nicht mehr tun, als mich auf Sie verlassen. Unbrauchbares aussondern. Wir müssen die Aktivitäten auf jene konzentrieren, bei denen wir mit erhöhter Effizienz rechnen können. Sie müssen Ihre Erwartungen hochschrauben.

Welche Erwartungen habe ich an Nicole? Wie hoch ist der Durchschnittsumsatz je Kunde? Mit wieviel Prozent Ihrer Verkäufer werden wieviel Prozent des Umsatzes getätigt?

Haben Sie die Kunden schon nach Bedeutungsmerkmalen klassifiziert? Die Selektion schreitet fort. Merkmale werden geschaffen. Ohne Klassifizierung keine Bewertung. Grundsätzlich hat der Verkauf eine Schlüsselfunktion im Rahmen der konsumorientierten Absatzwirtschaft. Aber die Qualität spielt bei der Klassifizierung der vertriebspolitischen Fragen zunächst kaum eine Rolle. Nicole greift nach einer der kleinen Flaschen mit Orangensaft, schüttelt die Flasche und sieht sich nach einem Öffner um. Einer der metallenen Öffner liegt vor mir. Nicole hat den Öffner entdeckt. Aber sie streckt nicht die Hand nach ihm aus. Einen Augenblick lang zögere ich. Will ich ihr nicht behilflich sein? Ich lehne mich über den Tisch. Jetzt kann ich sie direkt ansehen. Ich reiche ihr den Flaschenöffner. Nicole sieht mich rückhaltlos an. Rückhaltlos? Ich wundere mich, daß ich sie so sehe. Sie hat mit mir nichts zu tun. Sie konnte erwarten, daß ich ihr behilflich sei. Die Klassifikation. Mein Denken bewegt sich in den Begriffen des Marketings. Ich nehme meine Schlüsselfunktion wahr. Selektion, Merkmale. Natürlich Positionen, die eine kreative Verkaufstätigkeit verlangen.

Der Engländer Stephen Morse hat für die internationale Unternehmensberatung Urwick, Orr und Partners Ltd. Management-Training-Kurse in Marketing und Verkauf durchgeführt. Wir nutzen seine Erfahrungen. Der Verkaufsleiter, so hat Mathey ihm folgend, in den Unterlagen geschrieben, die ich gerade aufblättere, der Verkaufsleiter ist verantwortlich für die direkten Verkaufsbemühungen des Unternehmens, die Leitung und Koordinierung der Verkaufsabteilung, die Verkäufe ab Fabrik, die damit zusammenhängende Büroorganisation und die Außendienstverkäufe. Er ist verantwortlich für die Anwerbung, Schulung und Überwachung des Außendienstes und die Koordinierung des Verkaufs mit den anderen Abteilungen des Unternehmens. Er trägt die allgemeine Verantwortung für den wirkungsvollen Verkauf an und über die Abnehmer und Wiederverkäufer des Unternehmens, wie Makler, Kommissionäre, Handelsvertreter, Groß- und Einzelhändler usw. Ich bin verantwortlich für die Ausarbeitung genauer Arbeitspläne für den Außendienst, um sicherzustellen, daß die Verkäufer ihre

Zeit möglichst nutzbringend verwenden und Kundenkontakte in dem vorgesehenen Umfang geschaffen und erhalten werden. Nicole hat gesehen, daß ich nicht Matheys Erklärungen gefolgt bin, sondern in den plakativen Definitionen gelesen habe. Ich ordne Nicole ein in das System unserer Organisation. Wenn meinem Bereich die Verkaufsabteilung untersteht und ich sie koordiniert habe, ist, wenn auch durch die Hamburger Situation gekennzeichnet, Nicole von mir abhängig. Ihre Zeit könnte nutzbringender verwendet werden. Scheint aber doch ein rascher Typ zu sein. Haben mir das ihre Augen gesagt? Sie hat sich die Sicherheit nicht nehmen lassen. Sicherheit? Hätte ich mich gleich am ersten Tag so verspätet, wäre ich nicht so sicher aufgetreten. Arbeitspläne für Nicole. Einordnung ihrer Sicherheit. Sicherheit kann an den Reibungsflächen aufgelöst werden. Soll sie sich an mir reiben. Ich schule nur den Außendienst. Nicole als Außendienst deines Münchner Büros, das könnte dir passen. Wenn sie sich bei mir vorstellen müßte. Was haben Sie schon vorher von unserer Firma gehört. Wie hoch schätzen Sie den Umsatz unseres Unternehmens ein? Welcher Menschenschlag liegt Ihnen am meisten? Wo haben Sie Ihre Kindheit verbracht? Was tun Sie in Ihrer Freizeit? Wo würden Sie am liebsten leben? Wer war Ihr Vorgesetzter? Nicole wird sich nicht bei mir bewerben. Ich versuche die gestellten Fragen selbst zu beantworten. Ich ordne sie ein. Nicole läßt sich nicht einordnen. Ich werde sie fragen müssen. In der Kaffeepause vielleicht. Wird eine Entscheidung gefällt, ohne daß die Ursache eines Problems bekannt ist, so werden durch die getroffenen Maßnahmen vermutlich, zumindest für eine gewisse Zeit, die Auswirkungen des Problems mehr oder minder befriedigend beseitigt. Ich wende die Aussage auf Nicole an. Ursache des Problems noch unbekannt. Aber ich bin mit den Auswirkungen nicht zufrieden. Kundenselektion als letzte Konsequenz. Immer die Endlösungen. Wer nicht effizient ist. Wenn ich nicht steigere. Ich muß ganzheitlich denken. Marketingdenken ist ganzheitliches Denken, ausgerichtet auf das jeweils marktgerechte Unternehmensziel. Bedeutet das Ausrichten und Anpassen sämtlicher betrieblicher Tätigkeiten und Planungen auf die dynamischen Bedingungen eines Absatzmarktes, auf die Wünsche und Bedürfnisse der Letztverbraucher. Ich glaube an die Definitionen, ich richte mich nach ihnen. Wenn ich mich nicht ausrichte, wenn ich mich nicht einstelle, wenn ich nicht glaube, daß der Letztverbraucher Bedürfnisse hat? Zielgerichtet, marktorientiert. Und schließlich mehr als nur die Endphase des betrieblichen Umsatzprozesses. Taktik und Strategie sind erforderlich. Vorgabe von Absatzzielen. Welche Aussichten habe ich bei Nicole? Ich registriere Aufmerksamkeit. Ich kann nicht mit Hilfe der Marktstrategie die auf lange Sicht wirkenden Maßnahmen zur Erreichung der vorgegebenen Absatzziele fixieren. Hier sind keine Ziele fixierbar. Doch nur Maßnahmen. Wie kann ich den Käufer am günstigsten erreichen? Was denkt der Käufer über das Absatzprogramm, über einzelne Produkte? Keine unrealistische Konzeption. Sie durchkreuzt meine Pläne. Better information for better decision making. Wie groß ist die Anzahl der Konkurrenzfirmen? Welche spezifischen Charakteristika der Konkurrenz kenne ich? Ist ihr Marktanteil groß? Setzt die Konkurrenz absatzpolitisch bemerkenswerte Instrumente ein? Natürlich. Ich muß die Werbeträger und Werbemittel analysieren. Werden die anderen auf meine Aktivitäten mit einem time-lag oder überhaupt nicht reagieren? Durch eine rechtzeitige Beschaffung von Absatzinformationen wird Vermuten durch Wissen ersetzt, das Fingerspitzengefühl durch quantitative und qualitative Daten ergänzt und damit das Risiko einer Fehlentscheidung vermindert. Nicole wird sich auf das Fingerspitzengefühl einlassen. Ich ertappe mich dabei, daß ich meine Finger betrachte. Hat Nicole mir auf die Finger geschaut? Sie beherrscht auch das Instrumentarium. Aber sie wird sich nicht ganz darauf verlassen. Ich vermute, daß sie sich einen Spielraum für das Fingerspitzengefühl erhalten will. In den Fingerspitzen die Gefühle. Erwartungen, die in der Haut arbeiten. Augen, die Fingerspitzen nicht loslassen. Auf den Wink bereit sein. Vornübergekippt. Wenn sie mich berühren würde. Der kleine Anstoß. Zittern über den Körper. Einen Augenblick lang nur. Mithelfen des Blicks. Immer rechtzeitig. Ansteuern, das Vorbereitete laufenlassen. Feuerwerk der Vorinformationen. Ihr Wissen. Mein Marktanteil. Ich steuere an, ich werde ihr verkaufen. Kann ich Gedanken mitteilen? Auf das Fingerspitzengefühl eingehen. Die verwundbaren Stellen. Aus dem Morgen der Hauch von den Boulevards. Sie hinauslocken. An ihren Gedanken kann ich nicht teilnehmen. Die Wortgeräusche des Raumes umgeben mich. Die Unordnung der Begriffe. An den Ohren vorbei das Programm der Produkte. Ich teste meine Führungsqualitäten, Verkäufertest. Mag einige Menschen leiden, die wenigsten leiden, die meisten. Warum denn? Frage mich oft, manchmal, selten, gibt es auf dieser Welt einen Menschen, dem ich etwas bedeute? Teste Selbstbeobachtung persönlicher Integrität. Sich selbst befragen übt die Befragung der anderen. Warum soll ich mich nicht öfters, manchmal über andere lustig machen? Motivationsenergie für ihre Aktivität? Hochgefühle der inneren Harmonie. Was die charakterliche Einschätzung eines Menschen aufgrund äußerer Erscheinungsmerkmale anlangt, hat die Warnung nach wie vor ihre Gültigkeit. Fingerspitzengefühl, das mich warnt. Nicht weitergehen hin in das Gefühl. Ich stolpere hinein in ihr Gesicht. Ich mißachte die Warnung. Warnung richtig und falsch. Einfühlungsvermögen nicht das gleiche wie Intuition. Wenn die Intuition nicht Erkenntnis, sondern meine Subjektivität bezeugt, dann will ich von dem unfaßbaren Phänomen abhängen. Gefühlsverhalten als Fähigkeit, mit dem anderen in Gefühlskontakt zu treten. Welche Gefühle? Voraussetzungen: Instinktsicherheit, Sensitivität, Empfangsbereitschaft für die seelischen Regungen der Nicole, Translokation des Ego nach Wir und Du. Ich lese: Im Wissen um die Bedürfnisse anderer und die Möglichkeiten ihrer Bedürfnisbefriedigung, das der Einfühlung vorausgehen muß, qualifiziert sich die Führungskraft. Nicoles Bedürfnisse. Gefühlsnotationen durch die Fingerspitzen. Kontakt. Meine Einfühlung in ihre Bedürfnisse. Ich habe zu rasch die Positionen abgesteckt. Ich werde zurückgehen. Aufstehen, Hinausgehen. Die Weihnachtsluft von Paris umgibt mich. Davon wäre zu reden, daß ich hinausgehe. Die dekorierten Schaufenster, die Öffentlichkeit des Verkaufes. Von Schaufenster zu Schaufenster Dekorationen mit unseren Artikeln. Ich prüfe die Angebote. Ich vergleiche. Die Verkäufer haben verkauft, die Regale gefüllt. Zur Decke gestapelt die grüngelben Kistchen. Weihnachtsensembles. Ich habe sie hinausgejagt. Parfümierte Weihnachtsmänner. Die winzigen Fläschchen unter die Menge geworfen im Kaufhaus Lafayette. Frauen, die sich bücken, Fläschchen in die Tasche stecken, Glas zertreten, Gläser splittern lassen. Im nächsten Jahr in durchsichtigen Kunststoff zu füllen. Ein roter Ballon, der über dem Zentrum der Stadt aufsteigt und die Fläschchen herabregnen läßt auf Paris. Wir hüllen die Stadt ein in den Duft aus unseren Fabriken, künstlicher Geruch seltener Wüstenblüten. Ich habe Paris gewonnen. Wir überfluten die Märkte mit den unwiderstehlichen Düften. Die Kleider der Frauen öffnen sich unseren Gerüchen, den herben Düften, die nicht Autogestank und Essensmief stört. Die kleinen Mädchen parfümieren ihre ersten Dessous, kehren zurück in die wirren Träume des ersten Verliebtseins. Ich habe mich nicht daran gewöhnt, mit den Kollegen gemeinsam zum Mittagessen zu gehen. Ich werde keine vertraulichen Berichte schreiben. Wenn ich eine Beurteilung über Nicole abgeben könnte. Meine Beobachtungen in Paris, Meldungen zur Zentrale nach New York, Beurteilungen, um denen das Urteil zu erleichtern. Seien Sie freundlich, aber werden Sie nicht intim. Zu enge Bindungen schaden der Objektivität. Private Angelegenheiten als Waffen in den Händen der Konkurrenten.

19. Dezember

Wir haben im Dachrestaurant reservierte Tische vorgefunden. Der Kellner riet uns, aus zwei Menüs auszuwählen. Vorsorglich hätte man für unsere Gruppe Menüs vorbereitet. Essen nach der Speisekarte sei natürlich möglich. Unter dreißig Minuten aber sei kein Gericht zu bekommen. Also Kantinenessen auch in Paris. Ihm sei gesagt worden, meinte der Kellner, wir würden auf rasche Bedienung Wert legen, damit die Mittagspause länger werden könne. Also Menü. Ich hätte mich gerne zu Helmholtz an einen Tisch gesetzt. Aber unser Mann aus London hatte ihn mit Beschlag belegt, redete auf ihn ein und hatte ihn an einen Tisch zu zwei anderen Kollegen geführt. Ich mußte mit Madrid vorliebnehmen. Casado war sehr höflich, freute sich natürlich über meine Spanischkenntnisse. Mexiko bot sich als Gesprächsstoff an. Leider saß ich mit dem Rücken zu Helmholtz und noch dazu durch zwei Tische getrennt. So bemerkte ich auch nicht, daß er kurz nach dem Essen den Raum verließ. Ein geschäftlicher Spaziergang mit London um den Häuserblock herum? Mehr Zeit hatten die doch nicht. Oder hatte er sich auf sein Zimmer zurückgezogen, um auszuruhen? Warum machte ich mir Gedanken? Ich hatte wohl den Blickkontakt während der Vormittagssitzung falsch eingeschätzt. Ich hatte keinen Grund, mich lange mit diesem Helmholtz aufzuhalten. Wie wäre ich auch dazu gekommen? War ich nach Paris gefahren, um Frederik untreu zu werden? Ich dachte gar nicht daran. Nicht einmal in Gedanken. Wenn sich die Gelegenheit geboten hätte, mit Helmholtz an einem Tisch zu sitzen. Ich rede gern über Mexiko. Mein Ring aus Silber, ein wenig groß, ist schöne Arbeit aus Guadalajara. Wir redeten über die Firma. Mit Kollegen redet man über die Firma. Dieser zuvorkommende Casado war ein Oldtimer in der Branche. Er hatte schon vor dreißig oder mehr Jahren mit den Düften und Salben zu tun gehabt. Er war in vielen bekannten Häusern tätig gewesen, hatte Chemie noch vor dem Krieg studiert und abgeschlossen. Er war jedenfalls alte Schule. Wie der mir den Stuhl angeboten hatte vor dem Essen. Diese kleinen lebendigen, fast schwarzen Augen. Seine Haare mußten lange schon weiß geworden sein. Damals, sagte er, mixten wir die geringen Mengen, die wir brauchten, sozusagen selbst in der Alchemistenküche. Besondere Marken müssen sich rar machen. Eigentlich bin ich gegen diese Massenproduktion. Aber mit der eigenen kleinen Firma war nichts zu machen. Die Großen fressen uns auf, und seit ich meine Frau verloren habe, muß ich ja nicht expandieren, vorwärtskommen. Den Vertrieb in Spanien zu organisieren, ist keine leichte Sache. Und schlecht verdienen wir nicht, was meinen Sie? In Ihrem Alter schon in diesem Kreis. Immerhin, ich freue mich, eine so junge Kollegin an meinem Tisch zu haben. Mir genügt die Position in Madrid. Wenn Sie mich einmal besuchen. Sie werden sicher einmal nach Madrid kommen. Ich zeige Ihnen gerne die Stadt. Ich hatte das Gespräch mit ihm beinahe genossen. Ich fragte mich: warum nicht auch einmal ein älterer Herr? Die Mittagspause war kurz. Erwartete uns Herr Mathey zur Nachmittagssitzung. Ich entschuldigte mich bei Casado, er schob seinen Stuhl zurück und erleichterte mir das Wegtreten vom Tisch. Der Raum schwirrte von den Stimmen der sich unterhaltenden Kollegen, und an allen Tischen stiegen über den Kaffeetassen, die gerade gebracht worden waren, die Schwaden des Zigarettenrauchs. Ich wollte vor Beginn der Sitzung noch einmal auf mein Zimmer gehen, um mich frisch zu machen. Ich ließ im Bad lange das Wasser laufen, um es dann kalt mit den beiden Händen ins Gesicht zu schöpfen. Das Essen hatte mich schläfrig gemacht. Ich trocknete das Gesicht ab, trug eine leichte Feuchtigkeitscreme auf und zog die Lippen nach. Ich habe noch fünf Minuten Zeit, dachte ich und wollte sie nutzen. Ich zog den Rock aus und legte mich auf das Bett, legte die Arme neben meine Schenkel und versuchte, die wenigen Augenblicke zu einer entspannenden Übung werden zu lassen. Ich hatte damals im Kurs eigentlich sehr rasch die Technik erlernt. Ich konnte sogar den definitorischen Satz von J. H. Schultz hersagen: „Die konzentrative Selbstentspannung des autogenen Trainings hat also den Sinn, mit genau vorgeschriebenen Übungen sich immer mehr innerlich zu lösen und zu versenken und so eine von innen kommende Umschaltung des gesamten Organismus zu erreichen, die es erlaubt, Gesundes zu stärken, Ungesundes zu mindern oder abzustellen. Wie der Mensch, der lesen gelernt hat, nun lebenslänglich lesen ‚muß', wenn er Schriftzeichen sieht, ‚muß' dem autogenen Trainierten eine entspannt gelassene Haltung zur zweiten Natur werden." Also Erholung, Selbstruhigstellung, Selbstregulierung sonst unwillkürlicher Körperfunktionen, wie zum Beispiel des Blutkreislaufes, Leistungssteigerung, Schmerzabstellung, Selbstbestimmung, Selbstkritik und Selbstkontrolle durch Innenschau in der Versenkung. Alles kann gelernt werden, die Körperfunktionen sollen abrufbar sein wie die Marketingbegriffe, die uns eingelernt wurden und die Mathey in neuen Kombinationen anschaulich zu machen versucht. Wir sollten Konstruktionen, Systeme in unseren Hirnen aufbauen und diese Systeme bei Gelegenheit anwenden, nein in unserem Handeln abbilden können. Die Begriffe sind vorgeschrieben, die Übungen. Aber nur weil sie so eindeutig sind, können sie immer wieder aus den Schubladen genommen werden. Mein Hirn sagte sich die Schwere- und Wärmegefühle vor: Mein Herz schlägt ruhig und gleichmäßig. Mein Herz schlägt ruhig und gleichmäßig, kräftig und regelmäßig. Ich bin ganz ruhig. Atmung ganz ruhig. Es atmet mich. Der rechte Arm ist ganz schwer. Ich bin ganz ruhig. Ich hatte die Augen geschlossen. Ich gab meinem Körper die Anweisungen, ich dachte die Formeln, ich rief das Gelernte und oftmals Erfahrende herauf. Aber ich vermochte mich nicht auf meinen Körper zu konzentrieren, ich konnte die Unruhe, die ich mir nicht eingestehen wollte, nicht wie gelernt aufheben.

Ich würde in den Sitzungsraum hinuntergehen. Ich wußte, daß ich auf den Fortgang des Seminars wartete. Ich wollte nicht auf Helmholtz warten. Aber ich hatte mich nicht auf mich selbst konzentrieren können. Ich kam gerade noch recht zum Beginn der Sitzung. Alle hatten schon Platz genommen. Auch Helmholtz saß an seinem Platz, mir gegenüber. Wir warteten auf Mathey und seinen Assistenten. Einige blätterten in den Papieren, die in der Mittagspause ausgeteilt worden waren. Suchten sie Themen für den Nachmittag? Nach einem kurzen Plenum war die zweite Gruppenarbeit vorgesehen. Ich blickte in die Papiere meines Nachbarn, Kommunikation und Manipulation las ich da als Überschrift. In meinen Unterlagen fand ich auf dem zweiten Blatt den gleichen Text. Ich fragte mich, ob denn all diese Definitionen nicht auch Hindernisse für das Handeln sein könnten. Die formellen Informationen als das Netz der offiziellen Informationsbeziehungen im Betrieb, das zur Erfüllung der verschiedenen Aufgaben und Funktionen dient. Vorgeschriebene Kanäle, sachliche Aufgabenerfüllung. Meine Augen suchten nach dem zweiten Kommunikationsnetz, nach den informellen Kommunikationsformen. Nicht fixiert, las ich, flexibler, flüchtiger, sie verteilen Informationen, die mit dem Betrieb nichts zu tun haben. Freizeit, Familie, Privatleben der Kollegen, Kommunikationsformen, die auch als Störfaktoren betrachtet werden konnten. Meine informelle Kommunikation mit Franz Helmholtz an diesem Vormittag, konnte sie in das Betriebsgeschehen eingeordnet werden? Die Kommunikation hatte doch noch gar nicht begonnen. Wenn die gegenseitige Information von Kollegen auf benachbarten Arbeitsgebieten in einer bestimmten Abteilung formell, betriebsorganisatorisch nicht vorgesehen ist, wenn diese Kollegen eigentlich überhaupt nichts miteinander zu tun haben, sofern man die täglichen Betriebsabläufe als Grundlage der Kommunikation ansieht, so können diese Kollegen sich doch informell laufend über ihre Arbeit informieren. Warum sollten sie dies tun? Und nur über ihre Arbeit? Ich blickte zu Helmholtz hinüber. Er sprach mit seinem Nachbarn. Warum hat man die betriebliche Informationsverarbeitung der Improvisation entzogen, dachte ich, und in Informationssystemen organisiert? Wenn uns Mathey in diesem Seminar nur organisiert, systemkonform kommunizieren läßt, werde ich mich bei den informellen Kontakten schwerer tun. Angestrebt werden betriebliche Leistungen, die in der Form betrieblicher Ziele in das Informationssystem eingegeben werden. Herr Mathey riß mich aus diesem Theoriekram, der ja doch nur für die Ablage taugt.

Mathey betrat den Raum, lässig und dynamisch. Er blickte

sich um, stellte fest, daß alle nur auf ihn gewartet hatten, daß wir bereit waren, zu lernen. Er ging hinter mir vorbei und stellte sich an die Stirnseite des Rechtecks. Unsere Augen folgten ihm. Wir sollen, so sagte er, heute nachmittag mit einigen Kommunikationsstrategien beginnen und dann in der Gruppe uns fragen, wie im täglichen Arbeitsablauf die Kommunikationen verbessert werden können. Die Mitarbeiter klagen doch immer, daß sie von Ihnen, vom Management nicht ausreichend informiert werden. Auch wenn die Mitarbeiter immer wieder übersehen, daß das Management zuerst einmal die Vorgaben, die Ziele formulieren muß, ehe die Mitarbeiter darüber diskutieren können, so sollte doch der Eindruck vermieden werden, daß die Entscheidungen der Spitze wie ein Schicksal über die Mitarbeiter hereinbrechen. Kooperativer Führungsstil, meine Damen und Herren, darf nicht nur ein Schlagwort sein.

Und gleich begann er abzufragen, wollte Beispiele, Bedingungen für eine gute, erfolgreiche Mitarbeiterführung wissen. Norman wurde gebeten, die Stichworte mit Filzschreiber auf das Papier zu schreiben. Groß, damit alle mitlesen können, sagte Mathey.

Ich war froh, als wir in die Gruppenarbeitsräume gingen. Wir sollten uns über die Beziehungen zwischen den einzelnen Stellen der Organisationsstruktur unterhalten, die Schwachstellen im Kommunikationsfluß entdecken und unser eigenes Verhalten, unsere Erfahrungen kritisch würdigen. Helmholtz schien mich beim Hinausgehen aus dem Sitzungsraum übersehen zu haben. Er bemühte sich nicht, mit mir Kontakt aufzunehmen. Dann also nicht, sagte ich mir und trottete der Kollegenreihe nach zum Aufzug und suchte den Gruppenarbeitsraum.

19. Dezember

Keine Anwärmerunde im Hotel oder in einem Restaurant. Und auch kein Tanz ab 22 Uhr. Den habe ich auch nicht mehr nötig. Da sie keine Amerikanerin ist und sogar zur Mannschaft gehört. Pelletier hat zu einem kleinen Stehempfang eingeladen. Zu sich nach Hause. Man kommt sich so näher, meinte er. Wenn ich mir gestatten darf, die verehrten Kolleginnen und Kollegen für zwei Stunden zu mir zu bitten. Ich bin doch gleichsam der Hausherr hier in Paris. Sie wissen, daß ich nicht verheiratet bin, aber keine Sorge, Trinken und Essen kann man auch ohne Frauen. Dabei lächelt er schüchtern oder selbstgefällig. Ich mag Pelletier nicht. Vom ersten Augenblick an ist er mir gleichgültig, wenn nicht unangenehm gewesen. Ich habe ihn zum erstenmal in Mailand gesehen. Seine kleine Gestalt hat etwas Wieseliges, Streichelndes. Er ist zuvorkommend und immerzu höflich. Selbstverständlich nehmen alle seine Einladung gerne an.

Am Abend bei Pelletier. Ich bin pünktlich eingetroffen. Im zwölften Stock eine weitläufige Wohnung mit großer Terrasse. In der Eingangshalle werde ich vom Personal in Empfang genommen und dann in den Raum geführt. Eine große quadratische Halle, von der aus man andere Räume über einen Gang, der rechts wegführt, und durch drei Türen an der Stirnseite erreichen kann. An der linken Seite führt eine Treppe in das zweite Geschoß dieses Hauses im Haus. Pelletier kommt mir entgegen, zusammen mit einem sehr schmalen, schwarzhaarigen Jungen. Das ist Jerôme, sagt er. Also doch, denke ich. Aber geht mich ja nichts an. Hübsch ist der Junge. Die beiden führen mich an ein Seitentischchen mit Getränken. Das Gespräch kommt mühsam in Gang. Ich bin froh, daß die nächsten Gäste eintreffen. Der Raum füllt sich. Ich habe eigentlich nur auf einen Gast gewartet, auf die junge Frau aus dem Frühstücksraum, von der ich nur weiß, daß sie Nicole heißt. Mich interessiert Nicole immer noch. Ich überlege, ob ich sie gleich ansprechen soll. Warum nicht? Die Tage in Paris sind gezählt. Aber will ich eigentlich an ein Ziel kommen? Diese Frau ist für mich doch kein Ziel. Warum aber interessiert sie mich? Ist das Einanderanschauen am Vormittag Zufall gewesen? Ich könnte alles verlaufen lassen. Was alles? Da ist doch nichts. In der Langeweile des Seminars – wieso Langeweile? – ein paar andere Gedanken. Ich habe keinen Anlaß, mehr zu wünschen. Jede Begegnung hat die Enttäuschung als Möglichkeit bei sich. Ich will nicht enttäuscht werden. Ich will mich nicht verlieben. Nicht in diese Frau. Ich wandere im Raum umher. Kontakte sind aufzufrischen. Ich muß Interesse zeigen. Man liebt die Neuen nicht, man beargwöhnt sie. Man darf sich als Neuer nicht an die Seite drücken. Immer noch gelte ich als Neuer. Gegen die zehn Jahre mancher Kollegen ist nicht anzukommen. Dieses verdammte Selbstbewußtsein. Merken die nicht, daß Firmengeruch auch ranzig werden kann? Diese Gespräche über die Zeiten des Aufbaus. Hervorheben des Pioniergeistes. Wie im Wilden Westen. Im neuen Nachkriegswesten. Als unsere Firma Fuß fassen und die anderen verdrängen mußte. Wir haben die neuen Vertriebsmethoden in der Bundesrepublik eingeführt. Damals, als wir noch in klapprigen DKWs und Opels über die Landstraßen in die Dörfer und kleinen Städte fuhren. Schon das Zittern in den Stimmen der alten Kollegen hat mich immer gestört. Jeder zweite Satz eine Erinnerung an die Zeiten, von denen wir armen jüngeren Kollegen keine Ahnung haben konnten. Aber ich muß in den Kreis hineinwachsen, auch an diesem Abend, Hände schütteln, Gespräche beginnen, Termine in Aussicht stellen, Interesse an der Arbeit in den anderen Zentralstellen bekunden. Dabei warte ich nur auf sie. Ich mag mir meine Ungeduld nicht eingestehen. Sie hat sich umgezogen, das ist der erste Gedanke, als ich sie in die Halle treten sehe. Natürlich hat sie sich umgezogen, wie die anderen auch. Der schwarze Hosenanzug aus Samt sitzt ihr wie angewachsen. Sie bewegt sich in ihm weich, leicht, wie gehoben, mir scheint, als schlängle sie sich durch die Luft. Sie kommt auf mich zu. Ich bin überrascht. Das ist eine Gelegenheit, denke ich und beginne das Gespräch mit der Bemerkung, daß ich mich wundere, die Kollegin aus Hamburg noch bei keiner anderen Gelegenheit getroffen zu haben. So erfahre ich, daß Nicole – wie praktisch eigentlich, daß wir uns nach amerikanischer Art mit Sie und dem Vornamen anreden – in der letzten Zeit in Mexiko gewesen ist, wir also nicht in Kontakt kommen konnten. Die Annäherung aber findet nicht statt. Wir tauschen nicht mehr Freundlichkeiten miteinander aus, als sie bei einer solchen Gelegenheit unter Kollegen üblich sind. Andere Kollegen kommen vorbei, greifen in das Gespräch ein, ich werde weggeholt, versuche Nicole wieder zu treffen, begegne ihr in einer anderen Gruppe, verliere sie aus den Augen und kann sie schließlich wieder fünf Minuten lang alleine sprechen.

Jetzt in der Nacht, mit dem Kugelschreiber in der Hand, vor dem kleinen Schreibtisch im Hotelzimmer sitzend, frage ich mich, ob ich mir eine Gelegenheit habe entgehen lassen. Ich ärgere mich, daß ich ständig an diese Nicole denke, daß ich versuche, mir ihr Gesicht vorzustellen. Ich bin unruhig, öffne den Kühlschrank, lese noch einmal die Bedienungsvorschrift, schenke mir einen Sherry ein, den ich gar nicht mag, entnehme einem Fach ein Päckchen mit Erdnüssen und beginne zu knabbern. Ich bin mit mir unzufrieden und weiß: das liegt nur an dieser Frau, die einfach da ist, seit heute früh, die ich vielleicht vergessen sollte, aber nicht vergessen kann. Ich wünsche mir noch einmal die Stunden dieses Tages herbei, überlege, was ich anders hätte machen sollen und bilde mir ein, daß wir dann zusammen noch eine Bar besucht oder zumindest von uns selbst gesprochen hätten. Ich hätte Nicole herausfordern können. Auf sie zugehen. Weiß ich denn, was sie vorhat? Bin ich vorsichtig gewesen, auf Auswege bedacht? Ich kenne Nicole doch kaum einige Stunden. Da geht alles seinen gewohnten Gang, die Seminarsitzungen folgen aufeinander. Die anderen sind aufmerksam, aber ich habe mich verändert. Die anderen bemerken die Veränderung nicht. Umwege? Über welche Anfänge will ich denn hinauskommen?

Am Nachmittag Simulation der Beziehungen der verschiedenen Abteilungen des Marketingbereichs. Wir fragen einander ab. Wie gewinnen Sie Informationen? Beziehungen der Kollegen untereinander. Ich simuliere meine Beziehung zu Nicole. Ich habe keine Beziehung zu ihr. Ich kenne die Informationsflüsse von München nach Hamburg. Meine Mitarbeiter haben Beziehungen zu Nicole. Nicole ist völlig unbefangen. Sie kann die eigene Situation so darstellen, als beschreibe sie die einer von ihr abhängigen untergeordneten Stelle. Nicole ist aufgestanden, zur Tafel vorgegangen und zeichnet Diagramme mit rotem Stift auf das große weiße Papier am flip-chart. Sie zieht Verbindungslinien, markiert die nötigen Operationen, weist auf die Fehlerquellen hin. Wir haben zu spät informiert, sagt sie, ich hätte das Gespräch mit den Mitarbeitern führen können, ohne auf die Weisung von oben zu warten. Das Kästchendiagramm, das sie aufgezeichnet hat, kann nicht die subtilen Beziehungen zwischen den einzelnen Stellen beschreiben. Sie muß die Beziehungen erläutern. Mathey kommt in unseren Raum, er will sehen, wie weit wir gekommen sind. Er mischt sich nicht in das Gespräch ein. Er wandert von Gruppe zu Gruppe und beobachtet. Er wird die Beobachtungen im Plenum zusammenfassen, nachdem aus jeder Gruppe ein Kollege die Ergebnisse referiert hat. Nicole spricht vom direkten Instanzenweg, von reibungslosen Abläufen und Reibungsflächen, die wir durch unser Verhalten den Abläufen entgegenstellen. Wir blockieren selbst die von uns akzeptierten und geplanten Abläufe. Wir reagieren falsch. Müssen lernen, richtig zu reagieren. Wir lernen diszipliniertes, in die Abläufe eingeordnetes Verhalten. Wie können Entscheidungen rückgängig gemacht werden, wenn die Entscheidungsbefugnisse sehr weit nach unten delegiert werden?

Was sind die Anzeichen für Desorganisation? Sind Sie überlastet? fragt Nicole. Sollen wir unsere Unfähigkeit zu delegieren beschreiben? Die Kollegen sitzen um den Tisch herum, einige kritzeln auf die farbigen Notizblätter, die vor ihnen liegen. Keiner will als der erste antworten. Können wir schon die Schwelle der Rücksichtnahme überwinden? Was wird er über mich denken? Wir kennen uns zu wenig. Das aber ist ein Vorteil, hat Mathey gesagt. Sie sollten keine Rücksichten nehmen müssen. Jeder von Ihnen ist in der gleichen Situation. Nicole schlägt vor, wir sollten unsere Erfahrungen in Stichworten auf die Zettel schreiben, die dann eingesammelt und in einer klaren, geordneten Form auf das große Papier geschrieben würden. Sie müssen keine Namen draufschreiben, meint sie. Hat Nicole die Führung der Gruppe übernommen? Die Spielregeln, die uns Mathey gegeben hat, schreiben vor, daß bei jeder Sitzung ein anderer eine moderierende, zusammenfassende Funktion übernimmt. Sie werden sehen, auch ohne Wahl wird sich in den ersten Minuten zeigen, wer gerade für diese Sitzung in Führung geht, hat er gemeint. Nicole ist in Führung gegangen. Wir akzeptieren ihren Vorschlag. Wir schreiben. Denkpause. Werner Rötlisberger aus Zürich raucht zuviel. Soll ich einen Antrag stellen, wenigstens während der Gruppensitzungen nicht zu rauchen? Ich gehe zum Fenster und schiebe einen Flügel auf. Ich blicke hinaus in die graue, regenschwere Stadtluft. Ich atme durch. Lasse die Kälte herein. Friert Nicole? Sie ist mir mit den Blicken gefolgt. Ich habe mich aus der Arbeit gelöst. Ich lasse meine Gedanken weglaufen von den Erfahrungen und spüre gleichzeitig, daß andere Erfahrungen beschreibbar sein müßten. Jetzt in Paris, jetzt dieser kalten Luft gegenüber, die durch das Fenster von draußen auf mich zustößt. Nicole in dem schwarzen Hosenanzug bei Pelletier. Nicole draußen auf einer der regennassen Straßen. Zu beschreiben wären die Wanderwege durch diese Stadt. Kenntnisse der Landkarte dieser Stadt im Kopf. Wenn ich mich auf meinen Kopf verlasse, gehen die Beine in die Richtungen meines Kopfes. Im Regen am Jardin du Luxembourg entlang. Dann Rue Fleurus, Rue Monge, Rue du Cardinal-Lemoine. Zu beschreiben wäre mein Auf- und Abgehen vor dem bretonischen Lokal. Die Hände in den Taschen. Blicke der Vorübergehenden, als ich wieder umkehre. Zehnmal der gleiche Weg. Ob ich auf jemand warte? Der Wind weht mir kalt ins Gesicht. Zu beschreiben wäre ein Abendessen, die harten Stühle, über die ich mich beklage. Eine dampfende Schüssel, aus der ein Frauenarm die Soße schöpft und mir über Fleisch und Kartoffel auf meinen Teller gießt. Ich gehe den Richtungen meines Kopfes nach. Ich bin die Straßen nicht mit Nicole gegangen. Ich rieche den Zigarettenrauch. Rötlisberger hat sich eine zweite Zigarette angesteckt. Alle schreiben. Ich kehre zum Tisch zurück. Das Fenster bleibt einen Spalt breit offen. Ich will ein wenig frische Luft spüren. Ich sitze mit dem Rücken zum Fenster. Aufschreiben. Richtlinien über die Spezialisierung fehlen. Ungenügende Abgrenzung der Tätigkeitsbereiche. Ich denke die Organisation meines Büros. Zuerst das Sekretariat. Jedes der Mädchen will wissen, was seine Aufgaben sind. Wenn die eine den Terminkalender führt, darf die andere keine Termine vereinbaren. Wer übernimmt die Diktate? Die Protokolle sollen nur von einer der Damen geschrieben werden. Übt sich ein, das Wesentliche des Gesprächsverlaufs festzuhalten. Warum mache ich mir selbst Notizen? Einfache Mitteilungen an die Mitarbeiter, Rundschreiben an die Regionaldienststellen, an die Verkäufer nicht selbst entwerfen oder diktieren, nur abzeichnen. Tätigkeitsbereiche analysieren. Mangelnde Kommunikation. Immer die gleichen Stichworte. Nicole sammelt die Zettel ein. Sie kommt an meinen Platz. Ich gebe ihr meinen Zettel. Sie sieht mich an. Ich halte den Blick aus. Aushalten? Sie ist bei der Sache. Nicht bei mir. Diskussion über die Funktion von Aktennotizen, nachdem die Stichworte aller sichtbar angeschrieben sind. Die meisten schreiben. Aktennotizen nur, um die Verantwortung abzuwälzen, um der nächst höheren Stelle zu demonstrieren, daß sie etwas unternommen haben, Aktennotizen, die Mitarbeiter diffamieren, Fehlverhalten aktenkundig machen. So werden Ziele nicht klarer, Informationen nicht sinnvoller weitergegeben. Gute Marketingorganisation ist abhängig davon, daß die Tätigkeiten auf rentable und rationelle Weise analysiert werden, die zur Erfüllung der Kundenwünsche notwendig sind. Hauptziel muß sein, die für das Unternehmen gewinnbringende Befriedigung der Bedürfnisse der Kunden. Wie aber sind die Vorgänge rentabel und rationell zu organisieren? Organisation gegen Desorganisation. Wie können wir uns entlasten? Einer kommt wieder auf die Zeitplanung zu sprechen. Grundlage für rationelles Management. Kalender nicht zuwachsen lassen. Vor jeder Eintragung prüfen, ob der Termin erforderlich ist, nicht ob die Zeit zur Verfügung steht. Zeit für Unvorhergesehenes lassen. Ich blicke auf Nicole. Zeit in meinem Zeitbudget. Unvorhergesehene Nicole. Sie drängt sich nicht in meinen Terminkalender. Die

Zeit läuft ab, ohne daß Nicole auftauchen würde. Was ist das Unvorhersehbare an ihr? Ich mustere ihr weiches Gesicht. Das Gesicht ist mit unserem Thema beschäftigt. Sie paßt auf. Zeit für Routinearbeiten ist vorzusehen. Vergessen wir die Kreativzeit nicht. Wer hat das gesagt? Kreativzeit jetzt im Seminar. Ausbruch aus der Zeitplanung. Kreativzeit mit Nicole. Ich lasse den Terminkalender auseinanderbrechen. In breiten Strichen ist rot die Kreativzeit eingetragen. Im Monatsplan, ist gleich maximal zweihundert Arbeitsstunden, acht bis zwölf Stunden Zielsetzungs- und Planungsarbeiten, acht bis zwölf Stunden Kontrollen, Plan- und Zielkorrekturen, fünfzehn Stunden Kreativzeit, fünfzehn Stunden, umgerechnet auf die eine Woche, macht das nicht mehr als vier Stunden aus? Kreativzeit für Nicole reservieren. Macht täglich nicht einmal eine Stunde. Wer sagt denn, daß ich diese Zeit zugebilligt bekomme? Sechzig Prozent echte Arbeitszeit, zwanzig Prozent als Puffer, zwanzig Prozent für Führungsaufgaben und als Kreativzeit. Werde die Pufferzeit zur Kreativzeit hinzunehmen. Bei Bedarf. Wie soll ich die Wichtigkeit der einzelnen Aufgaben überprüfen? Alles, was nicht selbst erledigt werden muß, soll delegiert werden. Sollen wir die Weisheiten, die wir uns jetzt erarbeiten, an unsere Mitarbeiter weitergeben? Deren Zeitbudget ist ebenso desorganisiert wie das unsere. Tageskontrolle. Alle Vorgänge, die nicht durchgestrichen wurden oder einen Erledigungsvermerk haben, werden in die Planungslisten übernommen. Selbstmotivierend, wenn man festhält, was an einem Tag erledigt wurde. Soll ich jetzt die Bilanz dieses Tages ziehen? Durchstreichtechnik. Ich kann unter dem Stichwort Nicole nichts durchstreichen. Kein Erledigungsvermerk. Der Tag ist vorübergegangen. Der Abend bei Pelletier. Kein Erledigungsvermerk. Ob Nicole eine Tageskontrolle durchführt? Vielleicht morgen, wenn sie die Anregungen dieses Nachmittags berücksichtigt. Ich stelle mir Nicole vor, am Schreibtisch ihres Zimmers sitzend, vor dem Tagesblatt. Stichworte links, rechts die freien Räume für die Vermerke. Ich kenne die Stichworte nicht. Durchstreichtechnik. Hat mich Nicole gestrichen? Kein Eintrag in ihrem Kalender. Planungsziele. Umblättern. Stehe ich in den Maßnahmen für morgen oder übermorgen? Namen, immer Namen in den Planungslisten. Namen als Aufgaben. Mein Name klein an den Rand geschrieben. Neben die periodisch wiederkehrenden Aktivitäten. Ich schreibe meine Wünsche in Nicoles Planungen. Leichter, den Arbeitsrhythmus zu finden, am nächsten Tag, wenn Sie genau wissen, womit begonnen werden muß. Nicoles Blick auf die Termine. Augen setzen Prioritäten. Am Ende jeder Woche die abschließende Kontrolle. Abstimmung mit den Terminplänen der Mitarbeiter. Vergleich mit den Reiseplänen der Verkäufer. Ich lasse Nicole die Seiten bis zum Ende der Woche umblättern. Auswertung der Daten. Bewertung. In dieser Zeit Ruhe. Ungestörte Kreativzeit. Ich gehe zurück in den Nachmittag. Inhalte angeschrieben. Geordnet. Entscheidungen, Telefontechnik, Diktatorganisation, Ziele, Motivierung der Mitarbeiter, Arbeitsanweisungen, Kontrollmöglichkeiten, auf die rationelle Gesprächsführung werden wir morgen eingehen, vielleicht auch Entscheidungstraining, Teamwork, Vertretung mit klaren Kompetenzen. Wir entlasten uns, wir verbessern die Kommunikation. Wir werden Erfolgserlebnisse vermitteln. Die anderen etwas ausprobieren lassen. Vergiß die Streicheleinheiten nicht. Nicole weist auf die Streicheleinheiten hin, sagt, sie hätte nicht genügend gegeben. Wer will von ihr gestreichelt werden? Wenn sie mich dabei angesehen hat. Der Hinweis kam zu unvermittelt, ich habe ins Papier gesehen. Ich weiß, korrekte Anweisung Voraussetzung für zielgemäße, sachgerechte, termingerechte, kostengünstige, erfolgversprechende Ausführung der Arbeit, aber nur in Verbindung mit den Streicheleinheiten. Die Hinweise von den Mitarbeitern. Sie sollten öfter einmal loben. Wenn aber nichts da ist, um zu loben. Sie müssen mehr motivieren. Natürlich der Feed-back-Kreislauf zwischen Vorgesetzten und den Mitarbeitern. Nicoles erster Nachmittag, mein Nachmittag. Ich habe von mir gesprochen. Desorganisation meines Bereichs. Wir werden verbessern. Die Zettel sind vollgeschrieben. Vor uns in schöner Ordnung die Hoffnungen, die Absichten. Nicole ist nicht auf mich zugekommen. Sie fragt Rötlisberger: war doch gar nicht so langweilig? Nickt. Nicole verläßt mit ihm den Raum. Ich räume meine Papiere in die Mappe und verlasse als letzter den Gruppenraum.

19. Dezember

Als ich nach der Nachmittagssitzung auf mein Zimmer ging, fragte ich mich, ob ich mich zu sehr in den Vordergrund gespielt hatte, kam aber zu dem Ergebnis, daß die Erwartungen der Herren, entsprechend der Überraschung, die ich ihnen durch mein Zuspätkommen geboten hatte, Aktivitäten einrechnen mußten. Man begegnet dem Erstaunen nicht dadurch, daß man sich zurückzieht und versteckt, sondern dadurch, daß man dem Erstaunen der anderen entgegengeht und ihm neue Nahrung anbietet. Allerdings sah ich keinen Anlaß, mich ihnen anzubiedern. Ich mußte freilich auch bemerken, daß die kooperative Stimmung vom Vormittag zum Nachmittag gewachsen war und man mit den Kollegen gut auskommen konnte. Ich war mir sicher, daß die sachbezogene, aber doch freundschaftliche Art der Problemfindung, wie ich sie am Nachmittag erlebt hatte, weitergehen würde und nahm an, daß jeder seinen Teil einbringen würde. Ich hatte meine Vorstellung am ersten Tag gegeben und war mit mir selbst zufrieden. Die Runde hatte mich akzeptiert. Arbeit ließ sich natürlich nicht vermeiden, und das einmal begonnene Tempo würde sich nur schwer reduzieren lassen. Bei den nächsten Sitzungen werde ich mich zurückhalten können, dachte ich. Jetzt sind die anderen dran. Ich werde vor allem beobachten können, wie dieser Helmholtz sich gibt, wenn er die Runde zusammenhalten muß. Ich war mir nicht sicher, ob er gemerkt hatte, daß ich auch seinetwegen die erste Stunde der Nachmittagsrunde gleichsam an mich gezogen hatte. Wenn dieser Vormittag nicht gewesen wäre, hätte ich sicher den Versuch gemacht, der Firmenfamilienrunde zu entkommen. Auch wenn mir die Kollegen ein solches Verhalten als unfreundlich ausgelegt hätten. Ich fühlte mich nicht allzu wohl in der Runde dieser wohlgenährten Herren. Ich hätte sicher Bettina angerufen. Heute wäre ein Nachtbummel fällig gewesen. Schlecht aufgefallen war ich bereits. Was hätte ich noch verderben können? Als Frau in der Männerrunde kann ich mir einiges leisten. Das ist immerhin der Vorteil unserer Unterprivilegierung. Man entschuldigt Fehler, die man nie einem männlichen Kollegen durchgehen ließe, mit der Feststellung: ist ja eine Frau! Warum sollte ich die Situation nicht ausnützen? Ich glaube nicht daran, daß sich in unserer Generation die Verhältnisse ändern werden. Alle Erfahrungen sprechen dagegen. Vielleicht wird die Entwicklung im Osten schneller vorankommen. Der Westen bleibt patriarchalisch. Aber will ich denn mit den Frauen in der Tschechoslowakei oder in der Sowjetunion tauschen? Auch nicht mit denen in der DDR. Die Generation der grauen Mäuse in Arbeiterhosen stößt mich ab. Der einzige Laden mit guten kosmetischen Artikeln in Prag, ein Geschäft mit französischer Importware, ist geradezu ein Hohn auf den Herbstschmutz der Stadt, auf die eingewickelten Gesichter, auf die müden Knie in den ausgebeulten Hosen. Ich hatte meine Sekretärin in Hamburg angerufen. Alles in Ordnung. Immer alles in Ordnung, wenn ich auf Dienstreise bin. Die wäre sicher lieber bei einem Mann angestellt. Schwer zu ertragen, daß ich jünger bin. Wenn die wieder nicht die Ablage in Ordnung gebracht hat. Ich hatte mich gewundert, daß sie heute am Telefon war. Kaffeebesuche in den anderen Abteilungen, Besorgungen werden vornehmlich dann erledigt, wenn ich nicht im Büro bin. Ob die neuen Prospekte angekommen sind? Das müßte Helmholtz wissen. Ich werde ihn fragen. Ich werde mich nicht entschuldigen. Ich will ihn sehen. Die Party bei Pelletier ist eine bessere Gelegenheit als das Mittagessen im Hotel, sagte ich zu mir.

Soll ich mich umziehen? Ich stand vor dem Kleiderschrank und zögerte. Wichtig bei solcher Gelegenheit ist, nicht overdressed zu erscheinen. Große Abendgarderobe hatte ich sowieso nicht vorgesehen. Weiß wäre zu auffallend oder zu eintönig. Soll ich den Folklorerock nehmen? Ich entschloß mich, den Samtanzug zu nehmen. Die Jacke allerdings könnte manchen der Herren schockieren. Der Ausschnitt gibt einiges her. Ich habe was zu bieten. Vielleicht bin ich zu offenherzig für den kalten Dezember. Ist für ihn zum Anwärmen. Der soll mich bemerken, vom ersten Augenblick an. Man kann die Jacke ohne BH tragen. Sie ist eigentlich nur ein knapp geschnittenes Oberteil. Wenn das nicht richtig sitzt. Bei mir sitzt es. Ich habe es in Berlin gekauft. Der Spiegel bräuchte Seitenlicht. Ich habe nicht mehr viel Zeit. Immer bin ich in Eile. Habe ich zu lange mit der Sekretärin telefoniert? Hat nicht Mathey gesagt, wir sollten jeder für sich, die Ergebnisse des ersten Tages wenigstens in Stichworten festhalten? Geht jetzt nicht mehr. Was heißt Ergebnisse? Vielleicht nachts, wenn ich zurückkomme. Will ich so bald zurückkommen? Ich muß mich noch schminken. Wenn man in Eile ist, sollte man keine Lidschatten anlegen. Ein heißes Bad würde mir gut tun. Wie viele Minuten habe ich noch? Auf einer Stehparty muß man nicht pünktlich erscheinen. Wenn ich mich beeile, kann ich noch unter die Dusche. Ich zog die Samthose aus. Das heiße Sprudeln auf der Haut. Dann kalt. Ich genoß die Minuten, warf einen prüfenden Blick auf den Körper, rieb sanft die parfümierte Lotion ein, streifte mit den Händen den Körper hinab. Ich war versucht, die Zeit und den Termin zu vergessen, mich nur mit mir selbst zu beschäftigen, die Minuten verstreichen zu lassen. Ich war mitten in Paris, jetzt unerreichbar. Das Büro in Hamburg war sehr ferne. Der Straßenlärm drang nicht bis in das Bad vor. Ich stand vor dem Spiegel und sah mich an. Das Gefühl, sich selbst annehmen zu können. Dies bin ich. Und wenn ich will, brauche ich keinen anderen Menschen. Ich bin selbständig. Die Unabhängigkeit. Ich bin frei von den Zwängen einer Familie. Ich muß mich nicht auseinandersetzen. Freier jetzt als in meiner Hamburger Wohnung.

Warum rechne ich nicht mit Frederik? Ich hätte ihm die Nummer des Hotels geben können. Aber du weißt doch, an den Abenden werde ich nie erreichbar sein. Da sind immer Verpflichtungen. Ich will nicht erreichbar sein. Nach Mitternacht auch nicht. Ich kann dich anrufen. Vielleicht werde ich ihn morgen anrufen.

Ich konnte die Zeit nicht verstreichen lassen. Ich mußte zu Pelletier gehen. Ich würde erwartet werden. Ich durfte mich den Verabredungen nicht entziehen. Ich wollte nicht in die Wohnung von diesem Pelletier. Ich wollte Helmholtz kennenlernen. Ich nahm ein Taxi und erreichte als einer der letzten Gäste das Haus.

Zurück im Hotel. Ich habe mich ausgezogen. Die Kleider sind vollgesogen vom Mief des Zigarettenrauchs. Ich habe die langen gehäkelten Strümpfe anbehalten und das Spitzenoberteil des Schlafanzuges übergezogen. Ich beuge mich zum Spiegel, zu mir selbst hin, setze mich in den Sessel und hebe das linke Bein über die Lehne. Mit dem rechten Arm über die Holzlehne gegriffen, den Arm unter der Lehne durchgesteckt. Meine Schenkel sind zu stark. Erträglich. Der Sessel steht vor dem Spiegel. Das Spitzenoberteil ist nicht zugeknöpft, fällt von den Schultern aus weitklaffend zur Seite. Ich sehe mich an. Sehe an mir herunter, und ich meine in mich hineinzusehen. Ich rutsche ein wenig zurück. Der Unterkörper schiebt sich vor. Da bin ich. Ich biete mich mir selbst an. Ich habe die Party bald wieder verlassen.

Ich habe niemanden außer Helmholtz gesehen. Er stand in der Mitte des Raumes. Er mußte mich gleich bemerkt haben. Für einen Augenblick hatte ich das Gefühl: der hat auf dich gewartet, und glaubte das mögliche Beginnen eines Lächelns auf seinem Gesicht zu entdecken, vielleicht nur die winzige Anspannung der Augen. Hatte sich nicht die Luft bewegt? Was erwartete ich? Ich war angezogen von ihm. Ich versuchte unbewegt auszusehen und spürte doch: du wirst bewegt. Ich sah seine Hände, das Glas in der rechten Hand. Laß ihn machen, was er will, dachte ich. Laß ihm den Anfang. Seinen Anfang? Mein Anfang war doch stärker. Dort stand der fremde Kollege. Um zu ihm zu gelangen, mußte ich durch die anderen hindurch, an ihnen vorbei. Nein, zwischen ihm und mir stand niemand, da war nur der Blick, die Verständigung war da, das Stumme, das nicht auszusprechen sein würde. Nicht jetzt, nicht in der nächsten Sekunde, wenn ich vor ihm stehen werde, vielleicht nie. Ich will nicht durch Reden unsere Augenblicke auseinanderreißen. Aber ich konnte nicht stehenbleiben. Warum kommt er mir nicht entgegen? fragte ich mich. Nein, rühr dich nicht, dachte ich. Da konnte noch ein Zögern bleiben. Noch hatte ich die Möglichkeit, zu stolpern, auszuweichen, nicht diesen unausweichlichen Anfang zu setzen. Ich könnte ein Glas nehmen, mich umdrehen, hinausrennen, die Treppe hinunter, zurück ins Hotel. Niemand sollte mich anhalten. Ich bin ich, ich habe nichts zu verlieren. Ich verliere alles, wenn ich weitergehe, überlegte ich. Ich ging weiter, leicht, selbstverständlich. Da war ein fremder Kollege, der die Form wahrte, der ein lockeres Gespräch führte, der meinen Schritten die Angst nahm, der dastand, lässig, alltäglich. Ein wenig hart um die Mundwinkel herum, empfand ich. Er grüßte mich. War das die erste direkte Begegnung? Ohne besonderen Anlaß. Er half mir hinweg über mein Zögern. Warum sollte er nicht mit mir reden? Alltäglicher Gesprächsstoff aus der Luft gegriffen. Ich konnte mit ihm reden, weiß jetzt nicht mehr, was ich mit ihm gesprochen habe. Sätze, die um mich herumgehängt wurden, Zufälligkeiten. Schenken Sie ein, sagte er zu einem der Mädchen. Vielleicht haben wir miteinander angestoßen. Die Sätze sind mir nicht im Gedächtnis geblieben. Aber ich sehe jetzt sein Gesicht vor mir. Ich habe diese Augen festgehalten. Ich weiß, ich bin an der Außenseite abgeglitten. Keine direkte Bewegung war möglich. Ich konnte mich nur auf seine Augen verlassen. Aber ich war doch neben ihm, ich hätte ihn berühren können. Meine Augen haben ihn berührt. Ich sehe meine nackte Haut. Ich sehe mich im Spiegel. Ich kann mich berühren. Soll ich mich aufwecken? Ich sehe sein Gesicht. Ich weiß: nichts ist geschehen außer diesem Umdrehen durch die Augen. Ich sitze hier und weiß: nichts konnte in Pelletiers Wohnung mehr geschehen. Die Party sog uns auf, Helmholtz hatte keine Anstrengung gemacht, mich auch äußerlich aus ihr herauszulösen.

Ich bin nicht unglücklich. Mir ist, als könnte ich nicht aufhören, mich an sein Gesicht zu erinnern. Ich frage mich: Werde ich ihn lieben? Ich habe mein Leben organisiert. Ich stehe auf, gehe umher im Hotelzimmer. Soll ich noch eine Coca-Cola-Flasche öffnen? Ich will schlafen. Ich muß schlafen. Ich werde nicht schlafen können. Ich trinke keine Coca Cola, sondern schäle ganz langsam eine Orange ab, werfe die Schalen in den Papierkorb im Bad und kaue die einzelnen Schnitzel so lange, bis der Mund bitter wird. Ich öffne das Schiebefenster und lasse den nächtlichen Lärm herein und die kalte Nachtluft. Ich beuge mich hinaus. Man könnte mich von unten gut im erleuchteten Fenster sehen. Exhibitionistin? Aufmunterung für einen Nachtbummler. Ich werde versuchen zu schlafen. Ich werde ihn lieben.

Beschlossen, was ich nicht beschließen konnte. Ich ließ mich von der Erwartung treiben. Ich sah mich an, ich konnte mit mir zufrieden sein. Hatte ich nicht auf einen solchen Augenblick gewartet? Ich ging in Salvador Bahia die nicht endende Mauer entlang, die niedrige Mauer, auf der eines am anderen die Liebespaare saßen und ohne Scham sich küßten, sich berührten. Ohne Begleitung damals. Ich hatte hinausgehen wollen, heraus aus der feuchten Schwüle des Hotels, hinein in die aufreizende Schwüle aus Straßengerüchen, Schweiß und Geschlecht. Ich hatte keine Angst, aufgegriffen, angegriffen zu werden. Wenn schon, ich war bereit gewesen, mich einzumischen in die Körper, die nichts dabei fanden, öffentlich die Liebe zu tun. Ich ging zweimal die Liebesstrecke auf und ab, ich setzte mich in eine Bar direkt an der Straße, ließ die belebte Nacht vorbeiziehen, versank in den Lärm der Motoren und Stimmen. Nach einer Stunde war ich beinahe betrunken, zu schnell hatte ich die Gläser gekippt. Ich hatte Mühe, den Weg zurück zum Hotel zu finden. Von der Terrasse des Hotels aus begann der Strand, weicher Sand sanft abfallend zum Meer, das hier in eine Bucht einlief und deshalb wenig bewegt nur mit kleinen Wellen schaukelte. Ich ging den Strand hinunter, ich war allein und zog mich aus. Das Wasser war auch in der Nacht warm auf meinem nackten Körper. Das Licht des Halbmonds ließ mich die Umrisse der links an der Mole festgemachten und schwankenden Fischerboote nur schwach erkennen. Konnte mich jemand vom Hotel aus sehen, vielleicht ein Gast, der noch nicht schlafen wollte und auf einen der kleinen Balkone hinausgetreten war? Ich legte mich in den Sand, spürte die Körner des Sandes auf meiner Haut und wollte die leichte Kühle, die vom Wasser heraufstrich, fühlen. Mein Hirn abenteuerte durch den Körper, ich redete mir ein, jeden Muskel zu empfinden. Ich griff mit den Händen nach mir und vereinigte mich in meinen Vorstellungen mit einem der Jungen, die ich an der Mauer gesehen hatte. Ich konnte mich mir selbst spürbar machen, das Zusammenziehen und Aufschnellen genießen unter dem gelbroten brasilianischen Mond. Ich wollte aufstehen und gefleckt von dem auf meinem Körper klebenden Sand nackt in die Hotelhalle zurückgehen, an die Bar treten und einen der Gäste zum Tanz auffordern. Ich phantasierte die rhythmische Musik im Kopf zusammen, dachte zurück an den Abend in Rio, an dem mir brasilianische Freunde die Samba beigebracht hatten. Damals hatte ich geglaubt, zwei linke Beine zu besitzen, so hölzern, unbeweglich hatte ich mich neben und mit den angeborenen, aus dem Bauch kommenden Bewegungen der anderen empfunden. Die Musik und die Vorstellung, mit meinem Körper zu provozieren, faszinierten mich. Ich war bereit, mich zu vergessen, mich einmal ganz loszulassen, nur selbst zu bestimmen. Wollte ich meinen Willen durchsetzen? Hatte ich nicht immer meinen Willen durchgesetzt? Als kleines Kind wurde ich an der Alster spazierengefahren. Nach der Spazierfahrt kaufte die Mutter Eis. Man konnte, wenn die Mutter nicht hersah, Steine auf die Schwäne und Enten werfen, die das Wasser dekorierten und für die kahnrudernden Liebespaare und Sonntagnachmittagsausflügler erst attraktiv machten. Damals hatte ich mir angewöhnt, kleine Mädchen in die Beine zu zwicken und ihnen die Röcke in die Höhe zu heben, wodurch immer eine peinliche Situation für die Mutter entstand, die sich dann, rot geworden, entschuldigte. Sie hielt mir eine Strafpredigt, dirigierte mich eilig auf dem Weg weiter, vorbei an alten Damen in langen, heißen Kleidern und alten Männern, die von Zeit zu Zeit ausspuckten oder mit dem Stock Linien in den Kies zu ihren Füßen zeichneten. Auf einer Bank saß eine weißhaarige Frau, die schmatzend ein Butterbrot hinunterwürgte und immer wieder die herabfallenden Krümel von ihrem Rock schüttelte. Ich hatte kein Auge für diese Herrlichkeiten und schlenderte vor der Mutter dahin. Die erhaltene Ermahnung war mir gleichgültig. Ich war stolz, daß ich nicht geweint, sondern Haltung bewahrt hatte. Das war meiner Mutter unverständlich. Sie konnte mich schlagen, ermahnen, anschreien oder eines der strengen Erziehungsmittel anwenden, mich vor die Türe stellen, aus mir war keine Reue über meine Untaten herauszubringen. Ich konnte oder wollte nicht weinen, sondern saß da und trommelte mit den Beinen auf den Boden und starrte die Mutter aus kleinen, zusammengekniffenen Augen an, als wüßte ich nicht, warum sie mit mir spreche. Tut es dir leid? Ich antwortete nicht. Das war nicht schön, was du getan hast. Ich verzog keine Miene. War ich bösartig? Nein, das Gegenteil. Ich konnte alles tun, was man von mir verlangte. Ich tat es mechanisch, selbstverständlich, aber ich hatte meine Eigenheiten, etwa die, daß ich kleine Mädchen in die Beine zwickte oder die Milch, die ich trinken sollte, heimlich zum Fenster hinausgoß. Alle diese Handlungen waren unvorhersehbar, man konnte ihnen nicht durch ein Verbot entgegentreten. Ich handelte plötzlich, scheinbar unüberlegt, und immer erzielte ich damit einen für die Beteiligten beschämenden Effekt.

Während eines Besuchs in München wurde ich in den Botanischen Garten mitgenommen. Schon die Fahrt mit der Straßenbahn war ein Ereignis für mich. Die Mutter hingegen zitterte aus Furcht vor einer der üblichen Schandtaten ihrer Tochter. Sie war froh, als sie mit mir an der Endhaltestelle der Linie drei aussteigen konnte. Mit besonderem Interesse betrachtete ich die ausländischen und einheimischen Blumen und Pflanzen. Einmal erwischte mich die Mutter, als ich die Hand in eines der Wasserbecken hielt, mich bemühte, einen der grünschillernden, langgeschwänzten Fische zu fangen und einen Schrei ausstieß, als ich wider Erwarten einen gepackt hatte. Die Jagdgier hatte mich unvorsichtig gemacht, so daß ich nicht auf die Mutter achtete, die mich mit einem festen Griff emporhob und wegzerrte. Friedlich ging ich weiter, ohne Zwischenfälle verlief der Nachmittag. Beruhigt ging die Mutter mit mir zur Straßenbahn. Als wir einige Stationen gefahren waren, stand ich auf und entleerte meine Taschen. Da kamen Blüten und Früchte, Orchideen und unreife winzige Bananen, Knospen und Stengel zum Vorschein. Wortlos zeigte ich meine Schätze, dann trat ich auf ein Mädchen zu, legte ihm eine Blüte in den Schoß, hielt einem Mann eine Banane hin und bot einer Frau ein zerknittertes Blatt an. Die Mutter war so vor den Kopf gestoßen, daß sie stumm die Szene verfolgte und mir dann wie im Aufwachen eine Ohrfeige gab. Als der Wagen hielt, stieg sie mit mir schleunigst aus. Sie konnte sich einfach nicht vorstellen, wie ich hinter ihrem Rücken hatte räubern können. Und sie wußte, daß ich auf keine ihrer Fragen antworten würde.

Anfangs konnte ich mich auf Frederik einlassen, wußte, ich würde mich ihm gegenüber behaupten können. Frederik würde Überraschungen erleben. Ich hatte Überraschungen erlebt. Nach der Segelfahrt auf dem Gardasee. Er war müde gewesen, am zweiten Tag unseres ersten gemeinsamen Urlaubs. Die Sonne brannte am frühen Nachmittag auf das Verdeck des Bootes herunter. Der Wind war am Vormittag flau gewesen. Wir warteten auf die mittägliche Bora. Frederik zeigte mir, daß er segeln konnte. Die Hitze löschte mir beinahe die Gedanken im Hirn aus. Wir waren den Motorbooten entkommen. Nur das Wasser flüsterte am Bug des Bootes. Unser Zelt stand auf dem Platz vor Malcesine. Wir waren am Abend zuvor spät angekommen. Frederik war von Frankfurt aus durchgefahren, ohne Aufenthalt in München. Ich hätte gerne in München übernachtet, konnte ihn aber nicht überreden. Er wollte in den Süden. Am Ende der Saison war leicht ein Platz zu finden, auf dem wir ein wenig abseits von den anderen das Zelt aufstellen konnten. Wir waren auf die Luftmatratzen gefallen. Ich hätte gerne den ganzen Vormittag über am Seeufer gelegen und mich ausgeruht. Aber Frederik hatte wie immer Pläne, ich mußte früh am Morgen mit zum Hafen, wo er ein Segelboot mietete. Als wir ablegten, sah ich einen alten, grau im Fell verfilzten Hund an der Mole stehen und uns nachsehen. Wir nahmen zuerst Kurs auf Limone und zogen dann langsam nach Süden. Die Luft stand leer und heiß über uns. Das Segel schlappte. Wir mußten auf den Wind warten. Ich streckte mich träge auf dem Verdeck aus. Ich dachte an den klapprigen Hund. Frederik schnitt eine Melone auf und biß hinein, er schlug seine Zähne in das rote Fleisch. Ich wollte nur trinken. Wir hatten Wein und Mineralwasser mitgenommen. Trink keinen Wein auf die Melone, sagte ich zu ihm, als er mir die Flasche aus der Hand nehmen wollte. Das Luftkissenboot schnitt knatternd unsere Route, halb nur mit Touristen besetzt. Das Wasser sprang in heftigen kurzen Wellen auf unser Boot zu. Ich war müde, Frederik ließ mich nicht schlafen. Brauchte er keine Ruhe? Er lachte mich aus und wollte mich haben, mitten auf dem See, im Boot. Ich konnte ihn abhalten, ich war zu müde. Am Abend, in der Südtiroler Speckstube, lernten wir einen jungen Italiener kennen, einen Sportlehrer aus Verona, der in den Ferien am Gardasee Segelunterricht erteilte. Beim Wein und den fetten gegrillten Haxen kamen wir uns näher. Ich konnte mich mit ihm leidlich auf Italienisch unterhalten. Frederik verstand nicht, was wir miteinander sprachen, ich mußte übersetzen, seine Spanischkenntnisse nutzten hier nichts. Ärgerte sich Frederik? Aber er packte die Gelegenheit. Mach doch einen Segelkurs, meinte er. Wann müßte Nicole kommen, ließ er durch mich fragen. An drei Tagen in der Woche am Vormittag drei Stunden. In dem Anfängerkurs sind noch zwei Damen und ein Herr, ich kann Sie aufnehmen, sagte Angelo. Du hast nichts dagegen, fragte ich Frederik, jetzt in unserem Urlaub? Laß dir die Grundbegriffe beibringen, den Rest üben wir zusammen, außerdem sind wir für drei Wochen hier, meinte er großzügig. Oder wollte er nur, daß ich auf seinem Boot nicht wie eine ungelenke Landratte saß, wenn er sich zeigen wollte? Abgemacht, übermorgen würde die erste Stunde sein. Wir treffen uns am Hafen, sagte Angelo, als wir uns verabschiedeten.

Ich lernte Segeln, ich traf mich mit Angelo und den anderen Schülern am Hafen. Ich machte keine allzu großen Fortschritte und schob einige zusätzliche Unterrichtsstunden ein, allein mit Angelo auf dem Boot. Warum hatte Frederik mich den Segelkurs machen lassen? Die Übungsstunden verkürzten die Zeit, in der wir zusammensein konnten. Ich wartete auf Frederiks Reaktion. Er konnte doch nicht einfach an den Vormittagen beruhigt vor dem Zelt liegen oder baden, während ich draußen übte. Frederik wartete ab. Am Montag der darauffolgenden Woche stiegen wir zusammen von Navene aus auf die Bocca di Navene. Wir brachen um sieben Uhr früh auf. Man hatte uns gesagt, welch ein beschwerlicher, über vier Stunden langer Aufstieg auf uns warte, aber wir ließen uns nicht abhalten. Wir wußten, daß die sonnigen Stellen wegen der Vipern zu meiden waren. Nicht ins Gras setzen, nicht dorthin, wo die Sonne heiß auf den Weg scheint. Der Aufstieg war so steil, daß uns der Schweiß aus jeder Pore brach, der Weg führte beschwerlich über Felsbrocken und kam ausgetreten oder gebahnt durch

Gebüsch und Jungholz. Nach einer halben Stunde mußten wir anhalten. Wir setzten uns auf einen Stein im Schatten einer der hohen Buchen. Das Gespräch kam auf den Segelkurs. Ich erfuhr, daß Frederik mich hatte prüfen wollen. Jetzt warf er mir meinen Eifer vor. Er hatte Angelo und mich durch das Fernglas beobachtet. Ich versuchte ihm klarzumachen, daß zwischen Angelo und mir nichts gewesen sei. Er lächelte spöttisch. Ich war beleidigt und konnte nicht begreifen, daß er auf eine so schäbige Methode verfallen war. Er wollte gesehen haben, daß ich schon am ersten Abend in der Speckstube auf diesen Italiener geflogen sei. Ich habe doch deine Augen beobachtet, meinte er, du kannst dich nicht verstellen. Am liebsten hätte ich Abenteuer erfunden, sie ausgemalt und die Details Frederik entgegengeschleudert, so empört war ich wegen seines unfairen Angriffs. Ich hätte ihn quälen können, ich war im Recht, er hatte mich so enttäuscht, daß ich zweifelte, diese Erfahrung je wieder ungeschehen machen zu können. Wir gingen weiter, stumm hintereinander. Wir mußten wieder anhalten und verbissen uns weiter in die sinnlose Auseinandersetzung über ein Abenteuer, das keines gewesen war. Ich hatte versucht, das Segeln zu lernen, um Frederik eine Freude zu machen, ich wollte keinen Gedanken an diesen Angelo verschwenden. Jetzt aber reizte mich Frederiks Angriff aus dem Hinterhalt und ich gab vor, den Italiener doch nett zu finden. Er ist schlank und sportlich, hat Manieren und ist ein glänzender Unterhalter, sagte ich. Frederik hörte zu, er mußte wissen, daß er Angelo überlegen war, daß die Zufallsbekanntschaft für ihn keine Konkurrenz darstellte, aber er ärgerte sich, er preßte die Lippen zusammen und beschleunigte den Aufstieg. Ich konnte ihm kaum folgen. Wir begegneten während des ganzen Aufstiegs keinem Menschen. Niemand war so verrückt wie wir, in der glühenden Sonne sich auf diesen Berg hinaufzuquälen. Ich mußte eine Verschnaufpause machen. Die Kleidung klebte am Körper. Ich zog die Bluse aus, um ein wenig Erleichterung zu finden. Hier sieht uns sowieso niemand, dachte ich und mußte gleichzeitig daran denken, daß dieses Niemand auch bedeutete, niemand würde uns finden, wenn einer den Fuß verstauchen, wenn einen eine Viper beißen sollte. Wir waren allein in der

Bruthitze, die nur vom Geschrill der Grillen angerissen wurde. Wenn mich Frederik jetzt fertigmacht und zurückläßt, dachte ich, dann werde ich nicht mehr zurückkehren. Ich hatte das Gefühl, völlig isoliert in einem leeren, unbegrenzten Raum zu stehen, ausgeliefert an eine unbarmherzige, feindliche Natur und an das unberechenbare Mißtrauen Frederiks. Für Augenblicke war meine Beziehung zu ihm total in Frage gestellt. Was hatte ich zu tun, mit dem fremden Menschen, der vor mir stur wie eine Maschine über die Steine stieg, sich nicht nach mir umsah, dem es scheinbar gleichgültig war, ob ich nachkam, ob ich die Mühe des Aufstiegs aushielt? Worauf hatte ich mich mit ihm eingelassen? Ich hätte mich hinsetzen können, er wäre weitergegangen, davon war ich überzeugt. Aber ein so nichtiger Anlaß konnte doch nicht ungeschehen machen, was uns seit zwei Jahren zusammenhielt. Ich wollte nicht daran glauben, daß er mich hatte demütigen wollen, daß er mir keine Freiheit zugestehen wollte, daß er nur seine Stärke sah und mich wie in eine Gefolgschaft hineinzog. Liebe ist doch anders, Liebe hat damit nichts zu tun, redete ich mir ein, ich wollte die Gemeinheit nicht sehen, ich war bereit, nachzugeben, ich werde auf die Dauer die Stärkere sein, sagte ich mir. Ich wollte nicht weinen, nicht aufgeben, aber doch auch nicht den Graben zwischen uns mit jedem Schritt tiefer werden lassen. Was bedeutete mir denn Angelo? Ich konnte morgen schon nicht mehr zum Hafen gehen, die Stunden abbrechen. Frederik war wichtiger als Angelo. Frederik machte eine Pause, wir hielten an einer Weggabelung an, rechts brach ein Hang steil in die Tiefe, dünne Baumstämme klammerten ihre Wurzeln in den kargen Humus und wuchsen in das Licht. Frederik lehnte an einem der Stämme, er wischte sich den Schweiß von der Stirn und setzte den Rucksack ab. Ich stand vor ihm. Hatte sich sein Gesicht aufgehellt? Er schien vom Streit genug zu haben. Er sah mich an, und ich spürte, daß ihn mein Körper reizte, daß er meiner halben Nacktheit nicht widerstehen konnte. Ich kam ihm entgegen, ich war bereit, ihm zu verzeihen, ich sah keinen anderen Weg, unsere Gemeinsamkeit aufrechtzuerhalten. Frederik konnte sehr schnell sein Verhalten ändern. Ich mußte ihm glauben, wollte ich nicht unsere Beziehung aufs Spiel setzen.

Ich werde nicht nachgeben, dachte ich, aber jetzt muß ich nachgeben. Ich hätte abbrechen können, ein Ende machen. Der winzige Anlaß. Frederiks übermäßige Reaktion, warum wollte ich nicht daraus lernen, in der Hitze dieses Mittags war mir doch die Brüchigkeit unseres Verhältnisses aufgegangen? Ich konnte die Brüche nicht sehen, ich war enttäuscht, ich hätte mich empören, ich hätte Frederik wirklich provozieren können. Warum war ich nicht ausgegangen mit diesem Italiener, der mir nichts bedeutete, einfach vom Segelunterricht nicht zurückgekommen? Ich hätte mit ihm verschwinden können, wenigstens für einige Stunden, um Frederik einen Nachmittag lang im Ungewissen zu lassen, um ihm zu beweisen, daß ich frei war, daß er mich nicht gekauft hatte, mich nicht besaß. Einige Stunden mit Angelo, vielleicht auf dem Turm der Burg von Malcesine, oben auf dem Balkon, von dem aus man in die Tiefe des Sees hinabsehen kann. Im Burgmuseum die präparierten Vipern, die Tafeln mit den Warnungen vor ihren Bissen. Goethe zeichnete die Burg und wurde beinahe als Spion verhaftet. Mit Angelo durch die alten Ölbaumgärten, er müßte die Wege kennen. Nein, ich konnte auf diese Begleitung verzichten, ich dachte nicht daran, Frederik weh zu tun, ich war überrascht von seinem Verhalten, von der mir fremden Eifersucht. War sie der Ausdruck seiner Liebe, mußte ich sie hinnehmen als die auch mögliche Form, mir zu zeigen, daß ich im Mittelpunkt stand, daß wir zueinander gehörten? Ich machte kein Ende, und als wir aus dem engen Weg auf die Bocca hinaufkamen und die Hütte geschlossen war, beschlossen wir, uns trotz der Schlangengefahr in das Gras zu legen. Wir schlüpften in den schmalen, buschbewachsenen Pfad, der, wenn man auf den See hinunterblickt, rechts in Richtung des Cresta di Navene führt und in den letzten Jahren wohl kaum von einem Wanderer begangen worden war. Nach einigen hundert Metern kamen wir auf eine kleine Lichtung und breiteten auf dem dürren Gras unsere Jacken aus. Wir legten uns in die Sonne, ich ließ mich ein auf Frederik. Ich machte ihm klar, daß unsere Liebe nicht durch eine Zufallsbekanntschaft berührt werden konnte.

20. Dezember

Ich sitze auf einer Bank vor dem École militaire. Reif auf den Dächern. Ich friere. Im eisigen Morgen laufen Schüler in blauen Trainingsanzügen Runden auf dem freien Platz vor dem Mitteltrakt. Der Eiffelturm im Morgendunst. Die leichten Wolken von schwachem rosa Hauch bewegt. Ich habe sehr früh gefrühstückt und dann gleich das Hotel verlassen. Warum habe ich nicht auf Nicole gewartet? Ich zögere immer noch, auf sie zuzugehen, mit ihr über uns zu reden. Sie ist mir fremd. Unsere Augenbegegnungen fanden statt jenseits der Realität der Konferenz. Immer wieder die Idee: Schließe die Augen, beim Öffnen wird diese Nicole nicht mehr da sein. Ich habe keinen Anlaß, mich an Träume zu klammern. Der erste Schub der Büromenschen eilt zur Arbeit in die Ministerien und Verwaltungen. Ich bin um das Häusergeviert herumgegangen. Kaum Geschäfte. Wieder sprudelndes Wasser, den Schmutz die Randsteine entlangspülend. Nicole wird jetzt im Frühstücksraum sein. Wenn sie auf mich wartet, wird sie davon ausgehen müssen, daß sie sich gestern getäuscht hat. Kann man sich so täuschen?

Im Konferenzraum sammeln sich die Teilnehmer. Einige scheinen noch beim Frühstück zu sein. Gruppen an den Fenstern stehend. Auf den Tischen Papiere von gestern. Die Trainergruppe arbeitet, schreibt Gliederungen auf die großen Papierbogen. Die Videoeinheit wird ausprobiert. Kollegen mischen sich ein. Fragen wohl, was heute auf uns zukäme. Die Morgensonne scheint kräftig durch die Scheiben. Die grauen Tischplatten beginnen zu glänzen. Ein Kellner teilt gesäuberte Aschenbecher aus. Wenn nur einmal die Nichtraucher in der Überzahl wären. Nicole raucht nicht. Ich habe sie jedenfalls nicht mit einer Zigarette gesehen. Nicole betritt den Raum. Ich weiß vom ersten Augenblick an: sie hat mich gesucht. Sie geht auf mich zu. Ich stehe in einer der Fensternischen. Ich habe auf Nicole gewartet. Sie streckt mir die Hand hin. Guten Morgen. Haben Sie gut geschlafen? Ich miserabel. Vielleicht ist mir der Wein nicht bekommen. Heute werden wir wohl voll einsteigen müssen. Meinen Sie nicht? Selbstverständlich, daß sie mit mir spricht. Wir sind in eine Gruppe gesteckt worden. Sind wir nicht auch nach Paris gekommen, um gruppendynamische Erfahrungen zu machen? Die Gruppe muß lernen, sich selbst einzuschätzen, hat Herr Mathey gesagt. Sie werden erfahren, wie wichtig die Selbstbeobachtung und die Beurteilung durch die anderen sind. Im übrigen wird bei den Gruppengesprächen und Sitzungen immer ein Beobachter aus Ihrem Kreis anwesend sein, der nach dem Sprecher der Gruppe im Plenum seine Beobachtungen mitteilen wird. Unsere Arbeit vollzieht sich in einem Regelkreis, bei dem die einzelnen Glieder – Sie selbst – allerdings austauschbar sein müssen. Feed-back kommt auch dadurch zustande, daß Sie lernen, in Rollen zu denken und dann wieder bereit sein müssen, über sich selbst unvoreingenommen zu sprechen. Da jeder von Ihnen auch Persönliches preisgeben muß, ist eine allgemeine Offenheit vorhanden, in der sich niemand ängstigen sollte. Dann also kann ich mit Nicole reden, denke ich. Ich werde in der Gruppe von Sitzung zu Sitzung mehr erfahren. Ich möchte mehr über Nicole erfahren. Wo sitzen Sie? Das wissen Sie doch! Können wir die Plätze tauschen? Nein, vor jedem Platz steht heute ein Namensschild. Ich fühle mich ganz wohl dort drüben. Sie sucht ihren Platz auf. Der Saal hat sich gefüllt. Wieder beginnt der Tag mit einem Referat.

Mathey spricht von Kontaktfähigkeit, Leistungsehrgeiz und Dominanz. Er erläutert, wie wir über uns selbst und die Mitarbeiter Persönlichkeitsprofile anfertigen könnten. Soziale Sensibilität, Verantwortungsgefühl, Flexibilität, Verhalten in Streßsituationen: extropunitiv, intropunitiv, unpunitiv, normal. Ein günstigeres Ergebnis wäre zwar auch für Markenartikelverkäufer besser. Wenn Sie aber bedenken, daß die Gesprächszeit in unserer Branche sehr kurz ist und daß das zu verkaufende Produkt meist im Mittelpunkt des Gespräches steht, ist dieses Ergebnis annehmbar. Was heißt hier annehmbar. Sie haben nichts anzunehmen, sagte mein Boß. Sie sollen handeln. Wenn der Außendienst mit vorformulierten Verkaufsunterlagen ... Was sind sales folders? hatte ich damals gefragt. Wäre beinahe rausgeflogen. Sie führen, nicht der einzelne Verkäufer. Wir organisieren seinen Arbeitstag. Wie organisieren Sie Ihren Arbeitstag? Da liegen die Probleme. Sie müssen umdenken, umorganisieren. Die Zeitverwendung von Führungskräften. Was sagt Mathey, das ist doch falsch. Dieses Deutsch. Der hat auch noch nie Werbung gemacht. Die Zeitverwendung. Auf ihre Spur müssen Sie kommen. Sie müssen lernen, Ihre Besprechungen zu ökonomisieren. Vorbereitung und Organisation von Besprechungen. Jeder nimmt schnell ein Blatt heraus. Alle schreiben in Stichworten auf, wie diese Vorbereitung bei ihm geschieht. Brainstorming, meine Herren! Alles aufschreiben, was Ihnen durch den Kopf schießt. Nicht die Reihenfolge ist entscheidend, nicht Wertungen. Wir sammeln, Auswertung in den Gruppen. Ich gehe weiter. Wohin geht der? Sie sind doch fertig. Ich bin fertig. Fahre fort, denke ich. Soll ich mitschreiben? Nein, am Ende eines jeden Tages erhalten Sie auf abgezogenen Blättern die Überschriften und Merksätze ausgehändigt. Der „geführte Verkäufer", der eventuell sogar seinen Touren- oder Kundenbesuchsplan von der Verkaufsleitung vorgegeben bekommt, wird sicher weniger Eigenaktivität entwickeln als der Außendienstler, der seinen Arbeitstag und seine Route selbst festlegt. Aber wir organisieren den Arbeitstag des Außendienstmitarbeiters. Warum denn? Habe ich doch alles schon einmal gelesen. Wenn Sie dann in den Gruppen in die Tests einsteigen. Ich sehe Nicole an. Hat sie bei dem Stichwort Tests aufgeblickt? Machen Sie sich klar, daß jeder Testteilnehmer einer Gruppe von Menschen zuzuordnen ist. Ich nehme die Brocken auf, die aus Mathey herausfallen. Ich schreibe mit, notiere einzelne Sätze. Immer, wenn ich versuche, ein Referat festzuhalten, stelle ich später fest, daß die Zusammenhänge nicht klar werden, mir wohl nicht klar geworden sind. Vom Typ her ist dieser Testteilnehmer ein Mensch, bei dem die Geistesarbeit die dominierende Eigenschaft darstellt, wobei die Gefühlsansprechbarkeit noch recht gut ausgeprägt ist. Deine Gefühle, Nicole, möchte ich jetzt kennen. Sie scheint auf ihr Papier zu kritzeln. Ich möchte bei der Sache bleiben. Also: Er hat einen guten Zugang zu seiner eigenen Gefühls- und Gedankenwelt und beschäftigt sich daher häufig mit sich selbst. Er kann allerdings den Kontakt zur Umwelt ohne weiteres herstellen, wenn er dazu gezwungen wird. Ob mich Nicole zwingt? Umweltskollegin. Nach außen erscheint er oft als beherrschte und kühle Persönlichkeit, weil er alle gefühlsmäßigen Regungen zu verbergen trachtet und im mitmenschlichen Bereich trotz vorhandener Kontaktfähigkeit zurückhaltend wirkt. Woher kennt mich Mathey? Zwischenfrage des Kollegen aus Amsterdam. Natürlich, weil alle mehr oder weniger in eine der sechs Gruppen zu bringen sind, sagt Mathey. Auch ich? Da kannst du dir also heraussuchen, welche Schachtel dir paßt. Eine Schwäche, sagt Mathey, liegt allerdings darin, daß er durch zu häufige Beschäftigung mit sich selbst immer wieder sein inneres Gleichgewicht herstellen muß. Er ist daher gegen Streßsituationen anfällig und braucht längere Zeit, um wieder mit sich ins reine zu kommen. Er versucht, mit allen Problemen selbst fertig zu werden und scheut davor zurück, sich anderen anzuvertrauen. Ich zitiere wörtlich, sagt Mathey. Sie können das alles nachlesen bei Rückle. Aber die Typenlehre ist ja nichts Neues. Wichtig ist, daß Sie Ihre Mitarbeiter einordnen können, dann werden Sie keine Überraschungen erleben. Wieso geht er davon aus, daß ich mich überraschen lasse? Hat mich nicht Hochbauer in der letzten Woche überrascht? Dieser Schleimer, der kriecht mir hinten rein, wenn ich zusehe, und spuckt zur Seite, wenn ich wegsehe. Schließe mich Ihrem Konzept an, freue mich, daß wir wieder einen Konsens gefunden haben, ich vertraue auf Ihr Urteil, ich bespreche doch alles vorher mit Ihnen. Lügen, freundliches Gerede, Ohrenvollschwätzer. Ich weiß doch, daß er nicht ertragen kann, daß ich, der Jüngere, anschaffe. Ich muß anschaffen. Sie haben die Leitungsfunktion nicht übertragen bekommen, sagte der Boß, um mit den Mitarbeitern bei Kaffee und Kuchen zu argumentieren, Sie müssen führen. Ich erwarte, daß Sie Bescheid wissen, über jede Reise der Mitarbeiter, ordnen Sie an, daß genauere Fahrtenbücher geführt werden, knappe Eintragungen über die Verkaufsgespräche, über die Abschlüsse, setzen Sie sich ins Bild. Wo soll ich Hochbauer einordnen? Mathey bietet die Typen an. Seine Stärke liegt hauptsächlich in der schnellen emotionalen Anpassung und in der relativ starken Handlungsbereitschaft. Sein Typ. Mein Typ. Wer denn?

Ich sehe zu Nicole hinüber. Man kann sich in ihren Augen ausruhen, denke ich. Sie ist einfach da und weicht nicht aus. Ich kann lange in diese Augen schauen, wir tauschen mehr miteinander aus, als wir sagen könnten. Ich lasse Hochbauer aus meinem Gedächtnis fallen. Kann seinen Typ vergessen in diesem Gesicht, das mir entgegenkommt, das offen und ohne Hinterhalt zu sein scheint. Mathey hat sein Referat beendet. In Wirtschaft und Verwaltung werden Probleme der zeitökonomischen Mitarbeiterführung immer stärker diskutiert. Zeigen Sie jetzt in den Gruppen, daß Sie in einer sehr knapp bemessenen Zeit zu Ergebnissen kommen. Wir verteilen uns in die Gruppenarbeitsräume. In die Appartements in verschiedenen Stockwerken des Hotels, die für diesen Zweck ausgeräumt wurden. Zwei aneinandergerückte Tische, um den Tisch acht bis zehn Stühle, eine Tafel. Papierrollen. Ich fahre mit Nicole die paar Stockwerke aufwärts. Die Nähe zu ihr ist für mich in jedem Augenblick überraschend. Wir haben immer noch keinen persönlichen Satz miteinander gewechselt. Aber muß man denn miteinander reden, um sich einander zugehörig zu fühlen? Ich Nicole zugehörig? Ein Flirt in Paris, ein zaghafter Anfang, morgen kann alles zu Ende sein. Wie konnte dieser Frau gelingen, durch ihre bloße Gegenwart mich so zu irritieren, daß ich eifersüchtig werde, wenn sie mit einem der Kollegen ein paar Worte wechselt? Sie ist eine Fremde. Aber das zufällige oder gewollte Einanderberühren der Arme im Aufzug, das Lächeln, als ich sie aus dem Aufzug treten lasse und das Plaudern über das Seminar, als wir den Gang entlang zum Gruppenarbeitsraum gehen. Ich setze mich an eine der Schmalseiten des Tisches, Nicole nimmt den nächsten Stuhl rechts von mir an der Längsseite. Neben sie setzen sich zwei Kollegen. Mir bleiben dreizehn Punkte in Erinnerung, die Nicole vorträgt, um aus ihrer Erfahrung darauf hinzuweisen, welche persönlichen Verhaltensweisen den effizienten Verlauf oder das gute Klima einer Besprechung mit den Mitarbeitern fördern oder erschweren können. Sie spricht von Alibisitzungen, die nur dazu dienen, im Zeitablauf den Mitarbeitern das Gefühl zu geben, ernst genommen zu werden. Wenn man keine Detailtagesordnungen verschicke oder durchspreche, verliefen sich die Sitzungen. Sie habe häufig zu wenig straff geführt und die Schweiger nicht aus der Reserve gelockt, außerdem sei sie mit zu vielen Vorgaben, zu vielen eigenen Festlegungen in die Sitzungen gegangen. Ich habe die Sitzungsergebnisse nicht entsprechend bewertet und anderen zur Verfügung gestellt, sagt sie, aber was soll man denn tun, wenn sich die Lethargie der Mitarbeiter einfach nicht durchbrechen läßt? Wenn man bei fünf Sitzungen um zusätzliche Tagesordnungspunkte gebeten hat und keine gekommen sind, gibt man auf. Vielleicht habe ich auch zu viele Besprechungen nacheinander angeordnet, so daß die Ergebnisse weder festgehalten noch ausgeführt werden konnten. Und dann, dabei blickt Nicole in die Runde, habe ich immer wieder festgestellt, daß unsere, daß meine Sekretärinnen keine Protokolle führen können. Auch wenn während der ganzen Sitzung ein Bandgerät mitläuft, sind sie nicht fähig, aus dem Material die entscheidenden Gesichtspunkte herauszufinden und zu ordnen. Vielleicht aber haben Sie, Nicole, wirft da ein Kollege ein, den Verlauf der Sitzung nicht klar genug gesteuert. Wir sollten auch Sitzungsführung lernen. Natürlich, antwortet Nicole, vielleicht sind wir auch zu diesem Zweck nach Paris gekommen, aber arbeiten Sie einmal mit Mädchen, die alles andere als den Sitzungsverlauf im Kopf haben. Das Desinteresse an der Arbeit beginnt am Morgen, wenn im Büro das Frühstück nachgeholt werden muß, weil die Damen nicht rechtzeitig aus dem Bett gekommen sind. Gut, wir werden darüber diskutieren. Jetzt fahre ich fort in der Beschreibung der Hemmnisse. Ich stellte immer wieder fest, daß Sitzungen von einzelnen Mitarbeitern als Profilierungsmöglichkeit mißbraucht werden. Die Redegewandten reden, die Sitzung wird nicht mehr als faires Diskussionsforum erlebbar. Ich selbst gebe nicht immer alle Informationen, die mir wichtig erscheinen, da ich das Gefühl habe, daß sich nur wenige dafür interessieren. Schlußfrage: Sollen wir unter diesen Umständen die Mitarbeiterbesprechungen abbauen oder vermehren. Ich habe Nicole zugehört. Die hat mitgedacht. Kein Zweifel. Selbstkritik und Kritik an den Verhältnissen. Ihr Gesicht ist gerötet. Angst vor dem Auftritt in der Männerrunde? Sicher nicht. Die ist den Umgang mit Männern gewohnt.

Nicole argumentiert aus ihrer Erfahrung heraus, versucht aus kritischer Distanz das eigene Verhalten zu beurteilen. Vergißt die Vorbedingungen. Darauf weist Merkle hin. Rötlisberger nicht. Wir haben Nicole zugehört. Sie hat recht. Wir haben nicht von den Vorbereitungen gesprochen. Die Gruppe organisiert sich selbst. Wir müssen konkreter werden, sagt Merkle. Wir könnten eine Konferenz simulieren. Konferenz, die geleitete Diskussion, die uns zu gemeinsamen Meinungen oder Schlüssen führen soll. Wir sollen zu einem Beschluß kommen. Weg zur Mehrheit. Merkle schlägt das Thema vor. Thema in Fragestellung packen. Wie kann im afrikanischen Raum, beginnend in Kairo, der Vertrieb unserer Produkte organisiert werden? Merkle stellt Material zusammen, das heißt, er schreibt auf ein paar Zettel mögliche Vorbedingungen. Nicole läßt sich auf Merkles Vorschlag ein. Wir haben die Form der Einladung diskutiert, optimale Sitzordnungen werden ausprobiert. Vor allem ist sicherzustellen, daß der Konferenzleiter alle Teilnehmer sieht, alle Teilnehmer sollen alle Teilnehmer sehen können. Merkle setzt uns in die verschiedenen Anordnungen. Die richtige Sitzanordnung, ein Rechteck, nicht zu schmal, nicht zu breit. An drei Seiten können die Teilnehmer sitzen. Der Konferenzleiter an einer der Schmalseiten. Ich sitze links von Merkle. Nicole hat sich neben mich gesetzt. Wenn ich zum Konferenzleiter Merkle sehe, habe ich Nicole im Profil vor mir. Ich will lange so sitzen bleiben. Merkle erläutert das Thema, er grenzt es ein. Die Diskussion wird eröffnet. Merkle nennt uns die Strategie, die er für notwendig hält. In allen Phasen der Diskussion soll immer nur ein Teilaspekt behandelt werden. Er will uns alle gleichberechtigt zu Wort kommen lassen. Zwischendurch wird er die Ergebnisse zusammenfassen und sie der Sekretärin diktieren. Nicole, wollen Sie für die Zusammenfassung zur Verfügung stehen? Nicole sitzt ihm am nächsten. Sie nimmt an. Merkle führt aus: Da eine gute Diskussionsfrage sich immer an alle Teilnehmer richtet, werde ich nie einen von Ihnen direkt ansprechen. Rötlisberger unterbricht ihn. Er schlägt vor, noch systematischer vorzugehen. Wir sollten nicht einfach eine Konferenz durchspielen, meint er, sondern für den organisatorischen Ablauf eine Checkliste aufschreiben, um auf ihr alles abhaken zu können, was wichtig ist. Hat Rötlisberger geschlafen? Den Vorschlag hätte er früher einbringen können. Aber die anderen nehmen an. Die Checkliste wird auf den Blättern des flip-chart angeschrieben. Rötlisberger schreibt selbst an. Anzahl der Sitzplätze, Rednerpult, Mikrofon, Verstärker, Lautsprecher, Belüftung, Heizung, Beleuchtung, Verdunkelung, Projektionswand, Filmprojektor, Diaprojektor, Overheadprojektor, Tonbandgerät, Videorecorder. Die Begriffe untereinandergeschrieben. Ankreuzen rechts in den Spalten. Maßnahme erforderlich? Maßnahme kann frühestens erfolgen am? Maßnahme spätestens erledigt, Erledigungsvermerk. Wir kommen auf fünfundsiebzig Begriffe oder Maßnahmen. Wir haben die Grundlage für einen Netzplan geschaffen, nach dem das Vorhaben ablaufen kann. Wir kehren in unsere Konferenz zurück. Als Merkle Nicole eines der Zwischenergebnisse diktiert, öffne ich eines der vor uns bereitstehenden Saftfläschchen. Nicole wendet sich mir zu und bittet mich, auch ihr eine der Flaschen zu öffnen. Ich gieße den Johannisbeersaft in das Glas und stelle es neben ihre linke Hand. Habe ich ihre Hand berührt? Merkle ist abgeschweift, er erinnert uns an die Wichtigkeit des Kontaktes, den man beim Reden zu den Zuhörern halten muß. Als Diskussionsteilnehmer oder als Diskussionsleiter, sagt er. Wer redet, muß die Zuhörer persönlich ansprechen. Man kann nicht allen gleichzeitig in die Augen sehen, wenn eine ganze Konferenzrunde beisammen ist. Sehen Sie einzelne an, fangen Sie die ein, die nicht aufmerksam genug sind. Der Blickkontakt ist wichtig. An den Reaktionen der Teilnehmer lese ich ab, wie ich ankomme. Der Blickkontakt gibt Auskunft darüber, ob Sie zu schnell vorgehen, ob man Ihnen zustimmt, ob Sie wiederholen müssen. Ich probe den Blickkontakt mit Nicole. Ich melde mich zu den Ausführungen von Merkle. Ich sehe ihn nicht an, ich suche Nicoles Augen. Sie hat sich zu mir umgedreht. Ich kann sie aus einer sehr kleinen

Entfernung ansehen. Ich könnte sie mit einer Armbewegung erreichen. Nicole will mich ansehen. Ich rede für sie, ich werde unterbrochen. Ich werde mich wieder melden. Ich habe die Reaktionen in ihrem Gesicht abgelesen. Nicole hat meinen Blick aufgenommen, sonst nichts. Ich habe ihr Gesicht mit meinem Blick berührt. Sie hat nicht einen Augenblick lang gezögert, den Blick aufzunehmen. Sie ist nicht ausgewichen. Sie hat mich angesehen. Wir haben in der Konferenz miteinander geschwiegen, obgleich ich redete. Wir lösen das Problem des Vertriebs in den afrikanischen Ländern. Einführung unserer Produkte über den Bazar in Kairo. Wir müssen vor allem ägyptische Mitarbeiter gewinnen. Rötlisberger ist überzeugt, daß wir die Verpackungen verändern müssen. Der Einstieg in den arabischen Raum wird uns gelingen. Wir stellen den Konsens beim Vorgehen fest. Nicole redet. Ich schaue Nicole an. Ich werde mit Nicole reden. Ich verhalte mich zu Nicole. Ich lasse mir sagen, daß Einfühlungsvermögen nicht irgendein psychisches, geheimnisvolles Ereignis ist, sondern ein Verhalten, ein Gefühlsverhalten. Das Gefühlsverhalten, sagt Merkle, wird deutlich in der Fähigkeit eines Menschen, mit anderen Menschen in Gefühlskontakt zu kommen.

20. Dezember

Wieder saß ich ihm gegenüber. Ich hatte auch auf diesen Vormittag beinahe zitternd gewartet. War der gestrige Abend ohne Chance vergangen, konnte auch dieser Vormittag vorbeigehen, ohne den weiteren kleinen Schritt auf ihn zu. Ich spielte mit ihm, ich spielte mit meinen Gedanken, die ihm gehörten. Ich sah meine Hände auf dem Tisch. Ich stellte mir vor, daß seine Hände mich streichelten, daß er mich veränderte. Ich glitt in diese Liebe hinein, ohne jede Hoffnung auf ein Ausweichen. Ich liebe deine Hände, dachte ich. Ich wollte mir diese Hände auf meiner Haut vorstellen. Ich schloß die Augen. Warum versuchte ich immer wieder, seine Augen zu fesseln, aufzublikken, ihn zu fragen? Da war doch nur ein fremder Kollege, ein Mann, mit dem mich nichts verband, keine Vergangenheit, keine Erlebnisse. Aber irgendwo beginnt Liebe immer, in einem winzigen Aufblick, und du weißt: hier könnte eine Begegnung stattfinden. Habe ich den Beginn bei diesem Franz Helmholtz gespürt? Wann? Im ersten Augenblick. Ja, sein Gesicht war mir aufgefallen, als ich in den Raum gestürmt war. Gestern. Wie lange ist gestern vergangen. Als hätten meine Blicke Jahre zu ihm hin zurückgelegt. Wann beginnt die Liebe? Diese unglaubliche Versuchung, über den Graben zu springen. Da drüben steht er. Und ich weiß nicht einmal, ob er auf mich wartet. Ich weiß, daß er mich erwartet. Ich kann alles vergessen, wenn ich ihn anschaue. Ich habe ihn nicht gesucht, ich habe ihn gefunden. Ich kann nicht mehr los von diesem Gesicht, das meine Gedanken gern haben, dessen Linien meine Augen folgen. Warum stehe ich nicht auf und gehe auf ihn zu, um ihn zu küssen? Ihn küssen! Ich werde verrückt durch die Erwartung. Ich werde ihn küssen. Nicht heute. Doch, ich will ihn heute küssen. Irgendwo, irgendwann. Ich brauche nicht mehr die Zeit zu stellen. Ich spüre, daß unsere Zeit von selbst abläuft.

Wir müssen uns treffen. Ich muß aufpassen, Mathey erzählt irgend etwas. Ich kann nicht aufpassen. Dieses Sichanspannen der Haut. Ich spüre das Ziehen in den Muskeln meiner Beine. Ich laufe mir selbst davon. Mich interessiert nicht mehr, was vorne oder neben mir geschieht, ich warte auf seinen nächsten Blick. Ich zähle die Sekunden. Schau mich an, schau mich an. Ich muß mich zurücknehmen, ich kann nicht nachgeben. Dabei rutsche ich aus auf einem abschüssigen Boden, den ich selbst zu ihm hin geneigt habe. Ich schlage den Blick nieder und schaue ihn an. Ich schaue ihn an durch meine geschlossenen Augen.

Ich bemühte mich, an Frederik zu denken, mir sein Gesicht vorzustellen. Ich hatte mich doch kaum von ihm verabschiedet, bei unserem letzten gemeinsamen Wochenende. Ich liebte Frederik, seine eindeutige, draufgängerische Art. Frederik hatte mich im Sturm genommen. Blödes Klischee. Mir fiel kein anderer Vergleich ein. Sportbekanntschaft. Im Segelclub. Die Nächte im Boot. Frederiks Pfeife. Die ersten Züge. Dicke Luft. Man muß nicht selbst rauchen, um den Duft des Tabaks zu lieben. Frederik, der Erfolgreiche. Nichts stellte sich ihm je in den Weg. Auch ich hätte mich nur umrennen lassen können. Er hat mich umgerannt. Wollte ich Frederik heiraten? Wir hatten ausgemacht, uns Zeit zu lassen. Ich werde nicht zu ihm ziehen. In ein paar Jahren vielleicht. Jetzt will ich frei sein. Ich konnte nicht eifersüchtig auf andere Frauen sein, die Frederik anschwärmten. Er war eifersüchtig. Aber er konnte meiner sicher sein. Seit ich ihn kenne, habe ich mit keinem anderen geschlafen. Ich werde bald die Koffer packen und mit ihm den Winterurlaub verbringen. Ich muß an Frederik denken.

Ich sehe ihn vor mir in der engen Elastikrennhose, die Arme in die Höhe werfend: Fahr mir nach, schreit er und rast den Hang hinab über die Buckel. Seine Skier und Beine hämmern über den Boden. Mit einer irrsinnigen Geschwindigkeit entfernt er sich. Welch ein Standvermögen er hat. Ich bewundere ihn. Aber ich kann nicht im gleichen Tempo nachfahren. Ich muß abschwingen, meine Angst vor dem Sturz ist nicht geringer als die Sorge, meine Gelenke könnten die unaufhörlich von unten kommenden Stöße einfach nicht aushalten. Ich muß ihm nachfahren. Er muß auf mich warten.

Ob Helmholtz sportlich war? Ich schätzte ihn ab. Dem könnte ich nachfahren, dachte ich. Er leidet zu viel, um schnell sein zu können. Wieso leiden? Wie kam ich auf diese Feststellung? Aber war nicht sein Mund immer wieder zusammengepreßt, zu genau, zu schmal? Und in seinen Augen: zuviel Phantasie. Man muß die Phantasie einschränken, um sportliche Wagnisse eingehen zu können. Geschäftliche auch? Schnelligkeit und Erfolg sind nicht auf Phantasie angewiesen. Meine ich. Ein anderer mag anders urteilen. Vielleicht ist auch Phantasie nicht das richtige Wort. Helmholtz kann abschweifen, weg sein, in seinen Gedanken mit meinen Blicken zaubern. Ich stelle Behauptungen auf, die ich nicht beweisen kann. Braucht Liebe Beweise? Liebe?

Frederik hätte mich gestern ganz anders angesprochen. Alles wäre entschieden gewesen. Kann Helmholtz' Blick Widerstand aushalten? Vielleicht würde er sich sogar zurückziehen. Frederik zieht sich nie zurück. Bin ich ihm unterlegen? Er mag sich das einreden. Hat er je darüber nachgedacht? Ich hätte längst mit ihm auch über mich so sprechen müssen, wie jetzt meine Augen mit Franz Helmholtz sprechen. Hätte er mich verstanden? Ohne Anlaß spricht man nicht miteinander. Meine Liebe zu Frederik erschien mir so selbstverständlich, einfach. Mich zog das Phantastische der Augen meines Gegenübers an. Mir war, als säßen wir weit voneinander entfernt und könnten wie mit einem Fernrohr direkt in den anderen hineinsehen, ohne daß die zwischen uns liegende Weite verlorenging. Was alles dichte ich diesem Mann an, den ich nicht kenne, dachte ich.

Ich glaubte, ihn kennengelernt zu haben. Man weiß doch, wenn man getroffen wird. Ich sah Frederik vor mir und stellte mir sein lautstarkes Lachen vor, wenn ich mich um eine Erklärung bemühen würde. Ich könnte Frederik gar nichts erklären. Ich werde Frederik nie etwas über Helmholtz erzählen können, dachte ich. Ich mußte mich wiederfinden oder loslassen. Die Vormittagspause wurde angekündigt. Noch fünf Minuten, dann können Sie Kaffee trinken, hörte ich Mathey sagen.

Aber ich wollte diese fünf Minuten nicht auf Mathey hören. Ich mußte an Frederik denken. Frederik war nicht mit Franz

Helmholtz zu vergleichen. Ich kannte Frederik und war bei Franz Helmholtz auf Vermutungen angewiesen. Frederik hatte sich den Platz in meinem Leben genommen. Damals als ich ihn kennengelernt hatte, war ich nicht gleich entschlossen gewesen, ihm diesen Platz einzuräumen, aber er konnte sich auch die Beziehung zu mir nie anders als erobernd vorstellen. So unangenehm war mir schließlich die Vorstellung nicht, erobert worden zu sein. Mit Frederik konnte man sich sehen lassen. Selbstverständlich holte er mich in seine Clique. Ich würde nie ein so guter Sportler werden können, wie er, hatte ich ihm nach einem Monat gesagt. Aber den Anschluß konnte ich doch halten. Wir haben immer an den Weihnachtsfeiertagen bis Neujahr die Tage ausgenutzt. Frederik und seine Clique. Zu sechst im Range Rover nach Sankt Moritz. Wir wurden begeistert von den Schweizer Freunden aufgenommen. Frederik kann Aufmerksamkeit erwecken. Helmholtz läßt die Aufmerksamkeit an sich herankommen, dachte ich. Ich mußte sein Gesicht gegen das Gesicht Frederiks stärken. War Helmholtz nicht zu weich für seinen Job? Ich stellte das Sanfte gegen Frederiks Entschlossenheit. Bei Frederik war alles klar, ich wußte, woran ich war. Frederiks Nüchternheit gefiel mir, an ihr konnte man sich festhalten. Wie kam ich dazu, Helmholtz sanft zu nennen? Ich hatte ihn nicht so genannt. Ich empfand ihn so. Seine Gegenwart versprach mir etwas, das ich noch nicht erfahren hatte, das ich mit Frederik nicht erfahren würde. Ich fragte mich, ob Frederik Phantasie habe und vermutete gleichzeitig in meinem Kollegen diese Phantasie. Warum suchte ich jetzt bei Frederik nach Phantasie? Ich wollte nicht die Zeit der Sicherheit zu Ende gehen lassen. Die Zeit mit Frederik sollte nicht gegen die Minuten, die ich mit Helmholtz verbracht hatte, aufgerechnet werden. Ich hatte nicht eine Minute mit Helmholtz verbracht. Was bildete ich mir denn ein? Doch ich wollte und konnte mich von dem neuen, dem ganz anderen Gesicht nicht abwenden. Wenn wir jetzt aufstünden und das Hotel verließen, dachte ich, dürfte sich niemand wundern. Die Tagung war unwichtig geworden.

Ich war mit Frederik vertraut geworden, wir hatten uns aneinander gewöhnt. Ich hatte mich mit seiner Eifersucht abgefunden. Ich ging gerne mit Frederik aus. Alle hatten seine Spontaneität gerne, er war der Wortführer in jeder Runde, konnte sich nach vorne spielen und die Leute unterhalten. Bei jeder Gelegenheit fiel ihm ein Witz ein, eine Geschichte, die zur Situation paßte. In Frederik hatte ich jemanden gefunden, der mit mir gerne in Diskotheken ging, der bis zum Morgen tanzte, mich nicht aus den Augen ließ, wenn ich einmal einen anderen ansah, der aber selbst ausschwärmte, die Bewunderung anderer Mädchen genoß. Er war ein ausgezeichneter Tänzer, wurde nie müde, war trainierter als alle anderen. Damals in dem Restaurant in Los Angeles. Er hatte sich die schwarzen Schönheiten herausgesucht. Sie flogen ihm zu, er konnte auswählen. Ich ließ ihm sein Vergnügen, wartete auf die Nacht im Hotelbett, wußte, daß er angefeuert von den Versuchungen an der Bar und auf der Tanzfläche, zu mir kommen würde, stärker als gestern. Ich gehörte ihm und wußte, daß ich ihn nicht verlieren würde. Er konnte sich hineinwerfen in den stampfenden Lärm der Musik. Ich drehte mich mit ihm bis zum Taumeln, er hob mich auf vom Boden und wirbelte mich, eng an sich gepreßt, im Kreis herum, daß mir der Atem wegblieb. Und er tanzte wieder mit einer anderen Frau, machte provozierend öffentlich auf seine Potenz aufmerksam, er lächelte und schmiegte sich an diese Frau, er forderte sie mit jedem Schritt zu mehr auf, zu einer neuen Selbstpreisgabe, und er ließ sie los, führte sie an die Bar zurück und setzte sich heftig atmend neben mich. Ich liebte Frederik, ich ließ seine Atemlosigkeit explodieren, ich wollte mit dazugehören, ich ließ mich hineinwirbeln in die Diskodunstatmosphäre und wußte, wir würden im Wagen zurückjagen zum Hotel, noch einen Drink nehmen an der Hotelbar oder uns eine Flasche auf das Zimmer bringen lassen. Frederik bestätigte mein Selbstbewußtsein und verlangte zugleich meine Unterwerfung. Ich konnte zwischen fünfzig Leuten mit ihm in einem Zimmer auf einer Party sein, mich zwischen den anderen Paaren hindurchdrängeln und ihn vor allen Leuten küssen. Seine Entschlossenheit gab mir Sicherheit.

Die Kaffeepause begann. Wir gingen langsam ins Foyer hinaus. Kellner boten Kaffee und Tee an. Ich setzte mich an eines der kleinen Tischchen in einer Nische. Helmholtz brachte mir eine Tasse Kaffee, setzte sich zu mir an den Tisch. Wir sprachen über die Firma und vermieden jede Anspielung auf uns selbst. Er wollte mit mir reden, das schien ihm zu genügen. Sein Mund redete Sätze, die mich nichts angingen. Seine Hände und seine Augen redeten intensiver mit mir als sein Mund. Sein Gesicht verdeckte alle Gedanken an Frederik. Ich war bereit, mich auf ihn einzulassen oder ich konnte einfach nicht mehr ausweichen, obgleich er mir kaum entgegenkam. War ich nicht auf ihn zugegangen, jede Minute ein Stückchen näher, und warum war jetzt kein Wort, warum konnte er nicht einfach die Gelegenheit wahrnehmen? Er nahm sie doch wahr, nur er redete nicht, er war so heftig da, daß ich unsicher wurde, daß ich beinahe den Kaffee verschüttet hätte. Die anderen mußten doch bemerken, daß mir das Blut in den Kopf schoß, daß ich meine Augen nicht festhalten konnte, daß ich seinen Blick suchte und am liebsten nach seinen Händen gegriffen hätte. Seinetwegen hatte ich mich an diesen Tisch gesetzt, mich nach dem Kellner umgeblickt, ihn geradezu aufgefordert, mir Kaffee zu bringen. Rötlisberger kam auf uns zu, fragte, ich störe doch nicht, natürlich störte er, wurde freundlich eingeladen, sich zu uns zu setzen, fragte, wollen wir nicht, morgen vielleicht, einen Stadtbummel machen, wollte sich Rat bei mir holen für die Einkäufe, die er vorgesehen hatte. Die Kinder und meine Frau erwarten, daß die Weihnachtsgeschenke in diesem Jahr aus Paris kommen, sagte er, wäre doch ein Vergnügen, mit Ihnen zum Einkaufen zu gehen. Helmholtz sagte nichts, lies Rötlisberger reden. Ich dachte, zu sagen wäre jetzt, daß jede der freien Minuten längst vergeben ist, daß sich in mir die Gedanken an diese Minuten drängen, daß ich keine der Minuten drangeben möchte. Rötlisberger faßte das Schweigen als Zustimmung auf. Dann also bis morgen, sagte er und stand auf, will mir draußen ein wenig die Beine vertreten und eine rauchen. Ich trank den Kaffee aus, auch wir standen auf, gingen im Foyer auf und ab. Was war geschehen, konnte ich von einer Annäherung ausgehen, wie sollte ich meine Gedanken ordnen, wenn ich zu wenig Anhaltspunkte geliefert bekam? Er hatte nichts gesagt, was uns hätte weiterbringen können. Ich dachte an die zweite Kaffeepause. Wieder mußte ich ihn ansehen.

Wenn ich ihn ansah, hatte ich das Gefühl, nicht mehr richtig gehen zu können. Meine Hände zitterten. Ich spürte ein Tanzen in den Fingerspitzen, ich war irritiert. Mein Körper gehorchte mir nicht mehr wie früher. Ich ging während der Pause zur Kaffeetheke, die vor dem Gruppenarbeitsraum aufgebaut worden war. Plötzlich stand ich ihm gegenüber. Ich bemühte mich, ein gleichgültiges Gesicht zu machen, und hatte das Gefühl, die Flammen müßten mir aus dem Gesicht schlagen. Ich konnte meine Augen nicht von ihm lassen und wollte doch den Kopf wegwenden. Ich hatte die Tasse in der Hand und zitterte. Ich hatte ihn nicht erwartet. Er riß mich aus den Gedanken an ihn heraus. Ich hatte an ihn gedacht und doch nicht mit ihm gerechnet. Würde er von jetzt an immer neben mir stehen? Mußte ich ihn einbeziehen in meine Schritte, in mein Hin- und Hergehen? Wie konnte er diese Spannung in meinem Körper erzeugen, wie dieses Sichzusammenziehen, das mich verrückt machte, das mich aus mir herausdrehte? Ich wollte ihm dieses Recht, nein, diese Möglichkeit nicht einräumen. Ich wollte selbständig bleiben, Herr meiner Sinne. Ich kannte bis zur Stunde dieses Gefühl nicht, nicht dieses leere, weiche Gefühl in den Knien, die Schwäche, das Gefühl, ausgeliefert zu sein an, ja, an was? An ihn, an meine Gefühle, an das Nichtentdeckte in mir, das so unglaublich schnell gewachsen war, daß ich atemlos hatte werden müssen. Ich mußte mir selbst nachlaufen, ich konnte meinen Körper nicht mehr mit dem Kopf einholen. Alles war wie in einem Zwang geschehen. Ich konnte nur noch nachlaufen, nur noch dem Zittern folgen, das in mir aufgewachsen war, das ich herbeigerufen hatte. Ich war doch ich, war doch nicht fremder Kraft ausgeliefert. Ich wollte mich nicht von mir abhängen lassen. Dazu hatte ich viel zu lange auf meine Selbständigkeit gepocht. Nie war mir ein ähnliches Gefühl in meiner Beziehung zu Frederik gekommen, nie hatte er auch nur einen Ansatz gemacht, mit mir so umzugehen. Aber Helmholtz ging gar nicht mit mir um. Was verfuhr denn mit mir? Da war der Fremde, da war einer, den ich im Gegensatz zu Frederik nicht kannte, und wie in einem Blitz schien ich sagen zu können: Er ist es. Es, ja es, das, was nicht zu beschreiben war, was zwischen uns sich bewegte, was mich zittern machte, was mir fremd war, was mich verzweifelt nach Halt Ausschau halten ließ, was mir die Füße unter dem Körper wegzog, was mich aufhob und schwanken machte.

Niemand darf sich so eines anderen bewältigen können, dachte ich und wehrte mich doch nicht gegen ihn.

20. Dezember. Abend. Dienstag.

Wenn der Konsument erkennbar gesättigt ist, legt er ein immer wählerischeres Kaufverhalten an den Tag. Wir erkennen den Konsumenten. Der Konsument muß abgebracht werden von seinem wählerischen Verhalten. Analyse des Wahlverhaltens. Erkennen der Zwänge. Also gegensteuern. Wählerisches Konsumverhalten erfordert auf seiten der Unternehmen Neuorientierung mit Schwerpunktverlagerung von Produktion zum Absatz. Marketing im Zentrum der Unternehmenspolitik. Chancenerweiterung. Karriereplanung aufgrund der Marktsituation. Erkennen, weiterentwickeln. Erforderlich auch Marktschaffung, nur so wird zielgerecht der Markt von morgen sowohl mit Produktion wie auch mit dem Absatz in den Griff genommen. Markttaktik. Wir planen den quantitativen und intensitätsmäßigen Einsatz der Marketinginstrumente. Entscheidend die richtigen Zeitpunkte. Marktschaffung. Kundenschaffung. Wir brauchen nicht nur geborene Verkäufer, Verkäuferschaffung. Durch Schulung. Verkaufsförderung setzt Einsatz aller Strategien, aller Mittel und Tätigkeiten voraus, die den Markt erschließen können. Gegen die Skepsis, die in Verkaufsgesprächen aufkommt, vorsorgen. Nicht dem einzelnen Verkäufer die Initiative überlassen. Der Kunde von morgen mit dem anderen Gesicht. Wir schaffen den Kunden von morgen.

Wir simulieren am Nachmittag Verkaufssituationen. Dann wird diese Situation analysiert und auf mangelhafte oder gute Ausbildung der Mitarbeiter zurückgeführt. In den Gruppen werden Situationen der Mitarbeiterausbildung gespielt. Die Videoaufzeichnungen lassen die wirklichen Verhaltensweisen der Kollegen erkennen. Auch ich werde kritisiert. Das ist heilsam für Sie, sagt Mathey. Normalerweise beobachten Sie, jetzt werden Sie beobachtet. Sie kritisieren jeden Tag, ordnen an, jetzt werden Sie kritisiert, unter die Lupe genommen. Das Objektiv der Videokamera legt Sie bloß. Sie müssen diese Erfahrung machen. Aber was hat Mathey für eine Vorstellung von den Leitenden unserer Firma? Warum versucht er uns einzureden, nur wir kritisierten? Hat er keine Ahnung, was die Oberbosse täglich mit uns anstellen, wie wir angepfiffen werden? Als Fiedler vor einem halben Jahr wegen eines Kreislaufzusammenbruchs zwei Wochen ausgefallen war und sich dann im Klinikum rechts der Isar auf Herz und Nieren hatte untersuchen lassen, war als Ergebnis herausgekommen: Kein organischer Schaden. Und was hatte Fiedler vom Boß als Antwort bekommen, als er sich nach seiner Krankheit, die ja organisch gar nicht vorhanden war, wieder bei ihm gemeldet hatte? Hab' ich doch gleich gewußt, daß Ihnen nichts fehlt, ich bin doch der bessere Mediziner. Psyche, die ist für die Geschäftsleitung nicht vorhanden. Wer nichts aushält, hat abzutreten. Führungskräfte werden nicht krank. Wenn sie krank werden sollten, ist das der Beweis dafür, daß sie keine Führungsqualitäten haben. Von uns wird erwartet, daß wir durchhalten. Die nächste hierarchische Schicht unter uns darf krank werden. Wir haben zu führen. Vor allem neurovegetative Erkrankungen sind unerwünscht. Schon wieder eine vegetative Dystonie, das ist doch nicht auszuhalten, hatte er gerufen. Ausreden der Ärzte, Ausreden der Mitarbeiter. Das sind Hinweise auf ein ungeregeltes Innenleben, verdächtige Regungen. Mitarbeiter, denen ihre Psyche davonläuft, stempeln sich selbst ab. Diese verdammte Sensibilität, Sie sind zu verletzlich, meine Herren. Ich erwarte, daß Sie Ihr Gefühlsleben in Ordnung halten, die Firma lebt davon, daß Sie auf dem Posten sind. Fangen Sie nicht an, an unserer Gesellschaft, an den Zwängen oder den unerfüllten Wünschen Ihrer Ehe zu leiden. Das überlassen wir den Intellektuellen an den Universitäten. Sprechen Sie sich aus, wenn nötig, hier bei mir im Zimmer, aber nicht so lange, wie Sie sich beim Psychotherapeuten Zeit nehmen würden. Ich bin kein Psychotherapeut. Ich werde dafür bezahlt, daß der deutsche Zweig Gewinn macht, daß wir Ideen und positive Bilanzen in die Gesamtbilanz einbringen.

Weiß Mathey nichts von diesem Alltag? Kann ich nicht

glauben. Aber auch er handelt im Auftrag, er wird bezahlt dafür, daß er uns schult. Nun, die Videoaufzeichnungen helfen mir, ich kann mich beobachten. Ich kann Nicole beobachten. Die Fragetechnik hilft der Argumentationstechnik. Sie geht bei der Beweisführung nicht mit Behauptungen, sondern mit gezielten Fragen vor. Wichtig ist, daß Sie die Verkäufer davon abbringen, weiter ein statisches Verkaufsgespräch zu führen. Die Verkäufer dürfen Argumente nur im Sinne der sachlichen Beweisführung gebrauchen, nicht im Sinne der Widerlegung. Verkaufspsychologisch wäre die Widerlegung unklug. Der Kunde will nicht widerlegt werden. Er würde sich wehren. Sie dürfen nicht zulassen, daß er eine Gegenposition aufbaut. Der Kunde darf nie zum Gegner werden. Was der Kunde einwendet, darf nicht sofort aufgegriffen werden. Wir merken uns die Einwände, um später Ansatzmöglichkeiten zu haben. Wir üben mit unseren Mitarbeitern die verbale PRO-Argumentation durch Fragetechnik ein. Sie sollen das Gespräch statt mit Behauptungen mit Fragen führen. Fragen ist viel unverfänglicher als Behaupten. So entzieht man sich der Gefahr, sich mit Einwänden des Kunden auseinandersetzen zu müssen. Die verschiedenen Fragearten: Fragen, die der Information dienen, Fragen, mit denen man die vom Kunden oder von Partnern geforderten Antworten zurückstellen kann, Bestätigungs- und Absicherungsfragen, Bumerangfragen. Ich gebe ein Beispiel (lesen Sie bei Feldmann nach): „Der Kunde wirft die ungeprüfte Behauptung in die Runde: Ihr Angebot ist zu teuer! Der Verkäufer fragt: Sind Sie wirklich der Ansicht, dieses Angebot sei zu teuer? – Oder erscheint Ihnen das nur so? – Darf ich den Beweis mit Zahlen erbringen, wie preisgünstig dieses Angebot ist? Bumerangfragen sind Florettfragen, mit denen man sich verteidigen und gleichzeitig von neuem zum Angriff übergehen kann." Weiterführungsfragen, motivierende Fragen, stimulierende Fragen. Wir spielen die Fragesituationen miteinander in der Gruppe durch. Stimuliere ich Nicole mit der Frage: Haben Sie nicht in vielen Jahren – auch mit unseren Angeboten – ein fundiertes und gediegenes Geschäft aufgebaut? Wir spielen diese Frage im Stehen. In der Videoaufzeichnung sehe ich, wie ich während der Frage auf Nicole zugehe. Dokument einer

Annäherung. Peinlich, in der Runde, dieses Dokument analysieren zu müssen. Aber die Kollegen haben nichts gemerkt. Ihre Kundeneinwände gegen meine PRO-Argumentation. Ein solches Vorgehen ermöglicht es dem Verkäufer, sich frei von allen Gemütsregungen, nur in der Sachlichkeit, in der Sachrichtigkeit und in der daraus sich ergebenden Sachkompetenz einen geistigen Standort zu erarbeiten, der die optimale Proargumentation ermöglicht, doziert Mathey. Dabei zitiere er Feldmann, ich schlage im „Verkaufstraining" nach. Macht nichts, doch wie könnte ich frei von allen Gemütsregungen Nicole gegenübertreten? Nicole sagt: Ich danke Ihnen für diese Information und für die Darstellung Ihres Angebotes. Ich werde mir alles überlegen. Ich werde mich mit meinen Mitarbeitern beraten. Für heute genügt mir die Information. Ich antworte: Wenn mein Angebot keinen Wert für Sie hat, dann brauchen Sie das, was ich anbiete, nicht. Ist das aber, was ich Ihnen angeboten und erläutert habe, das wert, was es Ihnen leisten kann, dann sollten Sie den Artikel Ihren Kunden nicht vorenthalten. Was wollen Sie eigentlich noch überlegen? Wir arbeiten seit Jahren zusammen. (Mir ist, als hätte ich Nicole nicht erst einen Tag lang gesehen.) Habe ich einen Fehler gemacht? (Ich mache immer einen Fehler, ich hätte schon gestern die Argumentationstechnik ablegen und die Fragetechnik anwenden sollen.) Habe ich etwas in meiner Argumentation übersehen? Die neue Kollektion wollen Sie doch haben? Was werden Sie antworten, wenn die Kundinnen fragen? Werden die Kundinnen nicht fragen, wenn erst unsere Anzeigenkampagne in allen Illustrierten und Tageszeitungen angelaufen ist? Selbstverständlich sollen Sie sich die Bestellung gründlich überlegen. Sie müßten ja das übrige Lager räumen. Nicole, du mußt dein Lager räumen. Will ich denken. Wir beanspruchen Exklusivität. Ich beanspruche sie. Du sollst keine Verkaufsschlager neben mir haben. Die Frage nach den anderen Göttern. Die Nebengötter müssen fallen. Ich habe dich angeschaut. Ich habe dir Fragen gestellt. Ich sehe die Antworten vor mir. Nicole, festgehalten auf dem Magnetband, mir gegenüber. Ich spreche über Nicole, ich kritisiere sie und mich, vor den anderen. Zwischen Kunden und Verkäufer herrscht ein Beziehungsklima. Dieses Klima ist eine handfeste Realität, sagt Mathey. Sie, Helmholtz, haben keine entsprechende Beziehung zu ihrer Partnerin, zu Ihrer Kundin aufgenommen. Tatsächlich prägt in erster Linie der Verkäufer dieses Klima im Beziehungsfeld zur Kundschaft. Die Art und Weise des Verkäufers, mit dem Kunden umzugehen, ihn anzusprechen, ihn anzuerkennen, ihm hilfreich zur Hand zu sein, das alles bestimmt die Zufriedenheit des Kunden und das Klima. Mathey ist nicht mit mir zufrieden. Ich hätte Nicole nicht ausreichend motiviert, meint er.

Was weiß Mathey von mir? Vielleicht die Gegensteuerung. Zwischen mir und Nicole. Klima, das nicht wir, sondern die Situation geschaffen hat. Der Verkäufer, der genau die Rückwirkung, Rückkoppelung seiner Interaktionen beim Kunden beobachtet. Verkäufer, der dem Kunden sekundäre Verstärkung gibt, ihn bestätigt, lobt, ihm entgegenkommt. Rückkoppelungen, als Erhöhung der Wahrscheinlichkeit der Wiederholung einer Verhaltensweise. Der Kunde wird bewußt in den Regelkreis einbezogen. Die gewollten Wirkungen müssen vertieft, gefestigt werden. Keine Abschweifungen. Unsere Simulationen dienen der Wirklichkeit. Morgen laufen überall die gleichen Situationen ab. Tempo der Verstärkung folgt dem gewünschten Verhalten. Zitat. Durch differenzierende Verstärkung kann das Lernverhalten eines Kunden geformt werden, indem man Verhaltensweisen, die erwünscht und daher erhalten werden sollten, verstärkt, während man unerwünschte Verhaltensweisen ohne Verstärkung läßt. Was erwartet Nicole von mir, ich kenne ihr Lernverhalten nicht. Lehrsätze, um Nicole zu überzeugen. Jeder Kunde kann überzeugt werden. Speicherung der möglichen Vorurteile. Abruf der Argumente. Ich werde Nicole überzeugen. Der Kunde, sagt Feldmann, bedarf immer des Handlungsanstoßes und der Bestätigung durch den Verkäufer, daß er richtig handelt, wenn er kauft. Ich will den Käufer nicht widerlegen. Seine Aussichten sind zunächst akzeptiert. Keine Revolution der Kontraktkräfte im Kunden. Der tüchtige Verkäufer beschäftigt sich täglich im Selbsttraining mit der Entwicklung seiner Proargumentation. Wenn ich Nicole nach München bekommen könnte. Sie ist auf der Leiter der mittleren Hierarchie schon zu hoch geklettert.

Wäre eine ideale Assistentin. Würde mich auslachen, wenn ich ihr heute dieses Angebot machte. Fühlt sich uns gegenüber als gleichberechtigt. Wer will ihr das Selbstbewußtsein nehmen? Der Verkäufer, der lobt. Bestätigung des Kunden. Ich habe Schwierigkeiten, meine Assistentin zu loben. Ich verkaufe ihr keine Kosmetika. Die Zusammenarbeit ist gut.

Die Simulation der Verkaufsgespräche hilft uns, die nicht mehr vorhandenen Praxiskenntnisse aufzufrischen. Soweit ehemalige Verkäufer unter uns sind. Rechne Rötlisberger dazu. Entscheidend die Hilfen zur Verkäuferführung. Morgen stehen Sie wieder vor ihren Mitarbeitern. Führung heißt Leistung erzeugen. Ich stachle die anderen an. Sie müssen folgen. Aufgabe der Verkäuferführung, die Mitarbeiter im Außendienst haben unterschiedliche Ausbildung. Erfahrung, Charakter, Temperamente zu gemeinsamen Erfolgen bringen. Ordnen Sie alle Voraussetzungen dem Erfolg unter. Erfolgsmaßstab ausschließlich Erreichung der im Marketingplan festgesetzten Unternehmensziele, also Gewinn und Wachstum. Wenn die Begründung für Kauf oder Nichtkauf in den menschlichen und flexiblen Handlungen des Käufers liegen, dann gelingt das Ziel als Ergebnis wechselseitiger Verhaltensbeeinflussung. Die Videokamera hat mir Nicoles Gesicht nahegebracht. Ich habe sie gleichsam klinisch beobachten können. Nicole als funktionierender Teil in der Kette unserer Techniken. Auch ihre Techniken. Nicole geht mit ihnen um. Hat gelernt, sich so zu bewegen, wie die Bewegungen erwartet werden. Auch sie fragt nicht ständig nach dem Sinn der Erwartungen. Wir glauben an die Weisheit der Funktionen. Im Kreis der Mitarbeiter unserer Kategorie ist ein Ausflippen undenkbar. Die möglichen Versager werden früher ausgesiebt. Die Kunst der Führung besteht darin, die möglichen Fehler der Mitarbeiter so frühzeitig zu erkennen, daß diese nicht wirksam werden können. Wir haben die uns Unterstellte so zu behandeln, wie wir behandelt wurden. Wir garantieren der Spitze des Hauses die Solidarität in den Funktionen. Nur wenn man den Funktionen vertrauen kann, werden die menschlichen Unzulänglichkeiten zur verschwindenden Komponente. Ich sehe in Nicoles Gesicht die gespannte Sicherheit des Informierten. Nicole hat den Nachmittag bestanden. Das Objektiv der Videokamera ist mit ihr nicht ins Gericht gegangen. Das systematische Vorgehen erlernbar. Nicole hat sich eingefügt. Sie demonstriert Abschlüsse. Nicole als Verkäufer, Nicole als Kunde.

Ich bin froh, daß die Nachmittagsarbeit um eine Stunde kürzer als ursprünglich vorgesehen ausfällt. Der Grund, das Theater, in das wir am Abend geführt werden sollen, beginnt um 19 Uhr. Eine sehr ungewöhnliche Zeit, bemerkt einer der Kollegen, als Herr Pelletier ein paar einführende Worte von sich gibt. Ich habe das Stück deshalb gewählt, weil Sie alle doch sicher nach dem Theater noch etwas vorhaben. Wir könnten gemeinsam zu Abend essen, die einzelnen Gruppen werden sich daran anschließend sicher ins Pariser Nachtleben verlieren. Das Stück dauert von 19 bis 20.30 Uhr. Mit dem Abendessen könnten wir um 23 Uhr fertig sein, da bleibt noch eine lange Nacht.

Man will etwas über das Stück wissen, aber Pelletier gibt nur einige Andeutungen. Man werde einem Happening beiwohnen, selbst mitspielen können, jeder nach seinem Geschmack, man werde Kontakte zu den Schauspielern bekommen – er läßt das Wort Kontakt auf der Zunge zergehen und blickt beinahe genießerisch in die Runde. Man solle sich allerdings auf Überraschungen gefaßt machen. Er habe das Spektakel schon einmal über sich ergehen lassen und sei jetzt auf den Mut seiner Kolleginnen und Kollegen gespannt. Wir sehen uns an. Was hat Pelletier vor? Er verrät noch, daß das Stück von einer japanischen Truppe aufgeführt werde und weniger durch den Text als durch die Handlung unmittelbar wirkte. Will sich jemand vom Besuch ausschließen? fragt er. Niemand will sich dem geheimnisvollen Genuß dieser neuen Erfahrung entziehen. Paris kann immer etwas Neues bieten. Ich erinnere mich an meine erste Parisreise und den Abend in einem Schwulentheater. Ich habe gute Bekannte hier, sagte seinerzeit unser Geschäftspartner zu uns. Wenn Sie wollen, können Sie mit mir in der Pause hinter die Bühne kommen und den Damen, den Herren unter die Schottenröcke fassen, um den Beweis der Natur in der Hand zu haben. Auf der Bühne selbst sehen Sie nur die Show, die freilich ist hinreißend. Die Brüste der Herren sind echt. Was wird uns heute abend erwarten? denke ich und blicke Nicole an. Da der Bus uns um 18.30 Uhr vom Hotel abholen soll, bleibt wenig Zeit. Kurz unter die Dusche, Rasieren, ein frisches Hemd. Ziehen Sie sich nicht allzu vornehm an, hat Pelletier geraten, Sie könnten nach der Vorstellung eine Reinigung der Kleidung nötig haben. Wieder ein geheimnisvoller Hinweis. Theater, Kultur gehört zum Image unserer Firma. Kultur beginnt bei uns damit, daß ein Jahresetat zur Anschaffung moderner Bilder zur Verfügung steht. Wir kaufen über beauftragte Galerien allein in Deutschland pro Jahr für etwa DM 30 000 Grafiken, Lithos, Collagen und gelegentlich auch einmal eine Plastik ein. Die Kunstwerke werden dann in der Empfangshalle und in den Chefzimmern aufgehängt oder aufgestellt. Da jede Tochter nach dem in den USA ausgedachten Schema geleitet wird, kauft auch jede in den verschiedenen Ländern Kunstwerke ein. Nach einiger Zeit werden die Kunstwerke im Umlaufverfahren von Land zu Land gereicht. Wir kommen so in den Genuß immer neuer Werke. Der Geschmack der Mitarbeiter soll verbessert werden, hatte Bill einmal gesagt. Wir können nicht nur dazu beitragen, die Körper unserer Mitmenschen ansehnlicher erscheinen zu lassen, wir müssen auch etwas für die Geschmacksbildung der Mitarbeiter tun. Kultur bildet doch. Als ich in die Firma kam, habe ich dieses Kulturbewußtsein begrüßt, heute weiß ich, daß es Teil des Gesamtkalküls ist und daß es durchaus firmenegoistische Gesichtspunkte mitbestimmen. Aber was schadet das? Auch der gemeinsame Theaterbesuch während der wichtigen Jahres- oder Semesterzusammenkünfte ist zur Gewohnheit geworden. Natürlich wird niemand dazu gezwungen, mit in die Oper, zu einer Ballettaufführung oder in das Theater zu gehen. Da die Angebote von der Klassik bis zum Experimentiertheater reichen, sind jedenfalls immer auch Überraschungen möglich. Für diesen Abend scheinen die französischen Kollegen eine Überraschung eingeplant zu haben.

Der Omnibus trifft pünktlich ein. Ich bin einige Minuten zu früh unten und gehe vor dem Hotel auf und ab. Alle kommen rechtzeitig zur Abfahrt. Ich setze mich auf den Platz neben Nicole. Hat sie darauf gewartet? Wir sind in der gleichen

Gruppe, warum sollen wir die Arbeitsgespräche nicht im Bus fortsetzen? Die Fahrt durch die schon dunkle Stadt dauert etwa eine halbe Stunde. Da ich mich mit Nicole unterhalte, weiß ich nicht, welchen Weg der Bus nimmt. Ich werde aus dem Gespräch gerissen, als er anhält und führe eigentlich lieber mit Nicole weiter.

– Kommen Sie, Franz, sagt Nicole.

– Ich habe wohl geträumt, sage ich, sind wir schon da? Ich helfe Nicole beim Aussteigen. Wir werden von Pelletier in den Kassenraum geführt. Dieser Raum ist nicht, wie sonst in Theatern üblich, hell erleuchtet, sondern in ein rotes Halbdunkel getaucht. Vor den Wänden stehen Figuren, wahrscheinlich die Schauspieler, alle in Kimonos und mit Masken vor dem Gesicht. Man hat das ungute Gefühl, beobachtet zu werden. Zwei Türen an der Stirnseite führen in einen Theaterraum oder besser ins Dunkel, denn von außen sieht man nur zwei schwarze Öffnungen. Die Türen sind von je zwei Figuren flankiert, zwischen denen jeder Besucher hindurch muß. Ist der Besucher auf der Höhe der Figuren angekommen, neigen sich die Maskengesichter zu ihm, so daß zwischen seinem Kopf und ihren toten Köpfen nur wenige Zentimeter bleiben. Jeder Zuschauer wird aus vier Augenlöchern angestarrt. Theaterzauber, Kulissenschwindel. Wie man mit Äußerlichkeiten Stimmung erzielen kann. Herr Pelletier sagt, zu jeder Vorstellung würden nicht mehr als 150 bis 200 Zuschauer eingelassen, die sich dann auch noch auf die verschiedenen Spielräume verteilen müßten.

– Ich gehe mit Ihnen, flüstert mir Nicole zu. Darf ich? Ich habe nichts gegen die Begleitung einzuwenden, stelle mir jedoch die Frage, ob wir den Hokuspokus wirklich mitmachen oder nicht besser die letzte Möglichkeit nutzen sollen, den ganzen Abend ohne Happening zu verbringen.

– Ich bin richtig neugierig geworden, sagt Nicole.

Und da muß ich wohl mitkommen. Einer neugierigen Frau schlägt man nichts aus, schon gar nicht den Wunsch nach Begleitung. Rechts nach der Eingangstüre führt eine Treppe im Halbdunkel nach oben. Wir werden über eine Galerie geführt, von der aus man in die Tiefe eines Theaterraumes blicken kann. Leider ist kaum etwas zu erkennen. Nur eine Fackel brennt auf einem abgeteilten Platz. Das zuckende Licht wirft die Schatten hoher Gitterrahmen an eine Wand. Ich drehe mich um, um mit Pelletier zu reden, ich will ihn fragen. Ich kann Pelletier nicht sehen. Ist er schon weitergegangen, ist er zurückgeblieben? Andere drängen nach. Wir müssen weiter. Der Weg führt durch einige Gänge, über für meine Begriffe etwas waghalsig angelehnte Leitern. Was ist, wenn hier einmal Feuer ausbricht? denke ich eine Sekunde lang. Aber die Feuerpolizei muß doch jede Aufführung abnehmen. Ich will nun auch meiner Neugierde folgen und mich nicht bei den Ängsten aufhalten. Nicole folgt mir zusammen mit drei oder vier der Kollegen. Wir betreten einen großen niedrigen Raum. Ein undurchdringlicher Dunst schlägt uns entgegen. Der süße Geruch von Räucherstäbchen, den ich schon im letzten Gang gespürt habe, ist hier zur Wolke verdichtet. Vorne ist ein nur etwa zwanzig Zentimeter hohes Podium auszumachen, auf dem und vor dem Menschengruppen sitzen.

– Kommen Sie mit, sagt Nicole, wir suchen uns einen Platz, rechts vorne, da sehen wir alles.

Sie greift nach meiner Hand und zieht mich nach vorne. Jetzt erst bemerke ich, daß ganz hinten auf dem Podium ein paar Menschen Musik machen. Sie hocken eng an die Wand gedrängt. Wie habe ich die Musik überhören können? Die Musik erfüllt den Raum und mein Hirn, die Schläge, dumpfe Schläge auf ein Holz unterbrechen die Töne eines Zupfinstruments. Ein anderes Instrument gibt einen langgezogenen, sich kaum ändernden Ton von sich, stimmt die anderen ein, untermalt sie, unterstützt sie. Die Menschen auf dem Podium rauchen. Haschzigaretten? Ich bin ein wenig irritiert. Meine Einbildung scheint mit mir durchgehen zu wollen. Flügelschlagend geht ein Huhn auf die Bühne nieder. Ein Mann hat es in die Höhe geworfen und läßt nun eine Taschenlampe aufblitzen, genau auf das Huhn gerichtet, das im Lichtkegel wie fixiert anhielt und dann wieder von der Hand des Mannes gepackt und unter seinen weiten Mantel gesteckt wird. Wir haben einen Platz gefunden und uns niedergesetzt. Eine Frau beginnt zu tanzen.

Sie trägt einen schwarzen Kimono. Der durchsichtige Stoff läßt ihre Beine erkennen, als sie vor einen schwachen Scheinwerfer tritt, der plötzlich eingeschaltet worden ist. Die Schläge auf das Holz werden heftiger, schneller. Die Frau aber scheint nur zögernd dem Rhythmus folgen zu wollen. Sie hat keine Schuhe an. Die nackten Füße stampfen auf den Boden. Sie hebt die Hände in die Höhe. Stoff fällt zu Boden. Die Frau tut einen Schritt nach vorne. Die Schultern sind frei geworden. Die Frau bückt sich, mit einem schnellen Griff hat sie das Huhn unter dem Mantel des Mannes ergriffen und preßt das Tier nun an sich. Nach einigen Drehungen zieht sie sich den Stoff ganz von den Schultern und hat die Arme um das Huhn und vor die Brust gelegt. Dann öffnet sie die Arme und läßt das Huhn zu Boden flattern. Sie biegt den Oberkörper nach hinten und läßt ihre Brüste groß und weiß sich nach oben drängen. Sie wirft den Kopf weit nach vorne und wieder zurück und läßt, damit dem Rhythmus des schlagenden Stockes folgend, die Brüste auf- und abschnellen. Auf einen Schlag kommt kein weiterer Schlag, ein Zeichen für die Frau, sich fallen, sich zusammensakken zu lassen, starr sitzt sie im Lotossitz auf dem Podest, die Augen geschlossen. Ich habe nicht gesehen, wie sie in so kurzer Zeit die Beine ineinanderschlingen hat können. Dann kippt sie nach vorne und geht langsam in den Kopfstand. Als sie die Beine streckt, fällt der Stoff des Rockes von ihr ab und gibt das nackte Geschlecht frei. Nur einen Augenblick lang blitzen die Schenkel weiß im Licht eines scharf gerichteten Spots, das Licht erlischt, und in dem plötzlichen Dunkel muß die Frau sich vom Podest entfernt haben, denn als wieder ein sanftes Licht von den Wänden her leuchtet, ist sie verschwunden.

– Kommen Sie, sagt leise hinter mir Pelletier, wir gehen, jetzt beginnt die Vorstellung im Theaterraum.

– Und was geschieht hier weiter? frage ich.

– Sie müssen nicht mitkommen, beeilt sich Pelletier zu sagen, wenn Sie wollen, können sie natürlich auch hier bleiben. Wir kommen sicher wieder vorbei. Hier wird Ihnen angeboten, mitzurauchen, Sie können auch nur meditieren, zuschauen, sich einnebeln lassen. Mit Ihnen geschieht etwas, auch wenn Sie nur dahocken.

– Nein, ich komme mit. Oder wollen Sie etwa bleiben? frage ich Nicole.

– Nein, antwortet sie, das reicht für den Anfang. Jetzt soll doch das Happening beginnen, da will ich dabeisein.

– Hoffentlich habe ich nicht zu viel versprochen, sagt Pelletier und geht voran.

Wir müssen über eine Treppe nach unten steigen. Der Weg in die Unterwelt, denke ich. Aber auch in den oberen, höheren Gefilden ist nicht übermäßig viel Licht. Unterwelt auch im ersten Stock. Wir betreten durch eine schmale Tür einen zugigen Raum, der scheinbar sehr hoch ist und der durch jene Gitterrahmen aufgeteilt ist, die ich schon von der Galerie aus bemerkt habe. Jetzt kann ich die Rahmen genauer ansehen. Die hohen Holzrahmen sind mit grobmaschigem Draht bespannt.

– Sie werden sich wundern, kann Pelletier gerade noch sagen, da kommt Bewegung in die Drahtrahmen. Sie drehen sich, schieben Zuschauer zusammen, bilden einen engen Raum im Raum, trennen Räume von Räumen ab, Käfige entstehen, in denen Gruppen von Zuschauern plötzlich eingeschlossen sind. Aus den Kulissen springen maskierte Gestalten und verschließen blitzschnell die Käfige. Zuschauer drängen sich an die Drahtnetze und starren nach draußen. In einem der Käfige regnet von oben ein rotes, dann in allen Regenbogenfarben spielendes Feuerwerk. Prasselnd fallen die Lichtsterne nieder, versprühen. Ich bin von Nicole und Pelletier getrennt worden und befinde mich mit einigen Kollegen und anderen Theaterbesuchern in einem Käfig. Da öffnet sich eine Käfigwand und gibt einen langen Gang ins Dunkel frei, aus dem nun eine Prozession von Gestalten auf uns zukommt. Alles holzgeschnitzte Fratzenmasken, jede trägt eine winzige Fackel in der Hand. Wir stehen starr und erwarten den Zug. Kleine Gestalten in langen dunklen Gewändern. Mit einem Ruck drehen sich die Masken uns zu, wir blicken in sechs Fratzen, aus denen Pupillen glänzen. Zwei der Gestalten haben Stangen über die Schultern gelegt und tragen eine winzige schwarz ausgeschlagene Bahre auf diesen Stangen. Auf der Bahre liegt ein kleines nacktes Kind auf dem Rücken. Es scheint zu schlafen. Seine Lider sind geschlossen. Aus einem winzigen Lämpchen, das an einem Drahtbogen über seinem Kopf befestigt ist, fällt Licht in das bleiche Gesicht. Die letzte Gestalt in der Reihe schlägt den Mantel auf und dreht die Doppelmaske herum. Jetzt sieht uns ein Totenkopf an, und zwischen den ausgestreckten Armen steht der Knochenrumpf eines Skelettes. Man hat der Figur die Knochen auf den Mantel gemalt. Die Fackeln werden ausgelöscht. Nun ziehen die anderen kleine Töpfe aus ihren Kleidern und Stöckchen und trommeln auf die kleinen Instrumente. Die Gruppe dreht sich um und verschwindet, an uns vorbeiziehend, in einem anderen Klappgang. Die Rahmen haben sich wieder gedreht, wir sind frei und können uns ein neues Ereignis suchen. Wir können in das Halbdunkel hineingehen. Hokuspokus? Ich bin befremdet, bin nahe daran, das ganze als Kitsch, als dünnen schwarzen Humor abtun zu wollen und kann mich doch nicht dem Geheimnis entziehen, das dadurch entsteht, daß einem Bilder in einer ungewöhnlichen Umgebung gezeigt werden, die man nicht deuten kann, die aber doch an Traumvorstellungen anknüpfen, an Schrecken, die man nicht wahrhaben will. Was hat Pelletier gerade gemeint: Etwas wird mit Ihnen geschehen. Happening also. Mit dem ersten Akt – wie viele sollten noch kommen? – bin ich jedenfalls konfrontiert worden. Wo ist Nicole hingeraten? Die Maschinerie dieses Theaters scheint so eingerichtet zu sein, daß jeder vom anderen getrennt werden kann, getrennt werden soll. Veränderungen. Hoffentlich fürchtet sich Nicole nicht. Dummer Gedanke. Nicole ist neugierig, hat sie doch selbst gesagt. Was mag sie in der Zwischenzeit erlebt haben? Ich tappe durch das Halbdunkel. Am Drahtrahmen entlang. Die Theaterbesucher sind Mitspieler geworden. Die wechselnden Beleuchtungen werfen ihre Schatten durcheinander. Eine ständige Bewegung hat sie erfaßt. Zwischen ihnen tauchen immer wieder die Schauspieler auf. Gesichter aus dem Dunkel. Erschreckendes Grinsen. Eine Fackel vor das Gesicht gehalten. Eine Frau, die vom Skelettmann an der Hand genommen und in kurzem Tanz herumgewirbelt wird. Marionetten, die an langen Schnüren von der Decke herabgelassen werden und mit klappernden Gliedern eingreifen, sich einmischen. Aufschreie. Offene Münder ins

Licht gezerrt, vorbeihuschende Kleider. Geruch nach verbranntem Holz. Ein Mönch geht, ein Weihrauchfaß schwingend, stumm an mir vorbei. Eine katzengleiche kleine Gestalt nimmt ihm das Rauchfaß aus den Händen und reicht ihm einen Kessel mit einer duftenden Flüssigkeit. Der Mönch taucht seine Finger in die Flüssigkeit und besprengt die Umstehenden.

Die Drahtrahmen drehen sich. Zusammen mit fünf anderen werde ich in einen Käfig eingeschlossen, in dem ein Mann und eine Frau am Boden sitzen und auf ein eingewickeltes Bündel blicken. Sie geben uns durch Zeichen zu verstehen, daß wir uns auf den Boden zu ihnen setzen sollen. Keiner wagt es, sich der Aufforderung zu entziehen. Die Frau zieht die Lumpen vom Bündel weg. Wir sehen eine große eiserne Pfanne, die auf zwei Ziegelsteine gesetzt ist. In der Pfanne schwimmt Öl. Nun greift der Mann nach einer Puppe, die neben der Pfanne liegt. Er zieht die Puppe aus. Er wiegt den rosaroten Kunststoffkörper der Puppe auf beiden Händen. Er legt die Puppe in die Pfanne. Wir blicken auf die Puppe. Der Mann schließt die Augen. Er sinkt in sich zurück, als wolle er das Bild der Puppe tief in sein Nachdenken hineinsaugen. Dann zieht er mit der linken Hand ein blinkendes Messer aus seinen Kleidern. Er stößt das Messer in den Leib der Puppe und dreht die Schneide hin und her, so daß knirschend und splitternd der Kunststoff birst. Das Messer bleibt im Bauch der Puppe stecken. Der Mann streicht ein Zündholz an und wirft es ins Öl. Sekundenschnell brodeln Flammen auf. Das Opfer ist von qualmdurchzogenem Feuer umgeben. Das Feuer greift auf den Körper über. Die Haare lodern auf. Der Kuntstoff beginnt zu schmelzen. Der Kopf bläht sich auf. Die Stirn wirft Blasen. Mit schwarzen Rändern brennt der Körper aus. Die Glasaugen zerspringen. Beißend und scharf verbreitet sich der Gestank des verbrannten Materials. Ich kann den Blick nicht abwenden. Die brutzelnde Körpermasse in der Pfanne fasziniert mich. Auch die anderen Theaterbesucher blicken wie gelähmt in die Flammen. Das ist das Opfer. Wir haben Hand angelegt. Unsere Augen halten die Flammen am Kochen. Ein Leib quillt vor uns auf, wird Materie. Die Materie leistet Widerstand, die Leibränder biegen sich wie im Schmerz. Das zerstörte Gesicht antwortet, klagt. Die Finger klumpen zusammen, das Messer klappt um, fällt in die Pfanne. Das Feuer wird schwächer. Die brennbaren Materialien gehen zu Ende. Schwarz klebriger Körperbrei. Zerflossene, gequälte Gestalt. Ich bin ratlos. Ich habe nichts unternommen, um die Ermordung der Puppe zu verhindern. Meine Lust an der Exekution hat mich festgehalten. Da ist ein wehrloser Körper gewesen, der zerstört werden mußte. Der rosige Leib, die Wunde eines unbegriffenen Lebens. Die männliche Faust, die das Messer in den Leib gestoßen hat. Jetzt erst erinnere ich mich, daß die Puppe keines der normalerweise geschlechtslosen Spielwesen gewesen ist. Sie hat kräftig angedeutete Brüste gezeigt, und zwischen den Schenkeln ist die schreckliche Öffnung gewesen. Die Flammen, die die weiblichen Attribute geschmolzen haben. Ausgesetztes Nacktsein. Wehrlosigkeit. Wovor erschrecke ich? Da ist eine Puppe verbrannt worden. Puppenspieler der Mann und die Frau, die teilnahmslos zugesehen haben. Warum ist die Frau dem Mann nicht in den Arm gefallen, warum hat sie ihm nicht das Messer aus der Hand geschlagen? Einem Opfer wohnt man bei. Die Lebenden müssen getötet, die Toten verbrannt werden. Ich habe das Gefühl, die verbrannten Plastikpartikel im Mund zu schmekken, im Hals zu spüren. Ich schlucke den Opfergeruch.

Ich warte auf den nächsten Akt. Wieder ein Opfer? Ich muß teilnehmen. Ein paar Schritte nach rechts, sich drehende Gitter. Eine Frau kommt auf mich zu. Lächelt. Nicole. Mir ist, als wolle sie mir um den Hals fallen. Sie scheint mich gesucht zu haben. Hat sie Pelletier abgeschüttelt? Sie ist allein.

Dankbarer Blick. Im Dunkel dieses Happenings ist jede Gemeinsamkeit wohltuend. Sie ist bei mir. Der Raum verwandelt sich. Wieder ist eine Gruppe eingeschlossen. Andere Theaterbesucher draußen vor den Gittern als Zuschauer. Was sollen wir ihnen vorspielen? Ein schmaler Rahmen öffnet sich. Vier Schauspieler tragen einen länglichen, niedrigen Tisch herein und stellen ihn in die Mitte des Käfigs. Sie weisen uns die Plätze an der Tafel an. Jeder von uns muß sich vor den Tisch hinknien oder im Schneidersitz niederhocken. Teller werden gebracht. Löffel und Gabeln. Ein Schauspieler schöpft aus einem Blechtopf eine weiße Brühe mit schwarzen Einlagen auf die Teller. Auch diese Schauspieler tragen Masken. Fratzen aus dem japanischen Theater. Diese breiten Münder und aufgequollenen Backen. Lange schlotternde Gewänder, jetzt alle feuerrot. Wir sollen essen, von den zerbeulten Blechtellern. Die ersten probieren, verziehen das Gesicht. Nicole führt einen Löffel zum Mund, spuckt aus. Scheußlich? Probieren Sie mal. Ich schmecke Tabakstückchen, aufgeweicht in warmer Milch. Der Tabak brennt auf der Zunge. Bittere Erfahrung. Nicole sieht mich fragend an. Was wollen die von uns? Wir sollen wohl auf den Arm genommen werden.

Wieder diese monotonen Zeremonien. Feierliches Nichts. Stimmung um Nonsens. Was bedeuten die Gesten? Handlungen als Zeichen. Ich trete in Räume ein, die ich bisher von mir ferngehalten habe. Alles voller Widersprüche. Ich bin froh, Nicole neben mir zu wissen. Ratlos beide. Sollen wir schallend lachen, das Theatergeheimnis, die Geheimnistuerei durchbrechen? Wir scheinen beide zu zögern. Erwartungen sind geweckt worden. Vielleicht werden wirkliche Situationen noch kommen. Genügt mir nicht die Verbrennung der Frauenpuppe? Auch der bittere Tabakgeschmack im Mund war eine Zerstörung, eine Verletzung. Essen, das schmerzt. Worauf will die Theatergruppe aufmerksam machen? Die Teller werden abgeräumt. Verständnislos, doch gespannt sehen uns Kollegen und andere Theaterbesucher zu. Wir bleiben vor dem Tisch sitzen.

Ein Japaner kommt aus dem Dunkel in unseren Käfig. Über seine Schulter hängt wie ein Sack eine nackte Frau. Die Beine baumeln vorne, Kopf und Arme hängen hinten herunter. Der Japaner kniet sich mit seiner Last vor dem Tisch nieder und kippt sie sanft auf den Tisch. Er rollt die Frau auf die linke Seite. Der blendend weiße Körper liegt mit ein wenig angezogenen Beinen vor uns auf dem Tisch. Nicole und ich sitzen direkt vor ihrem Hinterteil. Erst jetzt bemerken wir, daß die Eßbestecke auf dem Tisch an unseren Plätzen liegengeblieben sind. Die Frau als zweiter Gang eines ungenießbaren Essens, von dessen erstem Gang mir noch immer die Zunge brennt? Sollen wir nun mit der Schlachtung beginnen, nachdem einige von uns die Opferung der Puppe als Zeichen hinter sich gebracht haben? Der Japaner entfernt sich. Der Frauenkörper ist uns ausgeliefert, angeboten. Vier Männer und zwei Frauen hocken um den Tisch, der nun mit einem kalten starken Licht angestrahlt wird. Wir sehen uns an. Niemand gibt uns ein Zeichen. Die Stille im Raum ist so durchdringend, daß man das Atmen der Zuschauer draußen hinter den Drahtnetzen hört. Wenn jetzt einer von uns die Gabel nähme und sie hineinstieße in das weiche Fleisch. Die Frau stellt sich schlafend. Haben wir Angst vor dem leblosen Leib, vor der weißen, unverletzten Haut, die sich über den Hintern, über das Rückgrat und die Schultern spannt? Für einen Augenblick überlege ich, wohin ich stoßen soll, suche mir die Stellen aus auf dem preisgegebenen Körper. Wer würde uns abhalten von einem wilden Drauflosstechen, wenn wir die Stille nicht mehr aushalten sollten? Man hat uns eine Frau zum Essen vorgeworfen, auf den Seziertisch gelegt. Man hat uns eine Frau preisgegeben. Wir müssen entscheiden, was mit ihr geschehen soll. Ein Bild ist gestellt, eine Szene angespielt. Können wir sie zu Ende bringen? Die Zeit läuft aus uns heraus, die Zeit ist herausgelaufen, keine Zeit ist mehr da. Wir können, ich kann zum Henker werden an dieser Fremden, die mir das Gesicht abgekehrt hat, die mir ihren Rücken und die Rundungen ihres Hinterteils zuwendet. Die totale Herrschaft über den anderen, für den man nichts empfinden muß. Das andere Stück Fleisch. Du könntest eine Peitsche nehmen, ein Stück Holz, und auf diesen Körper einschlagen. Die vier Männer könnten vor den Augen eines Publikums, aus dem sie selbst stammen, diese Haut auslöschen, mit Blutstriemen überziehen. Warum hat man uns mit ihr alleine gelassen? Sie rührt sich nicht. Sie kauert im Warten auf unsere Entscheidung. Wer soll entscheiden? Uns fehlt der Spielmeister. Wir haben keine Regieanweisung. Ich beginne zu zittern. Wenn jetzt, in diesem Augenblick nichts geschieht, denke ich, springe ich auf und schlage zu. Dort liegt die Gabel. Ich werde die Gabel packen und mit ihren Stichen das Ende herbeistechen. Welches Ende? Warum bringt mich die zufällige Situation auf diese Gedanken? Der Schweiß bricht aus. Ich muß mich krampfhaft an der Tischkante festhalten. Meine Beine schmerzen. Das Hirn brodelt, tut weh. Irgend etwas muß explodieren. Mein Hirn wird explodieren. Ich habe Angst.

Aber ich kann nicht aufstehen, nicht davonrennen. Ich weiß, der Käfig ist an allen Seiten abgeriegelt. Wir sind Gefangene des Theaters. Die Szene muß explodieren. Ich komme nicht lebend aus diesem Käfig heraus. Sie sperren mich hier ein, bis ich die Frau getötet habe. Ich weigere mich, mir die Angst einzugestehen, ich will die Phantasieverlockungen wegwischen. Wie kann man sich so verstören lassen? Jedes Spiel findet ein Ende. Das hier ist nichts als ein Spiel. Ein Spiel mit uns? Die japanische Truppe spielt mit uns. Ich muß nur die Gedanken durchstreichen, andere Gedanken denken. Ich kann keine anderen Gedanken denken. Jeder Ausweg ist mir verbaut. Hat Nicole meine Verzweiflung gespürt, ist auch ihr die Spannung unerträglich geworden? Ich blicke Nicole an. Sie sitzt ganz ruhig da. Nichts ist ihr unerträglich. Sie ist still. Und mit einer ganz einfachen, stillen Bewegung wischt sie die Spannung weg. Nicole legt ihre Hände auf den Körper der Frau und beginnt ganz sanft über die fremde Haut zu streichen. Sie fährt den Rücken entlang, ist zärtlich zur weichen Haut der Schultern, sie gleitet über das fleischige Hinterteil und scheint den toten Körper mit Leben zu füllen. Wir starren sie an, schauen ihren Händen zu, wir sind dankbar für die Lösung aus der unerträglichen Sitution. Nicole kümmert sich nicht um uns. Sie fühlt sich in den Körper der fremden Frau ein, sie will sich jede Einzelheit einprägen, sie konzentriert sich und scheint doch völlig entspannt zu sein. Zwischen ihr und der Schauspielerin wächst mit jedem Augenblick Zärtlichkeit, Nähe. Ihre Hände werden einverstanden mit dem Körper der anderen. Durch die Haut scheint Wärme zu strömen, die Kälte des scheinbaren Todes weicht. Das Blut beginnt die Oberfläche der Haut zu röten. Kaum merklich bewegt die Nackte ihre Beine, streckt sie aus und dreht sich dann ganz auf den Rücken. Noch wehrloser ist sie geworden, angeboten ohne Scheu. Die breiten kräftigen Brüste spannen sich, der Bauch senkt sich flach, und der bewachsene Hügel ihres Geschlechts liegt direkt vor uns auf der Höhe unserer Augen. Nicole hat nicht aufgehört den Körper zu streicheln, der immer intensiver ihre Zärtlichkeiten aufnimmt. Jetzt erst können Nicoles Hände die ganze Frau ansprechen; über das Gesicht streichen ihre Hände. Sie legen sich auf die

Brüste der Frau und stimulieren sie durch ein leichtes Drüberhinstreichen mit den Innenflächen. Sie läßt die Handflächen über den Brüsten kreisen, berührt kaum die sie erregenden Spitzen, sie streicht über den Bauch und massiert kaum merklich den Hügel. Ich erlebe staunend und erlöst, wie zwei Körper miteinander zu sprechen beginnen, wie die schreckliche Erwartung in die Zufriedenheit einer zarten Annäherung hinübergeglitten ist. Nicole scheint sich nicht um uns zu kümmern. Sie läßt sich nicht von uns und nicht von den Zuschauern stören. Sie versinkt förmlich in diese intensive Annäherung und verwandelt schließlich unsere Ängste. Auch unsere Hände, meine Hände nähern sich dem Körper der Frau. Sie streichen über die Haut und werden von dieser Haut zu vorher nie erfahrenen Zärtlichkeiten gelenkt. Ich habe den öffentlichen Umgang mit einem fremden nackten Körper immer abgelehnt, ja die Vorstellung, ich könnte mich an einer solchen Aktivität beteiligen, als obszön abgewiesen. Ich verteidigte die Intimität. Und nun beteilige ich mich selbst an einem überaus intimen Kontakt, ich erlebe das Pulsieren der Haut unter meinen Händen, ich suche die Berührungen, ich forme den vorher nie gesehenen Körper nach, ich gleite über die Wölbungen und Vertiefungen. Ich bin erregt und entspannt, ich genieße den Kontakt. Ich suche nach immer neuen Möglichkeiten, mich dem Körper der Schauspielerin zu nähern. Soll ich so die Vorstellungen oder Anpreisungen der Sensitivitytrainer nachvollziehen, die glauben machen wollen, die Lust des körperlichen Kontaktes bedürfe nicht der Intimität, der Verborgenheit, sondern erfahre eine Befreiung in der Gemeinsamkeit und unter den Augen von Mitspielern und Zuschauenden? Nein, dies hier hat nichts mit Training zu tun. Dies ist einfach Berührung. Ich sehe, wie der Körper der Fremden den Berührungen entgegenkommt, wie die Frau die Zärtlichkeiten genießt, das Streicheln der vielen Hände. Die Bewegungen, die durch ihren Körper gehen, lösen in unseren Händen neue Bewegungen aus. Wir bringen den Körper zu Höhepunkten, zu anschwellenden, ausbrechenden Explosionen der Lust, wir beruhigen ihn und steigern neu seine Sensibilität. Ich werde mitgerissen. Da spüre ich eine andere Berührung. Mit einem Augenblick ist die Verbindung zum Körper der Schauspielerin unterbrochen. Ich habe Nicoles Hand berührt. Oder hat ihre Hand meine Hand gesucht? Unsere Hände liegen nebeneinander auf dem linken Schenkel der Frau. Sie berühren sich. Sie halten ein in den Zärtlichkeiten, die sie diesem Körper geben und von ihm empfangen. Unsere Hände haben Zeit füreinander. Und als sie sich wieder kaum merklich streichelnd über den Unterleib der Frau nach oben bewegen, zusammen die linke Brust bedecken und liebkosen, da weiß ich, nun können wir zärtlich zueinander sein, nun hat eine erste Berührung alle Möglichkeiten geöffnet. Wir sehen uns nicht an. Mir ist, als hätten unsere Hände Augen bekommen. Ich weiß nicht, wie lange wir uns aneinander gewöhnen können. Ich bemerke kaum, daß das Licht langsam erlischt, der Körper, obgleich unmittelbar vor uns liegend, nur noch schemenhaft zu sehen ist. Im Augenblick des völligen Dunkels spüre ich ein schnelles Rascheln von Kleidern, einen Luftzug, und als schließlich wieder ein Halbdunkel die Szene erkennbar macht, sehe ich, daß die Frau verschwunden ist. Unsere Hände müssen im Dunkel von ihr abgelassen haben. Ich halte die Hand Nicoles in der meinen. Die Rahmen werden geöffnet, wir haben aufzustehen, die Szene ist beendet. Haben wir unsere Aufgabe erfüllt? Wir wachen wie aus einer Trance auf und werden vom anzüglichen Spott der Kollegen empfangen, die uns zugesehen haben.

– Wenn wir das geahnt hätten, wären wir nicht draußen geblieben.

– Mitstreicheln scheint mehr Spaß als Zuschauen zu machen.

Wir gehen weiter. Der Raum scheint ins Unendliche zu wachsen, kann aber nicht größer als ein großer Theatersaal sein. Da man seine Dimensionen nur ahnen kann, spielt uns die Phantasie eine Unendlichkeit vor, die man mit dem Verstand nie erreichen kann. Eine Gestalt kommt auf mich zugehüpft. Eine Hand steckt mir einen Zettel zu, und schon ist die Gestalt wieder verschwunden. Im Schein einer an einem Balken befestigten Ampel lese ich den englisch geschriebenen Text. Ich soll mich für eine Erfahrung bereitmachen, die ich mit verbundenen Augen erleben würde. Ich könne mich weigern, aber ein Unglück sei dann zu erwarten. Sie drohen mir. Das ist kein feines Spiel. Aber Unglück will ich gerade heute keines heraufbeschwören. Nach der jüngsten Erfahrung müßte ich eigentlich bereit sein, weitere zu sammeln.

– Soll ich? frage ich Nicole.

– Ich weiß nicht, antwortet sie, was wird das für eine Erfahrung sein?

– Was kann schon passieren? sage ich. Sie bleiben doch in meiner Nähe und beschützen mich wenigstens mit Ihren Augen.

– Vertrauen Sie sich meinen Augen an?

– Warum denn nicht? Nur Ihre Augen. Ich hab' keine Angst, wenn Sie zuschauen, wenn Sie mich anschauen.

– Da, sehen Sie den Schauspieler? Er scheint auf meine Bereitschaft zu warten.

Eine Maske ist auf mich zugegangen. Ich nicke. Das Goldgesicht nimmt mich an der Hand. Schnell sind meine Augen mit einer schwarzen Binde bedeckt. Ich werde gedreht, einige Schritte nach links geführt, einige Schritte geradeaus, wieder nach links, dann im Kreis herum. Ich höre das Klappern der Rahmen. Ich kann mich hinter meiner Binde nicht mehr orientieren. Sind wir noch im gleichen Raum? Werde ich in einen der mobilen Käfige eingeschlossen? Ich werde auf einen Stuhl gesetzt. Eine Frauenstimme beginnt schwer verständliche englische Sätze in mein Ohr zu flüstern. Ich verstehe so viel, daß ich am liebsten die Binde von den Augen reißen würde. Eine Person würde mich auf dem Stuhl erregen, verführen. Ich würde nicht wissen, ob ein Mann oder eine Frau sich mit mir beschäftigt. Ich müsse vollkommen stillhalten, alles über mich ergehen lassen. Ich könne aber in jeder Phase das Spiel beenden, aufstehen und würde dann die Binde abgenommen bekommen.

Ich weiß nicht: stehen draußen vor meinem Käfig Zuschauer, bin ich überhaupt in einem Käfig? Nach den ersten Erfahrungen dieses Abends muß ich annehmen, daß auch mein Solo eine Zurschaustellung werden wird. Hoffentlich gewähren sie mir wenigstens Halbdunkel, eine spärliche Beleuchtung. Ich will nicht unter einem Scheinwerfer ausgesetzt werden. Ob Nicole noch da ist? Sie könnte abgedrängt worden sein, in einen anderen Teil des Happenings hineingeraten. Ich komme mir wie ein Verurteilter vor. So müssen die zur Erschießung Bestimmten die Welt empfunden haben. Ein dumpfes schwarzes Loch. Man könnte mich jetzt hinrichten. Die Enthauptung eines Kollegen vor den Augen seiner Kollegen. Schon wieder die brutalen Phantasien, Einbildungen, ausgelöst immer noch durch das Messer im Bauch der Puppe. So müssen rituelle Schlachtfeste begonnen haben. Man macht Erfahrungen nur mit geschlossenen Augen. Ich sehe, was ich mir vorstelle. Das Gehör ist empfindlich geworden. Ich bemühe mich, nicht zu denken, sondern nur zu empfinden. Was will ich empfinden? Die Augenblicke des Wartens dehnen sich. Kaum noch Geräusche. Ich kauere mich auf dem Stuhl zusammen, strecke die Beine lang aus. Die Überwindung der Berührungsangst. Vor wenigen Augenblicken habe ich die Angst überwunden, eine Fremde zu berühren, jetzt soll ich berührt werden.

Etwas ist an mich herangetreten, zieht mir die Jacke aus, setzt mich auf dem Stuhl zurück. Hände kommen auf mich zu, streicheln mir über das Gesicht, über die Wangen. Finger an meinen Ohrläppchen und gleich darauf eine Zungenspitze, die um mein Ohr tanzt, mein Ohr umkreist, ein Mund, der am Ohrläppchen saugt. Eine Wange, die an meine Wange streift. Unangenehme Berührungen aus dem Dunkel im Dunkel. Neutrale Berührungen. Anfänge ohne Resonanz. Ich wehre mich, ich werde steif. Ich will den Berührungen nicht entgegenkommen. Sie sind mir gleichgültig. Ich muß alles über mich ergehen lassen. Ich soll mich nicht wehren, nicht mit meinem Körper, nicht mit den Händen oder den Füßen. Aber da ist die Barriere, der innere Widerstand. Was will der andere, was will die andere von mir? Das kann nur eine Frau sein, sage ich mir, als jetzt zwei Finger über meine Lippen streichen. Ein schmaler Körper schmiegt sich an mich, berührt mich, läßt mich los. Hände umwerben mich, ich spüre Schenkel an meiner Hose, Arme umfassen mich von hinten. Wie eine Schlange scheint mich der unbekannte Körper zu umwinden. Ich beginne die Berührungen und Bewegungen nicht mehr als unangenehm zu empfinden. Ich lasse mich fallen, ich will mich nicht mehr wehren. Fremde Hände knöpfen mir das Hemd auf, ganz langsam, streichen über meine Brust. Das Hemd wird mir ausgezogen. Ich sitze mit nacktem Oberkörper auf dem Stuhl. Ein Kopf gleitet an meine Haut, eine Wange drückt sich an meine Brust, ein Mund sucht den Weg über meinen Körper, eine Zunge beginnt mich zu erregen, daß mir heiß wird. Ich stelle mir eine sehr schmale, junge Frau vor. Diese dünnen Finger, die auf mir gleiten, tanzen, müssen einer Frau gehören. Ich werde geküßt, ich lasse mich küssen. Ich erwarte die Liebkosungen. Die Fremde steigert die Intensität der Berührungen, ihrer Annäherungen. Sie setzt sich auf meinen Schoß, sie kniet sich vor mir nieder, umfaßt meine Beine, schmiegt ihren Kopf an mich. Ich beginne vor Erregung zu zittern, ich versuche mich zurückzuhalten und warte gleichzeitig auf die nächste Annäherung, auf den nächsten Kontakt mit der Haut der Fremden, die meine Erwartungen hochjagt, die mich scheinbar fallen läßt und unglaublich sanft auffängt. Die Berührungen wecken die Phantasien. Die Vorstellung, mit dieser Frau im Bett zu liegen, sie zu besteigen, wird übermächtig. Aber ich weiß, diese Frau könnte ich nicht unter mir haben, sie würde den Takt angeben. In ihren Gliedern sind andere Erfahrungen als in meinen wirksam. Ich muß mich ihr überlassen. Ihre Zunge allein erregt einen Schwall von Lust, wenn sie über meine Brust streichelt, wenn sich der Mund festsaugt. Ihre Hände nehmen mein Gesicht. Wenn die Binde mich nicht abschirmte, könnte ich ihr in das Gesicht sehen. Aber nun will ich nicht ihr Gesicht sehen. Mir genügt seine Nähe, die faszinierende Fremdheit, die Ungewißheit. Wie klein muß die Person sein, federleicht, biegsam.

Ich kann nicht aufhören, mich nicht den Erwartungen entziehen. Wie ein Rausch überkommt mich die Gegenwart des warmen Körpers. Es vermeidet alle Peinlichkeit, oder ich empfinde einfach nichts mehr als peinlich. Ich wehre mich nicht, als ihre Hände den Reißverschluß meiner Hose öffnen. Mir ist heiß, ich spanne mich an, lasse mir aber doch die Hose von den Beinen ziehen. Gott sei Dank habe ich einen der engen, bequemen Hom-Slip an. Ein Mann in einer Unterhose käme jetzt ganz schön in Verlegenheit. Nun ist mein Körper uneingeschränkt den werbenden Berührungen offen, ich spüre, daß auch die fremde Person beinahe nackt ist. Sie vermeidet aber, mich mit dem ganzen Oberkörper zu berühren. Ich müßte die Brüste der Frau spüren. Manipuliert an mir doch ein Mann? Soll ich nur möglichst lange im Ungewissen gelassen werden? Ich akzeptiere auch die Vorstellung, daß ein Mann meine Lust erregt. Nicht mehr ein bestimmtes Geschlecht ist maßgebend, nur die menschliche Möglichkeit, einander Zärtlichkeit zu geben. Die unvergleichliche Begegnung menschlicher Haut muß stattfinden, gleich, woher sie kommt, wer sie anbietet. Was ist das für eine Person, die so vollkommen sich ausspielt und mich zu ihr kommen läßt? Erliege ich nur dem Geheimnisvollen dieses Theaterabends, habe ich mich überrumpeln lassen von den arrangierten Künstlichkeiten im Halbdunkel? Würde nicht im Licht einer wirklichen Bühne dieses ganze seltsame Theater verblassen, zusammenfallen? Oder habe ich etwas erfahren, das mir nur so nahegebracht werden konnte, das mir eine Tür aufstieß zu einer nicht einfach oberflächlichen, künstlichen Kommunikation? Mir ist von der ersten Minute an etwas geschehen, ich verwandelte mich, ich wurde im Augenblick verwandelt, hingewendet zu einem mir völlig fremden Menschen, den ich nie wieder sehen werde, der mir aber so nahe kam, wie wenige Menschen zuvor und mir eine Sprache buchstabierte, die mir bis heute unzugänglich gewesen war. Meinen Überzeugungen folgend müßte ich mich jetzt schämen. Aber viel stärker als jede Regung der Scham ist der unaufhörliche Genuß, den mir die fremde Person zu bereiten weiß. Sexuelle Spannung, sexueller Genuß vielleicht vor den Augen der Zuschauer, die ich zwar nicht sehen kann, aber doch in der Nähe vermute. Der Gedanke an die Zuschauer ernüchtert mich, gibt mir jene Widerstandskraft zurück, die nötig ist, um mich dem letzten Höhepunkt der fortschreitenden Stimulierung zu entziehen. Wenn ich jetzt nicht aufhöre, muß mich die Lust zersprengen, muß ich aufschreien in einem uneingeschränkten Orgasmus. Ich stehe auf, reiße mir die Binde von den Augen und blicke auf die weibliche, feingliedrige Gestalt eines sehr kleinen Mannes, dessen Kopf vorne kahl geschoren ist, der aber die Haare des Hinterkopfes zu einem Zopf geflochten trägt. Wieder entsteht augenblicklich vollständige

Dunkelheit, in der der kleine Mann sich zurückzieht. Ich raffe meine Kleider rasch zusammen, ziehe mich hastig an und habe nur einen Gedanken: du mußt weg aus diesem Theater. Als das Licht im schwachen Glimmer von zwei Scheinwerfern aus dem Hintergrund wieder erscheint, entdecke ich Nicoles Gesicht, das immer noch gegen ein Drahtnetz gedrückt ist und ausdruckslos durch mich hindurchsieht.

Ich nähere mich ihr, wecke sie auf aus ihrer Erstarrung. Ich bin verlegen, sie sieht mich erschrocken an.

– Kommen Sie, flüstert Nicole, ich halte dieses Theater nicht mehr aus. Oder ich gehe allein.

– Ich gehe mit, sage ich und suche mit ihr zusammen den Ausgang. Ich blicke auf die Uhr. Eigentlich hätte das Ende der Veranstaltung schon vor fünf Minuten sein müssen.

– Wollen Sie auf die anderen warten? frage ich Nicole.

– Nein, ich glaube, ich kann jetzt nicht mit der sicher spottenden Runde zum Abendessen gehen.

– Haben mich Kollegen im Käfig gesehen?

– Nicht viele. Sicher nicht viele. Ich habe nicht auf die Kollegen geachtet.

– Aber Sie haben zugesehen?

– Hätte ich weglaufen sollen? Ich habe auf Sie gewartet. Wie haben Sie das aushalten können?

– Ich kann nicht darüber reden. Vielleicht später. Kommen Sie, Nicole, wir nehmen ein Taxi und fahren in die Innenstadt. Nicole scheint froh über meine Initiative zu sein. Vor dem Theater warten viele Taxis. Auf den Straßen ist dichter Verkehr. Wir haben Zeit. Beim Abendessen kommen wir beide noch nicht von Happeningereignissen los.

– Wollen wir noch ein wenig draußen umherlaufen, fragt Nicole, oder glauben Sie, wir werden frieren?

Wir gehen über die Avenue de Löwendal. Von der Place de Fontenay Blick zum Eiffelturm, der bis zur Hälfte als Christbaum mit Lichtgirlanden dekoriert ist. Wir setzen uns auf eine Bank vor der École Militaire. Der Himmel ist wolkenlos klar. Der Mond steigt hinter uns über das Unesco-Gebäude in den Himmel. Die Fahrgäste, die drüben auf den Bus warten, zittern in der Kälte. Wir frieren nicht. Der Mond nimmt zu. Schon über die Hälfte des Runds ist er angewachsen. Längst haben die Büros geschlossen. Die großen Verwaltungen haben sich entleert. Die Linie 49 kommt an, einige Nachzügler lassen sich nach Hause befördern. Die schweren schmiedeeisernen Jugendstillampen mit den Kugel- und Blütenköpfen werfen neonhelles Licht auf die Straße. Über dem Lichterchristbaum zittern die Glitzerlampen. Unter dem graubraunen Blechpapierkorb liegt eine Obststeige mit einigen verfaulten Äpfeln. Die Straße riecht nach Benzin und Abgasen. Kahle junge Lindenbäume. Dann gehen wir an der niedrigen Steinmauer, die den Unesco-Bereich abgrenzt, entlang. Leere Fahnenmasten. Wir gehen miteinander, so selbstverständlich, als würden wir uns seit langem kennen. Unabsichtliche Berührungen der Arme, Aneinanderstreifen der Mäntel. Wir haben kein Ziel. Nehmen die Métro. Vorbei am Magazin Printemps. Rue de Provence. In der Mitte ein kleiner Wald silbergespritzter Birken. Silberplättchen reflektieren das von unten strahlende Scheinwerferlicht. Ein künstlicher Rauhreifwald in der Stadt. Kaufverlockungen zu Weihnachten. Hinter den Konsumfassaden wird für uns eine leisere Verlockung spürbar. Am Randstein Kaugummispuren, Orangenschalen, Papier, Schachteln, Zigarettenreste. Lichtgirlanden hängen über den Straßen. Für ein paar Augenblicke setzen wir uns auf den Rand eines der großen sandgefüllten Holzkübel, in denen die Silberbirken aufgestellt sind. Nicole lehnt sich an mich. Wir sprechen kaum miteinander. Da verkauft sich Weihnachten pompös, aufwendig, wirksam. Aber jetzt, nach dem sicher turbulenten Einkaufsnachmittag, stören uns in dieser schmutzigen Straße nicht die in den Schaufenstern aufgehäuften Waren, nicht die berechnete Stimmung des Silberwaldes. In der doch spürbaren Kälte schweigen wir in unsere Gemeinsamkeit hinein. Mit keinem Wort sprechen wir von uns. Wir brauchen die Sprache nicht. Ich glaube, auch Nicole empfindet diese kalte Pariser Nacht wie ich als einen unaufhörlichen Anfang, dem alle Vergangenheit gleichgültig geworden sind.

L'église St. Germaine l'auxerrois. Place du Louvre. Nicole hat meine Hände genommen. Gerade hat die Glocke vom Turm halb elf Uhr geschlagen. Wir sitzen auf der Bank vor der

Kirche. Hinter uns führt die Einfahrt in ein Parkhaus hinunter. Die Gotik der Kirche bricht angestrahlt aus dem Dunkel. Der Engel auf dem Quergang, der zum Turm führt, abgewandt, die Wasserspeier vor uns grinsen. Auf einem grünen Plakat am geschlossenen schmiedeeisernen Gitter ist ein Weihnachtskonzert mit Werken von J. S. Bach angekündigt. Wir hören den Verkehrslärm hinter uns nicht mehr.

– Frieren Sie?

Nicole lehnt sich an mich, dreht sich um zu mir. Zum erstenmal kann ich ihre Augen aus der Nähe sehen. Jetzt, wenige Stunden später im Hotel, weiß ich nicht mehr, wer zuerst geküßt hat. Ich weiß, daß wir uns geküßt haben wie Fünfzehnjährige, die ihre erste Liebe erleben. Aber ist nicht jede neue Liebe eine erste Liebe? Wie könnte einem sonst das kaum spürbare Sichberühren der Lippen in diesen ersten Augenblicken genügen? Wir küßten uns so zaghaft wie Schüler.

– Gehen wir weiter?

– Wohin?

– Zur Seine hinunter.

Drüben der Heilige in der Nische mit der Bischofsmütze scheu. Ein Mann läuft vorbei. Über dem Pont Neuf am Seine-Quai entlang. Die Kisten der Bouquinisten geschlossen. Unten die Seine, dunkel, dreckig. Nicole hat sich eingehängt. Wir gehen sehr langsam. Bleiben stehen. Angedeutete Umarmungen. Wir versichern uns: dieses Gesicht habe ich gesucht. Ich nehme das Gesicht Nicoles in die Hände. Nicole, ich bin Nicole begegnet. Notre Dame. Leere vor dem Licht der Fassade. Die Heiligen stramm unter der Rosette des Mittelteils zwischen den Türmen. Ein winziger Hund rast kläffend auf uns zu. Wir gehen die Reihe der Bänke entlang. Im Rücken die Seine.

Wir verfahren uns. Eigentlich wollen wir ins Hotel zurück. Mit der Linie 1 zum Étoile, dann wie üblich mit der 6 zur Station Bir-Hakeim. Aber wir steigen in die 2 ein, die zur Nation über die Nordspange fährt. Im Zug, in den alten klappernden Wagen, merken wir den Irrtum. Lachen uns an. Nächste Umsteigemöglichkeit Villiers, von dort Linie 3 bis Opera. Dann Linie 8 Richtung Balard bis La Mte.-Picquet. Dort steigen wir um in die Linie 6 Richtung Étoile. Nach zwei

Stationen erreichen wir Bir-Hakeim. Die Irrfahrt ist zur Stundenfahrt geworden. Nachts fahren weniger Züge. Die Bahnhöfe sind beinahe leer. In La Motte-Picquet-Grenelle weht der Wind kalt von der Straße her. Dort fährt die Métro über der Erde. Meinetwegen könnte die Umsteigerei noch einige Stunden dauern.

Vor dem Hotel noch einmal ein Anhalten, wieder ein Kuß.

– Danke.

Wir betreten die Hotelhalle.

– Nehmen wir noch einen Drink in der Bar? Die anderen werden sicher noch nicht da sein. Das Pariser Nachtleben wird sie noch lange festhalten.

– Ich bin müde.

Nicole läßt nicht mit sich handeln.

– Auf Wiedersehen bis morgen.

Sie geht zum Aufzug. Ich versuche nicht, ihr zu folgen.

In der Bar dröhnt ein Musikautomat. Heute kein Tanz? Wenige Paare an den Tischen neben der Tanzfläche. Nach einem Whiskey verlasse ich die Bar und fahre auf mein Zimmer. Ob Nicole schon schläft? Ich könnte ihr Gute Nacht sagen, durch das Telefon. Ich rufe sie nicht an. Ich habe das Gefühl, daß heute genug geschehen ist, jeder Schritt weiter könnte die leichten, die gewichtslosen Augenblicke dieser letzten zwei Stunden zerreißen. Mein erster Kuß. Ich komme mir vor wie auf dem Gymnasium, wie nach den Stürmen der ersten Liebe. Ich laufe im Zimmer auf und ab, bin glücklich und bestürzt. Ich weiß, Nicole hat geantwortet, aber ich habe Angst, daß morgen früh sich die Nähe auflösen könnte. Ich werde auf Nicole warten.

20. Dezember. Am Abend.

Ich habe mich in der Hotelhalle von Helmholtz verabschiedet und bin wie betäubt auf mein Zimmer gegangen. Im Theater hatte ich Angst gehabt, geglaubt ihn verloren zu haben. Ich war mit ihm durch die kalte Nacht gelaufen. Ich sah ihn vor mir in einem Käfig eingeschlossen. Ich stand draußen und konnte nicht eingreifen in das Geschehen, das sich abgesperrt von mir abspielte. Helmholtz, Franz in dem Käfig, auf einem Stuhl, und mit ihm ein kleiner Japaner, den ich am liebsten umgebracht hätte. Ich war in die Rolle eines Zuschauers gezwungen worden, der einer Entblößung seines eigenen Schicksals zusehen muß. Ich mußte zusehen und wollte zusehen. Ich wurde mir selbst nahegebracht, indem Franz zum Schauspieler gemacht wurde. Ich werde ihn wieder und wieder vor mir sehen, fasziniert und abgestoßen.

Ich habe mir noch nie ein Happening angetan und werde wohl nach der Erfahrung dieses Abends gerne auf weitere ähnliche Ereignisse verzichten. Pelletier hatte uns geschockt. Mich ganz bestimmt. Eine japanische Truppe wird Ihnen etwas Einmaliges bieten, hatte er gesagt. Einmalig war jede der Situationen, in die uns Pelletier hineingelockt hatte. Dabei war ich so glücklich, weil Helmholtz sich im Bus neben mich gesetzt hatte. Ich hatte das Gefühl: nun ist ein Pariser Flirt unvermeidlich. Er hat angebissen. Warum sollte ich nicht an der Angel rucken? Noch zwei Tage. Viel Zeit würde uns nicht bleiben. Wenn ich die Arbeitszeiten abziehe, dachte ich, bleiben uns nur Stunden. Ob er sie nützen wird? Ich jedenfalls hatte beschlossen, mich nicht dem Augenblick zu entziehen. Jetzt wollte ich wissen: wer ist dieser Helmholtz. Nein, ich wollte nicht wissen, wer er ist, ich wollte die restlichen Tage in Paris mit ihm verbringen. Ich war mir sicher: in einem Monat würde auch ich in den Dienstplan des Alltags zurückgekehrt sein. Ich war nicht sicher. Alles konnte geschehen. War ich bereit, alles anders geschehen zu lassen, als ich geplant hatte? Helmholtz hatte mich überrascht. Er war doch kaum entgegengekommen. Hatte er bewußt Gelegenheiten vorbeigehen lassen? Wir hatten immer noch nicht miteinander über uns gesprochen. Aber muß man denn über sich reden, wenn man verliebt ist? Ich bin doch nicht in Helmholtz verliebt, rief ich mich zurecht. Ich kann ganz gut ohne ihn auskommen. Ich habe auf ihn gewartet. Ich habe mich doch im Bus so gesetzt, daß die Einsteigenden glauben mußten, der Platz neben mir sei besetzt. Ich habe den Platz für Helmholtz freigehalten.

Plötzlich hing Liebhaben und Geliebtwerden wieder von diesen winzigen Einzelheiten ab. Wird er hersehen, wird er überhaupt kommen, wird er sich neben mich setzen? Ich denke ihm entgegen, ich glaube, ihn in Gedanken fesseln zu können. Er muß spüren, daß ich dauernd an ihn denke. Jetzt, wenn er in den Aufzug steigt, hinunterfährt, durch die Hotelhalle geht. Ich schleiche mich in seine Gedanken. Ich glaube für ein paar törichte Minuten, daß ich über seine Gedanken verfügen kann, daß Verbindungen über das Sichtbare hinaus möglich sein müssen. Ich konzentriere mich auf ihn, ich versuche mir jeden Winkel seines Gesichtes vorzustellen. Ich kann Helmholtz herbeidenken. Ich kann ihn zwingen, auf der geraden Linie zu mir zu kommen, in den Bus, auf den Platz neben mich. Mein Schicksal scheint von diesem Willen und der Erfüllung dieses Willens abzuhängen.

Das Theater war für mich eine Tortur, abgesehen von der Situation im Käfig mit der Frau. An ihr habe ich nicht gelitten. Zum erstenmal habe ich eine andere Frau geliebt, mit meinen Händen und durch die Hände mit meinem ganzen Körper. Könnte ich an die Seele glauben, müßte ich sagen: auch mit der Seele. Ein seltsames Theater. Ereignisse im Dunkel oder Halbdunkel. Ich war froh, Helmholtz neben mir zu haben. Er hatte mir seine Begleitung angeboten. Keine Stuhlreihen, keine Bühne. Dunkle Räume, ein großer, durch Gitterrahmen in einsehbare kleinere Räume geteilter Riesenraum. Die Zuschauer, beteiligte Spaziergänger durch das Spiel. Welches Spiel? Wenn ich jetzt zurückdenke, bleiben zwei Szenen.

Plötzlich waren wir von den anderen abgeschlossen, eingeschlossen von Gittern, die Spielaffen im Schaukasten. Als der Japaner die nackte Frau auf den Tisch vor uns legte, war ich erschrocken. Ich hatte noch nie eine Frau so vor mir gesehen. Auch Helmholtz schien nicht mehr zu wissen, was nun geschehen sollte. Die angstvolle Stimmung war unerträglich geworden.

Die anderen müssen sich gewundert haben, als ich begann, den nackten Körper zu streicheln. Ich hatte keine Erfahrung mit anderen Frauen. Aber in diesem Augenblick mußte ich tun, was ich nirgendwo sonst gewagt hatte. Plötzlich war mir die fremde Frau nicht mehr fremd. Ich wollte den ausgesetzten Körper liebhaben, ich deckte seine Blöße mit meiner Liebe zu. Ich glaubte zu spüren, daß die Frau, daß ihr Fleisch dankbar für die Berührung war. Ich schämte mich nicht. Ich mußte die schamlos zur Schau gestellte Frau mit meinen Händen beschützen. Aber hatte denn die Zurschaustellung etwas mit Schamlosigkeit zu tun? Wurde in der fremden, geheimnisvollen Umgebung nicht die gebräuchliche Scham beinahe unmerklich beiseitegerückt? Die Spannung blieb erhalten. Ich kann nicht sagen, daß in dem allseitig offenen Raum keine Erotik mitgespielt hätte. Doch eine kältere Erotik als die mir gewohnte. Wurde ich hineingenommen in eine selbstverständliche Leiblichkeit? Oder sollten wir alle nur modisch provoziert werden? Ich kam zu keinem Ende mit meinen Überlegungen. Was ich tat, ging über das Überlegen hinaus. Ich genoß eine zweite Dimension der Erotik. Sie existierte neben der mir bekannten und schon mehrmals von mir erlebten körperlichen Erfahrung eines Menschen, eines Menschen, an den man sich gebunden hatte. An diese Frau war ich nicht gebunden. Aber ihr Körper zog mich an, ihre weiche glatte Haut zog meine Hände an. Ich hätte stundenlang und unbekümmert um Zuschauer mich mit diesem Körper beschäftigen können. Warum habe ich dann von Tortur gesprochen? Weil diese Traumminuten zusammenbrachen, als Helmholtz in einen Drahtraum geführt wurde. Er hatte sich auf ein Experiment, auf eine Szene eingelassen, die mir zum Verhängnis werden mußte. Ich sehe ihn vor mir. Das Licht ist schwach. Er sitzt auf einem Stuhl in der Mitte des Raumes, der von allen Seiten durch Drahtwände abgegrenzt ist. An den Drahtwänden stehen Zuschauer. Sie drücken die Gesichter an die Drahtmaschen. Sie wollen sehen, wie einer von ihnen Schauspieler wird. Franz Helmholtz wird zur Schau gestellt. Er ist ihren Blicken ausgesetzt. Ich habe mich vorgedrängt. Ich will sehen, was sie mit ihm anstellen. Ein Japaner hat ihm die Augen verbunden. Ich stehe so, daß ich Helmholtz genau in die Augen blicken könnte. Er muß spüren, auch durch die Binde, daß ich ihn ansehe. Ich kann meine Blicke nicht wegwenden, von diesem verbundenen Gesicht. Helmholtz sitzt reglos auf dem Stuhl. Er läßt seine Hände herabhängen, ist ein wenig auf der Sitzfläche nach vorne gerutscht. Einige Zuschauer beginnen, sich zu unterhalten. Warum geschieht nichts, scheinen sie zu fragen? Die werden uns doch nicht nur einen auf einem Stuhl sitzenden Mann zeigen? Ich muß an die Szene im Centre d'art et de culture Georges Pompidou denken. Die Puppen, zwei tote besoffene Arbeiter im Straßenschmutz. Die dreckigen, blutbedeckten Jacken und Hosen, zerschlagene Whiskeyflaschen, Asche, zerrissene Pornohefte. Die Kunstfiguren waren von einer erschreckenden Unmittelbarkeit. Die Toten waren lebendiger als Lebende. Man wurde in ein Ereignis hineingestoßen. Ich hatte mich minutenlang nicht abwenden können von den Gesichtern. Die Neugierde wie bei einem Verkehrsunfall? Ich bin nicht anders im Athener Nationalmuseum vor dem Marmorkopf eines unbekannten Künstlers gestanden. Anstelle der Metallaugen, die früher einmal in dem Kopf eingesetzt waren, jetzt leere Höhlen, aber aus diesen Höhlen über die Marmorwangen herab Oxydationsspuren, Tränenspuren für mich. Ich werde nie den Ausdruck dieses traurigen Gesichtes vergessen. Und ich meine, nie die liegenden toten Gestalten im Centre d'art et de culture vergessen zu können.

Und jetzt sitzt Franz Helmholtz auf dem Stuhl wie eine der Puppen im Kulturzentrum. Nichts anderes müßte geschehen. Der Blinde, der Mensch mit den verbundenen Augen, ausgesetzt einem ungewissen Schicksal. Verurteilter vor der Hinrichtung? Die Zuschauer erschießen ihn mit ihren Blicken. Er ist gefangen in diesem leeren, kalten Käfig. Er ist der Mittelpunkt dieses Käfigs. Der Mensch ist Mittelpunkt. Noch Mensch. Man könnte ihn prügeln, anspeien, auslachen. Er ist uns angeboten. Wir tun in Gedanken mit ihm, was wir wollen. Jeder muß sich mit ihm beschäftigen. Nur dieser Mann ist da. Für die anderen der ganz Fremde. Für mich ein Mensch, um den ich Angst habe. Ich will nicht, daß er so ausgesetzt ist; daß man ihn so verletzen kann. Er muß doch spüren, daß ihn die Blicke der anderen verletzen. Was geht hinter seiner Stirn vor, in den Augen, die von der schwarzen Binde in der Finsternis gehalten werden? Ob er im Dunkel an mich denkt?

Dann begann die Szene. Ein kahlgeschorener Japaner machte sich an Helmholtz zu schaffen. Ein mädchenhafter Mann, mit nacktem Oberkörper. Auch im Halbdunkel sah ich, wie weich seine Haut sein mußte. Ein Spielknabe. Seine Bewegungen flossen ineinander über. Warum stieß mich seine Nacktheit nicht gleich ab? Ich war gespannt auf die Szene. Ich wußte nicht, was kommen würde und ahnte doch sofort, daß wieder Berührungen stattfinden würden. Tasttheater. Berührungstheater. Wieder würde die Barriere zwischen Zuschauern und Schauspielern aufgehoben werden. Da war keine Bühne zwischen ihnen. Indem Helmholtz sich auslieferte, spielte er mit. Und wir, die Zuschauer, nahmen anders als im europäischen, klassischen Theater am Geschehen teil. Wir erzeugten die Spannung mit, die entstand, als der Schauspieler sich Helmholtz näherte, als er mit seinen Händen zärtlich wurde, als er den Ausgelieferten auszog, seine Haut der anderen Haut annäherte. Gebannt mußte ich zusehen, jede Bewegung mitvollziehen. Ein Körper, den ich zu lieben begonnen hatte, wurde vor meinen Augen stimuliert, mit einer solchen Kunst erregender Berührungen umgeben, daß mir meine Erfahrungen, meine Kenntnisse unter dem Zuschauen zerrannen. Ich wurde neidisch auf die Hände dieser Mann-Frau, die tun durfte, was ich mir wünschte, was ich mir noch nicht eingestanden hatte, was aber angesichts des beinahe nackten Kollegen sich nicht mehr verdrängen ließ. Ich begann die Lippen zu hassen, die über den Rücken und die Schultern wanderten, die an der Brust verweilten und in kaum merkbaren Bewegungen jene Anstöße der Lust vermittelten, denen sich niemand entziehen kann. Ich mußte als Zuschauer jede der Handlungen mitvollziehen. Ich versetzte mich an die Stelle des Japaners. Ich liebkoste zum erstenmal in Gedanken einen Körper, der mir durch einen anderen Körper angeboten wurde. War das Ziel dieser Vorführung nicht auch, uns, die Zuschauer, teilnehmen zu lassen an den Steigerungen der Berührungsspiele? Aber ich stand doch zwischen Helmholtz und diesen Spielen, die ich bis heute abend noch für unmöglich gehalten hätte? Ich wollte nicht, daß andere sich mit Händen oder Blicken sich seines Körpers bemächtigten. Ich müßte Ekel vor einer solchen Schaustellung empfinden, sagte ich mir. Ich wehrte mich, ich wollte die Szene ungeschehen machen und konnte nicht einmal den Blick von den beiden lassen. Ich verfolgte jede Bewegung des Japaners und glaubte Helmholtz' Reaktionen mitempfinden zu können. Warum wehrt er sich nicht, dachte ich. Er könnte aufstehen und davonlaufen. Hält ihn nur die Höflichkeit auf seinem Stuhl fest? Er muß doch spüren, daß ihn viele Augen anstarren? Oder hat ihn der schlängelnde Körper verzaubert, empfindet er das Streicheln und Anschmiegen wohltuend, genießt er die perfekten Liebkosungen? Kann man dabei von Perfektion reden? Aber zwischen beiden besteht doch keine Beziehung. Oder glauben nur wir, Beziehung sei nötig, um sich so leiblich nahezukommen? Wenn auch in den Berührungen die Kunst ihre besonderen Gesetze hätte. Und kunstvoll geht der Junge vor. Ich hatte noch nie jemand beim Liebesspiel zugesehen. Dies war doch kein Liebesspiel, kein gewohntes, aber eine andere, vielleicht auch erfreuliche Möglichkeit. Ich war irritiert, ich war schockiert und gestört in meiner sich entwickelnden Beziehung zu Helmholtz. Hatte ich denn schon ein Recht auf ihn? Und von Beziehung konnte doch überhaupt nicht die Rede sein. Wie aber würde ich sonst so empfinden können, wie ich empfand? Ich begann, seinen Körper gegen die Erregungen des Japaners zu verteidigen. Ich stellte mir vor, an der Stelle des Japaners zu sein. Ich wollte Helmholtz für mich haben. Ich wollte ihn liebhaben, ich wollte an ihm beginnen, so, als hätte ich noch nie einen männlichen Körper gerne gehabt. Die Hände des Japaners taten mir weh, sein Mund schmerzte mich, ich empfand seine Annäherungen als zudringlich. Ich wollte ihn abschütteln. Ich konnte die

Umschlingung der beiden Körper vor meinen Augen nicht mehr ertragen. Ich hatte Angst, Helmholtz könnte in diesen Zauberer hinein explodieren, er könnte sich total ausleeren, könnte alles und damit mich vergessen unter den Küssen des Manngespenstes. Wie soll er sich den Verlockungen entziehen können, er weiß doch nicht, ob ein Mann oder ob eine Frau ihn umschmeichelt. Ich hingegen würde ihn auch mit verbundenen Augen spüren lassen können, wie eine Frau liebt, daß alle Versuche der Liebe des Mannes nur Ersatzhandlungen für die Liebe der Frau sind. Dabei nahm ich mit aufgerissenen Augen wahr, wie unvergleichlich weich, wie anschmiegend sinnlich sich die kleine Gliederkatze aller nur denkbaren Ausdrucksmöglichkeiten eines weiblichen Körpers bediente. Und war nicht Zärtlichkeit ungeschlechtlich, hatte ich nicht selbst erst vor wenigen Minuten durch den Leib einer Frau erfahren, daß die Trennung der Geschlechter aufzuheben war, daß eine Frau einer anderen Frau Vergnügen verschaffen konnte? Mir wurde schwindelig. In einem Theater können doch nicht in wenigen Augenblicken alle bisher geltenden Regeln über den Haufen geworfen werden. Perversionen mußten Perversionen bleiben. Oder wohnte ich einem Traum bei? Hatte mich die Beschäftigung mit Helmholtz so erregt, daß ich mir phantastische und bedrohliche Situationen ausmalte? War die Phantasie mit mir durchgegangen? Ich begann an mir zu zweifeln. Ich war immer stolz auf meine Rationalität gewesen, wie konnte ich jetzt dazu kommen, mich von einem derart romantischen Geschehen einfangen, verletzen zu lassen? Aber da vorne, nur einige Meter von mir entfernt, saß doch Franz Helmholtz und genoß die lässige Lust des japanischen Mannes. Das Romantische war wirklich. Vor meinen Augen geschah das Unmögliche. Ich war Teil des Unmöglichen geworden, ich litt unter dem Unmöglichen, aber ich begann mich zu meiner Verwunderung in dem Entsetzen einzurichten. Ich wurde umgedreht, von innen nach außen gewendet und mußte mir sprachlos mit ansehen, wie jene Intimität, die ich so gerne für mich gehabt hätte, der Öffentlichkeit preisgegeben wurde. Warum ließ Helmholtz dies über sich ergehen? Hatte ich mich in ihm getäuscht? Wenn er nur ein wenig von dem für mich empfände, könnte er sich nicht so aussetzen lassen. Ich begann, in Gedanken seinen Körper eifersüchtig in Besitz zu nehmen. Ich wollte mit meinem Gesicht vor dem Gesicht des Japaners ihm nahegekommen sein. Ich versuchte, die fremden Hände mit meinen Händen abzuwehren. Helmholtz müßte meine Hände spüren können, er müßte unterscheiden können. Ich näherte mich im Dunkel, ich überraschte ihn von hinten, ich legte mich zu ihm, ich drängte mich an ihn, ich strich ihm die fremden Annäherungen weg, ich stieß den geilen Katzenmenschen weg. Ich wollte diesen Mann haben. Ich hatte ihn in Gedanken. Welche Einbildungen. Man kann doch nicht Wünsche für Wirklichkeit nehmen. Man kann doch nicht sich selbst aufgeben, wie kam ich dazu, mich an eine Phantasiefigur hinzugeben? Das war Prostitution. Meine Gedanken purzelten übereinander. Ich versuchte, mich an der eigenen Verwirrtheit aus der Situation zu ziehen. Ich mußte mich wieder in die Hand bekommen. Was war denn geschehen? Ich hatte keine Anhaltspunkte dafür, daß Helmholtz mir mehr als ein kollegiales Lächeln geschenkt hatte. Ich wollte keine Männergeschenke. Ich hatte mein unterhaltsames, mein geregeltes und doch abwechslungsreiches Leben, ohne Anzeichen für revolutionäre Veränderungen, ohne Umwälzungen. Ich habe genug mit meiner angestammten Umwelt zu tun, sagte ich mir. Ich versuchte, meinen Blick abzuwenden, andere Vorstellungen zu erzeugen. Aber die Theatervorstellung vor meinen Augen ging weiter, ohne mein Zutun. Ein Prozeß lief ab, ein Mann machte eine sinnliche Erfahrung, und ich mußte zusehen. Begann ich mich an der Erfahrung zu beteiligen, war ich längst in sie hineingezogen?

Da stand Helmholtz auf, zog sich die Binde von den Augen. Ich war aus den Peinigungen entlassen, ich spürte, auch er war erlöst, freigegeben. Ich fiel in mich zurück. Ich hatte das Erschrecken überstanden, ich konnte für einen Augenblick glauben, nur einem Spuk beigewohnt zu haben. Helmholtz wurde freigelassen, Helmholtz ging auf mich zu.

Wir verließen rasch zusammen das Theater. Helmholtz hatte sich nicht von mit entfernt. Der japanische Alptraum war vorbeigegangen. Ich ließ mich führen. Ich sank zurück in die Polster des Taxis. Die Stadt fuhr an mir vorüber. Zum erstenmal war ich mit Helmholtz allein. Ich fragte nicht, wie wir zusammengekommen waren. Ich war glücklich, neben ihm sitzen zu können. Der Fremde war vertraut geworden. Er mußte wissen, daß ich ihn beobachtet hatte. Ich wollte in seiner Nähe sein. Ich konnte das Bild nicht auslöschen: der nackte Mann unter den stimulierenden Händen des fremden Wesens. Aber jetzt war die Situation ohne Angst. Ich konnte nicht mehr verlieren. Wie kam ich dazu, dieses Gesicht zu lieben? Ich sah ihn von der Seite an. Er blickte geradeaus über die Schulter des Taxifahrers auf die Straße. Träumte er? Warum habe ich dieses Gesicht nicht schon seit Jahren geliebt? Aber was wußte ich denn über ihn? Ich hatte ihn vielleicht aus seinem anderen, eigentlichen Leben herausgelockt. Ich wollte nichts wissen über seine Frau oder seine Kinder. Vielleicht war er gar nicht verheiratet. Aber ich wußte: Fragenstellen würde alles verderben. Sollte ich mich einfach loslassen, nicht nachdenken, nicht mehr Angst haben? Helmholtz machte mich sicher. Mir genügte, daß er da war. Er hatte mich mitgenommen. Wie kann in wenigen Stunden Liebe so selbstverständlich werden? Man muß sich nicht erst kennenlernen. Ich habe ihn nicht vom ersten Augenblick an geliebt. Ich glaube nicht an das Schicksal, versuchte ich mir einzureden! Da aber war mein Schicksal. Ich wollte meine Story erleben. Und wenn schon. Das Schicksal konnte ich in Kauf nehmen. Meine Story, aber ich hatte die Geschichte nicht erfunden, ich war in diese Geschichte, die meine Geschichte wurde, hineingesteckt worden. Ich spielte mit den Möglichkeiten, ich dachte mir eine nicht endende Zeit mit Franz Helmholtz aus, ich versuchte alles, was vorher gewesen war, abzustreifen und redete mit ihm in Gedanken weiter. Ich konnte von diesen Augenblicken an meine feste und eindeutige Bindung an Frederik vergessen, ich wollte diese Bindung ungeschehen machen, wenigstens in meinen Erwartungen und Hoffnungen. Ich glaubte, alles erwarten zu können? Was heißt alles, mußte ich mich gleich wieder fragen? Alles, das bedeutete doch keinen Weg zurück, daran glauben, daß er morgen und übermorgen da sein werde, daß ich ihn in der Nacht mit meinen Händen greifen kann, daß ich sicher sein kann. Ich wollte ihn haben, für mich, uneingeschränkt und ohne überhaupt noch einmal mit einem Ende rechnen zu müssen. Aber ich hatte doch Frederik versprochen, ihm weiterzuhelfen, für ihn dazusein, weil er trotz seiner äußerlichen Sicherheit mich brauchte. Ich konnte mir in diesen Augenblikken Frederiks Gesicht nicht mehr vorstellen, ich war bereit, überall in mir dieses neue, andere Gesicht aufzunehmen. Ich sagte meinen Händen: haltet dieses Gesicht fest, ich sagte meinem Mund: lerne sein Gesicht auswendig, ich sagte meinen Augen: dieses Gesicht sollt ihr sehen, kein anderes mehr. Ich war wie umgedreht, auf den Kopf gestellt, ich hatte eine Möglichkeit ergriffen, die scheinbar immer schon als Gewißheit in mir gewesen war. Mit ihm mußten meine Hoffnungen gelingen, mit ihm würde ich noch einmal mich selbst erleben, mich selbst lernen können. Ich konnte seine Gegenwart über meine Vergangenheit schieben; ich werde ihn mit meinem Körper überreden, dachte ich. Mit ihm zusammen sein, muß mir Kraft geben, meine Ängste zu überwinden. Ich will meinem Körper nachgeben, ihn zu Hilfe rufen, den luftleeren Raum um mich durchstoßen, hin zu ihm.

21. Dezember

Die Firma ist großzügig. Ein ganzer Vormittag frei. Jeder kann tun, was er will. Ausschlafen nach den Happening- und Nachtlebenstrapazen. Werden die wieder gesoffen haben. Keiner ist doch vor vier Uhr früh ins Bett gekommen. Da lassen sich keine neuen Vertriebskonzeptionen entwickeln. Vertriebspolitische Ziele im Dickicht der Nachterinnerungen. Imageziele, Diversifikationsziele, Risikostreuung, Unternehmenserhaltungsziele. Wie wollen sie die Fluktuationsmentalität senken, wie die Umschlagsgeschwindigkeit bemessen, wie die Zahl der Außendienstmitarbeiter nach Gebieten, Produktgruppen, Vertriebswegen, Arbeitnehmergruppen differenzieren? Ein kalter Dezembermorgen schlägt mir entgegen, als ich die Fenster aufschiebe. Ich habe einen Vormittag vor mir. Freie Zeit für mich und Nicole. Ich muß Nicole anrufen. Jede Stunde, die ich verstreichen lasse, ist vertan. In ihrem Zimmer meldet sich niemand. Die Frühaufsteherin, warum konnte sie nicht auf mich warten? Da klingelt das Telefon in meinem Zimmer. Nicole ist am Apparat. Sie ruft von der Halle aus an. Kommen Sie mit, fragt sie, auf einen Morgenspaziergang? Vielleicht will ich etwas einkaufen? Schlafen Sie noch? Nein, ich schlafe nicht. Ich zittere vor Freude. Nicole hat mich angerufen. Sie will mit mir den Vormittag verbringen. Damit habe ich nicht gerechnet. Sie muß gemerkt haben, daß ich durcheinander bin, daß ich mich freue. Ich stehe fertig zum Ausgang in der Halle, sagt sie, werden Sie kommen? Muß ich lange warten? Ich kann noch eine Tasse Kaffee trinken. Aber mehr als fünf Minuten gebe ich Ihnen nicht. Auch ich bin fertig angezogen, aber ich zögere, ich gebe vor, noch nicht fertig zu sein. Nicole, wollen Sie mir nicht Gesellschaft leisten? Kommen Sie doch für einen Sprung herauf in mein Zimmer. Ein Stockwerk über Ihrem Zimmer. Wenn Sie aus dem Lift kommen, rechts um die Ecke, dann links der lange Gang, das dritte Zimmer. Ich warte auf Sie. Ich will Nicole an diesem Morgen nicht drunten in der Halle, womöglich vor den Kollegen begrüßen. Sie muß doch auch auf ungestörte Minuten warten nach gestern abend. Ich will Nicole sehen, jetzt, sie wenigstens für einige Minuten bei mir im Zimmer haben. Ich spüre ihr Zögern. Nein, Franz, ich komme nicht, ich will mit Ihnen spazierengehen, aber ich komme nicht auf Ihr Zimmer. Nicole lehnt ab, Nicole kann den Abend wegwischen, nein, sie kann ihn nicht ungeschehen machen. Habe ich einen Fehler begangen, ist meine Einladung zu plump gewesen? Aber Nicole ist doch eine Frau mit Erfahrung. Woher will ich das wissen? Wir schweigen in die Telefonhörer. Dann höre ich wieder Nicoles Stimme: Ja, ich komme, genau für die fünf Minuten, die ich Ihnen gegeben habe. Ich habe keine Angst. Ich lehne die Tür an, sage ich, dann können Sie sofort eintreten. Bin ich enttäuscht worden? Worauf habe ich gewartet? Nicole tritt in das Zimmer. Sie sieht streng aus in dem grauen Tweedkostüm. Ich umarme sie. Wir bleiben im kurzen Gang hinter der Türe stehen. Links die Türe zum Bad. Ich habe die Türe nicht geschlossen. Nicole lehnt sich an die Wand, sieht mich an. Ich spüre Nähe und Zurückhaltung. Sie ist heraufgekommen und wird ihren Plan einhalten. Sie hat mir fünf Minuten gegeben. Nicole wird immer einhalten, was sie sich vorgenommen hat, denke ich. Kommen Sie ins Zimmer, sage ich und führe Nicole zu dem niedrigen Sessel neben dem Spiegel. Ich habe das Bett geordnet, die Decke zurückgeschlagen und glattgestrichen. Das Zimmer im Zwielicht des Morgens, die Schiebejalousie halb vor dem Fenster. Nicole sitzt gespannt auf dem Sessel und sieht mir zu. Ich fühle mich unbehaglich. Wieder bin ich mitten in einer Gelegenheit und kann sie nicht nutzen. Nicole ist keine Gelegenheit. Sie ist in mein Zimmer gekommen, und ich weiß, sie wird die Situation bestimmen. Sie sitzt mit aneinandergelegten Knien auf dem Sessel, ein wenig nach vorne gebeugt. Ich trete auf sie zu. Ich knie mich neben sie, streichle ihr Gesicht, küsse sie auf die Augen, auf die Wangen, streiche über ihren Mund. Sie muß spüren, daß ich sie gern habe. Die Zeit gehört uns. Wir sind von der Welt abgeschnitten, allein, unstörbar in dem ruhigen

Hotelzimmer in Paris. Alle Verbindungen nach draußen abgeschnitten. Sind Sie fertig? fragt Nicole, wir sollten gehen. Meine Hände können sie nicht zum Bleiben überreden.

Die Sonne ist hervorgekommen, kalt und klar. Wir müssen uns warmgehen. Hauchfahnen vor den Gesichtern der Menschen, die zur Métrostation hasten. Unser Vormittag zwischen einkaufenden Frauen. Ein langer, langer Weg die Seine entlang. Im Sommer hätten wir uns zu den Studenten ans Wasser setzen können. Die nicht endende Liebe vor Notre Dame. Ich habe das Gefühl, der Tag könne nicht mehr in die Tagungsarbeit übergehen. Ich gehe mit Nicole durch die Straßen, und wir reden kaum, sie ist mir so nahe, als hätte ich sie seit Monaten gekannt. Aber man ist sich so nahe nur in den ersten Tagen eines Anfangs. Ich will mir einreden, daß nach diesem Tag, nach unseren Tagen keine anderen kommen werden. Wenn ich morgen früh zum Büro der Lufthansa gehe und das Ticket zurückgebe, wenn ich sage: Irgendwann einmal, vielleicht niemals werde ich zurückfliegen. Ich könnte Schluß machen hier in Paris mit dem Morgen und Übermorgen. Einfach den Rückflug ausfallen lassen. Mit Nicole hierbleiben. Ich lasse die Kollegen abreisen, denke ich, und bleibe mit Nicole in Paris. Wir tauchen unter in Paris. Warum das Ticket zurückgeben? Warum zerrreiße ich es nicht jetzt und lasse die Papierschnitzel die Champs Elysées hinabfliegen oder in die Seine flattern? Ich werde diese Brücken abbrechen, rede ich mir ein, ich werde mit Nicole in dieser Stadt sein, ich werde nicht fragen, ob der nächste Marktanteilszuwachs auf mich zurückgeht, Preis- und Konditionsgestaltung sind gleichgültig geworden, die Distribution verschlechtert sich von selbst, ich überlasse die differenzierte Betrachtung, die Ist-Umsatz-orientierte Kundenkategorisierung den anderen und verschwende meine Gedanken in die windblühenden Organisationsprinzipien meiner luftigen Gegenwart neben Nicole. Ich bin bereit, in den leichten, heiteren, wortlosen Sprüngen dieses Vormittags alles zu vergessen, alles hinzunehmen, was mir entgegenkommt aus den Augen, die nicht ablassen von mir, aus der Hand, die meine hält und deren Finger leicht die Innenfläche meiner Hand streicheln.

Ich will die Zeit anhalten, glauben, nur diese Gegenwart

zähle. Kann ich denn nicht über die Stunden entscheiden? Ich bin herausgenommen aus meiner Vergangenheit. Ist Liebe doch das Plötzliche, das immer Neue? Ich habe keine Liebe erwartet, ich habe das Gefühl, von ihr einfach mitgenommen worden zu sein. Ausgerechnet Paris. Paris und die Liebe. Wie aus einem Prospekt. Nach Paris der Liebe wegen. Ich laufe neben einer Frau her, mit der ich insgesamt nicht mehr als einige Stunden verbracht habe, von der ich nichts weiß oder doch weiß: in diesen Augenblicken gelingt uns alles, wir können nicht abstürzen von diesem heiteren Grat der Begegnung. Noch ist alles, sind wir selbst leicht, noch kann sich scheinbar unser Spiel einfach auflösen. Ich bin mir sicher gewesen: Meine Gedanken halte ich zusammen. Ich werde nicht mehr ... ach was, ich kann die Luft spüren, die über Nicoles Gesicht streicht, die kalte Luft, durch die das Licht einer niedrig stehenden Dezembersonne glänzt.

Wir gehen zurück. Vollzählige Runde. Plenum. Puglisi dreht sich zu Herrn Mathey um. Spielt mit den Händen, nimmt sie auseinander. Die Hände fahren zusammen. Hält den Kugelschreiber zwischen den Fingern der rechten Hand. Wir müssen etwas versuchen, womit wir den Käufer auch erreichen. Sie haben etwas ganz anderes erwähnt. Nicht über den Tisch herüber. Konstruktives Arbeiten war uns mit auf den Weg gegeben worden. Rivaton geht auf die Toilette. Nach drei Sätzen kommt Norman auf ihn zu sprechen. Sollte jetzt da sein. Norman klopft auf den Tisch. Zieht die Augen zusammen, hinter den Brillengläsern. In der Mitte seiner Stirne steigen die Falten. Mehr von meiner Seite aus geht nicht. Stützt, als er zuhört, die beiden Arme auf den Tisch. Hände unter dem Kinn. Ich könnte leben mit dem Einverständnis zu dem, was ich vorgegeben habe, meint Norman jetzt.

Lebrun wendet sich an Pelletier, flüstert ihm etwas zu. Viele Brillenträger in der Runde. Ich habe sie mitgebracht. Lächelt, zieht die Lippen hoch. Breite Zähne kommen zum Vorschein. Während er redet, dreht er zwischen Daumen und Zeigefinger seiner rechten Hand die Haare an seiner rechten Schläfe. Rivaton scheint, nachdem er von der Toilette zurück ist, kein Interesse mehr an der Diskussion zu haben. Er schläft, versucht zu schlafen, zurückgelehnt, blinzelt. Die Hände rechts und links am Stuhl herabhängend. Lebrun blättert in den Papieren. Erinnern an das Vorstellungsgespräch. Emotionen kommunikabel machen. Warlingtons Nase ist zu kräftig. Ihre braune Jacke. Gemme auf dem linken Revers. Kurzgeschnittene, dunkelblonde Haare. Ingrid, die Sekretärin, hat ein großkariertes Baumwollhemd an. Weites Hemd, blaue Streifen auf dem roten Karogrund. Schwarze, ein wenig gekrauste Haare, über die Schulter hängend. Mich interessiert prinzipiell, wie weit spielen solche Übersichten eine Rolle? Mehr Bedarf hat er nicht. Aber streng genommen. Leichter Bartschimmer auf den Oberlippen Schwarzhaariger. Auch bei Ingrid. Bei Blonden nicht sichtbar. Schreibt, stenografiert mit. Hat die Fingernägel sehr kurz geschnitten. So, wie Sie es gesagt haben, ist es auch von mir verstanden worden. Rufen jetzt die Lerntechnik ab. Pelletier hört gespannt zu. Macht sich Notizen. Rivaton hält die rechte Hand unter das Kinn gedrückt, schiebt mit dem angelegten Daumen die Haut am Hals in die Höhe der Wange. Aufgeschobener Wulst.

Ein Videoband wird eingelegt. Ich sehe die Demonstration. Kann aber auch beobachten, wie die anderen zusehen. Sitze so, daß ich Nicoles Gesicht von der Seite sehen kann. Sieht sie mich? Ich versuche, Kontakt mit ihren Augen zu bekommen. Auf dem Bildschirm Kommunikationssituation. Chef empfängt Mitarbeiter. Sitzt hinter dem Schreibtisch. Außendienstmitarbeiter ist hereingerufen worden. Befehlsempfang. Er steht vor dem Schreibtisch. Sie fahren morgen um 8.30 Uhr, sagt der Chef. Wir haben eine Chance, zu verkaufen. Notieren Sie. Der Angestellte findet keinen Bleistift in seiner Tasche. Chef wirft ihm einen Stift hin. Notieren Sie, ich habe die Fahrkarte schon bestellen lassen. Sie müssen, ich habe schon, Sie werden. Läßt ihn nicht zu Wort kommen. Firma soll besucht werden. Sie kommen beim ersten Gespräch nicht entgegen. Harte Konditionen. Die sind auf uns angewiesen. Ich habe recherchieren lassen. Zahlungsstreckung erst in der zweiten Runde. Haben Sie verstanden?

21. Dezember

Ich bin ihm entgegengekommen. Einer mußte den Schritt tun. Hätte ich ihn denn alleine den freien Vormittag verbringen lassen sollen. Ich habe ihn nicht vom Zimmer aus angerufen. Die Kollegin erkundigt sich über die Rezeption nach dem Kollegen. In der Halle stand eine kleine Schlange, an der Kasse zahlender, abreisender Gäste. Sie wollten alle rechtzeitig zu Hause sein, nur noch wenige Tage bis Weihnachten. Ich werde das Fest mit Frederik verbringen. Aber ich habe Helmholtz angerufen. Ich mußte Frederik auf übermorgen verschieben. Wie das klingt. Übermorgen, da wurde mir klar, daß übermorgen die Sache Helmholtz zu Ende sein mußte. Das Ende einer kurzen Liebe. Und ich hatte nichts mit ihm erlebt. Nein, niemals wird dieser Abend, werden die wenigen Schritte durch die Nacht ausgelöscht werden können. Ich wollte Franz sehen. Ich konnte ihn anrufen. An seiner Stimme spürte ich, daß er den Anruf nicht erwartet hatte. Wenn ich ihn nun aus dem Schlaf geklingelt habe? Vielleicht wollte er den ganzen Vormittag im Bett verbringen. Als er mich bat, auf sein Zimmer zu kommen, war ich doch überrascht. Diese Einladung hatte ich ihm nicht zugetraut. Ich muß vorsichtig sein, dachte ich. Ich muß meinen Spielraum haben. Ich habe mich niemals von einem Mann einengen lassen. Ich sagte ihm ab. Ich komme nicht auf Ihr Zimmer, und im gleichen Augenblick wußte ich: ich werde hinaufgehen. Ich werde keine Angst haben. Ich kann mir alles zutrauen? Alles. Aber ein wenig habe ich doch gezittert, als ich den Lift betrat. Mußte er nicht denken: Sie hat mich aufgefordert? Kleinmädchenängste. Ich saß auf dem Stuhl in seinem Zimmer, vor mir das breite Bett. Ich hätte ihn haben können. Ich spürte, daß er mich ausziehen, umarmen wollte. Ich hätte eintauchen können mit ihm in den Dunst der noch nicht zu Ende gegangenen Nacht dieses Zimmers. Ich wollte nicht nachgeben. Noch nicht. Ich will nicht, sagte ich mir. Ich liebe seine Hände auf meinem Gesicht. Ich ließ mich von ihm küssen. Ich hatte ihn gern, weil er mich nicht überrumpelte, weil er seine Hoffnung zurücknahm, als er meinen Widerstand spürte. Er war nicht beleidigt von meiner Zurückhaltung. Er blieb zärtlich. Er ist der erste Mann, dachte ich, der weiß, daß ein Mensch Zeit braucht, bis er seinem Körper nachgekommen ist. Ich liebe ihn, weil er sich selbst nicht überschätzt, weil er nicht davon ausgeht, einfach mit mir ins Bett steigen zu können. Er soll mit mir schlafen wollen. Aber ich will jetzt nicht mit ihm schlafen. Ich will Zeit haben mit ihm. Keine Sprünge ins Bett. Wir könnten uns die Zeit nehmen. Ein langer Vormittag würde auf uns warten. Ich war froh, daß wir hinausgingen in die Stadt, in die frische Kälte, ich war glücklich neben ihm in den Straßen, im Café. Ich konnte lachen und ihn an der Hand nehmen, mich an ihn schmiegen und ihn nachziehen vor ein Schaufenster, mit ihm die Rolltreppen hinauffahren in das dritte Stockwerk des Kaufhauses. Ich probierte nur zum Spaß ein halbes Dutzend Kleider an. Ich wollte mich ihm zeigen. Er stand vor der Kabine und wartete auf meine Auftritte. Er hätte mir eines der Kleider, eine der leichten Spitzenblusen gekauft. Ich lehnte ab. Wenn, dann sei ich mein eigener Schatzmeister, sagte ich ihm. Sie können mich nicht kaufen, Franz, fügte ich hinzu. Er verstand mich, wurde nicht böse. Wir konnten miteinander lachen. Uns gehörte der Vormittag, der Trubel der Kaufhäuser. Ich gehe gerne mit Ihnen zum Einkaufen, sagte er. Soll ich Ihnen Paris schenken? Er lächelte. Wir hatten vergessen, daß wir zwei sehr ernsthafte Firmenangestellte, mitten in einer ernsthaften Tagung hätten sein müssen. Wir entdeckten die Straßen und Plätze einer für den anderen. Er wies mich auf Fassaden hin, die ich nie bemerkt hatte. Ich führte ihn von Kleiderträumen zu Taschen- und Schuhverlockungen. Küsse vor Notre Dame, Küsse unten an der Seine. Jetzt begann eine gemeinsame Zeit, die ich nicht erwartet hatte. Mir war, als sei ich zurückversetzt worden in meine Schülerjahre, als auf den ersten scheuen Spaziergängen mit einem Freund die Luft um mich ähnlich leicht und frei gewesen war. Alle anderen späteren Begegnungen hatten nicht mehr in diese Heiterkeit und in das gleichzeitig ängstliche Glück zurückfinden können. Jetzt mit einmal schienen die Wiesen wiedergekehrt zu sein, über die ich damals gelaufen war. Ich mußte nicht fragen, warum ich jetzt im Dezember mitten in Paris an diese Wiesen dachte. Kein anderes Bild hätte genauer sein können. Diese Wiese verband sich mit den Frühlingswiesen, die ich einmal in einem Frühling an der Küste des Ägäischen Meeres erlebt hatte. Unzählige kleine Blüten bedeckten die Wiesen. Blumen brachen aus den Felsspalten hervor, schienen die Bergflanken zu überfluten. Ein unvergleichlicher Duft wehte mir entgegen. Eine unbezähmbare Lust war da, mich hineinzustürzen in den Duft und in die Farben. Ich konnte Franz diese Empfindung nicht mitteilen, aber ich glaube, daß er sich wie ich einfach gefangennehmen ließ von der nicht endenden Überraschung unserer Liebe.

Ich erschrecke, nachdem ich dieses Wort niedergeschrieben habe. Unsere Liebe. Sie ist einfach da. Ich wehre mich nicht gegen sie. Ich lasse mich einen Augenblick lang in das scheinbar Selbstverständliche hineintreiben. Ist die Liebe doch etwas, an das man ausgeliefert wird? Begegnet sie einem doch unerwartet und immer wieder? Ich will nicht an andere Möglichkeiten denken. Jetzt gilt nur die eine. Ich kann diesem Mann nicht ausweichen. Ich lerne verstehen, daß mir so viele gleichgültig sein können, ich aber an diesem einen nicht vorbeikomme. Dabei hat er sich mir nicht in den Weg gestellt. Ich habe die Möglichkeit, daß er sich in wenigen Augenblicken zurückziehen könnte, mit ins Spiel genommen. Aber ist um so unwiderstehlicher da, je lässiger, geduldiger er meine Liebe auf sich zukommen läßt. Das tut er doch. Ich brauche nur die geringste Abwehrbewegung zu machen, sofort hält er an. Was wird mit uns passieren? Die Stunden scheinen sich zu verkürzen. Was bleibt uns vor dem unvermeidlichen Abschied am Ende unserer Tagung?

Der Vormittag ging zu Ende. Wir haben gemeinsam zu Mittag gegessen und sind knapp vor Beginn der Nachmittagssitzung ins Hotel zurückgekehrt. Wir hatten keine Angst vor dem möglichen Gerede der Kollegen. Wir hatten nicht darüber gesprochen. Aber dann wurde ich doch ängstlicher von Sitzung zu Sitzung. Die müssen doch merken, dachte ich, daß keine zwei Minuten vergehen, in denen ich nicht zu Helmholtz hinüberschaue. Ich konnte meine Augen nicht mehr befehlen. Ich wußte: er wartet auf meinen Blick. Dieses Sich-ansehen-Dürfen, Sich-alles-Sagen, ohne ein Wort bemühen zu müssen. Ich müßte eigentlich immer rot geworden sein.

Warum setzte ich ihm keinen Widerstand entgegen? Ich wollte ihn entdecken. Aber jede Entdeckung ist gefährlich. Noch hatten wir erst die Ränder berührt. Jeder weitere Schritt konnte vielleicht stören. War dies schon der Eintritt in das Leben des anderen gewesen? Ahnte ich, daß mich ein weiterer Schritt schrecken werde? Aber der Schritt konnte auch die Bestätigung des Glücks sein, unseres Glücks. Ich wollte nicht zur Ordnung zurückkehren.

Frederik hatte das Zimmer im Bad-Hotel ‚Zum Hirsch' bestellt, von dem der Prospekt sagt, sein Publikum sei „gut bürgerlich, aber auch distinguiert". Er war mit dem Wagen nach Baden-Baden gefahren und hatte mich am Bahnhof in Oos abgeholt.

Ich kam aus Frankfurt, Baden-Baden hat Frederik immer bedrückt. Er wehrte sich gegen die Ansammlung von Leerlauf und Wohlhabenheit. Er hat den Luxus, den man dieser Stadt zuschreibt, nie begriffen oder gespürt. Er hat keinen Zugang gefunden zu dem Exquisiten und Extravaganten. Gutes Essen in einem der umliegenden Winzerdörfer, was denn sonst, pflegte er zu sagen. Ich will doch nicht zum Kurkonzert.

Ich ließ mich im Frühjahr von den Düften der Oleander- und Magnolienbäume betäuben. Ich ging gerne durch den in Blüten ertrinkenden Park. Die hohen Bäume, die weitausgreifenden Äste, das war gepflegter Luxus, und der sorgfältig geschnittene Rasen.

Ich hatte mich um drei Minuten verspätet. Frederik hatte den Wagen neben dem Taxistand geparkt. Drei Taxifahrer spielten Karten, eingesunken auf Klappstühlen sitzend. Wir fuhren zum Hotel. Wenn ich nicht geschäftlich hier sein müßte, brächten mich keine zehn Pferde hierher, sagte Frederik. Sieh dir doch die nichtssagende, bürgerliche Behäbigkeit an. Wir aßen draußen in einem Ausflugsrestaurant Spargel mit Schinken. Als wir am Abend zurückkamen, hatten auch die Pensionsgäste das

Essen hinter sich gebracht. Im Restaurant im ersten Stock waren beinahe alle Tische besetzt. Die Gäste redeten mit leisen Stimmen. Viele schwiegen. Teetassen klapperten. Wir gingen auf unser Zimmer. Am nächsten Vormittag konnte ich alleine durch die Stadt gehen. Ich ließ mich von der Behäbigkeit, die Frederik so mißfiel, treiben. Ich hatte Zeit. Ich blieb lange auf einer Bank im Kurpark sitzen, ich konnte mich nicht satt sehen an der grünen Geometrie dieses lebendigen Kunstwerks und bedauerte, daß Frederik wohl nie ein Auge dafür haben würde. Ich konnte allein sein und war froh, alleingelassen zu sein. Drei Tage lang einmal nur als Begleitung in einer Stadt zu sein, nicht um geschäftliche Gespräche zu führen, das tat mir wohl.

Frederik riß mich aus meiner Zufriedenheit, als er beim Mittagessen erklärte, er könne diese Stadt nicht mehr aushalten. Die vormittäglichen Verhandlungen mit den Geschäftspartnern hatten mit einer ärgerlichen Auseinandersetzung geendet. Frederik beschloß, das Kurhotel zu verlassen. Ich widersprach nicht. Ein dichter Frühlingsregen hatte eingesetzt. Er verwandelte den Park in flaches Graugrün. Wir fuhren hinaus ins Rebland. Frederik wollte draußen ein kleines Hotel suchen. Der Regen wurde stärker, graue Wolken hingen über dem Weinland. Wir kamen nach Varnhalt. Die Weinberge zogen sich bis zur Straße hinab von den Hängen. Das Grün der Weinstöcke schien die Häuser zu überschwemmen.

Die Handtücher im Bad des Hotels waren wie zusammengeklaubt, weiß, gelb, grün, rosa, verwaschen. Wir waren in einen „Familienbetrieb“ hineingeraten. „Die Direktion und die guten Geister“ wünschten guten Abend mit zwei Bonbons und einem Kärtchen auf dem Tisch. Das war doch unerträglich, sagte Frederik. Wie konnte Arnheim sich in der Runde von dem distanzieren, was er gegen den Willen der unmittelbaren Kollegen durchgesetzt hatte, nur weil er wußte, daß die Stimmung gegen seine Konzeption war? Er spürte, daß die anderen seine Ideen nicht angenommen hatten. Immer stellt sich Arnheim auf die Situation ein, sagte Frederik. Er kann so lügen, daß er selbst seine Lügen als Wahrheit nimmt. Wenn er zweimal die gleiche unglaubliche Behauptung aufgestellt hat, glaubt er daran. Frederik konnte sich nicht von dem Ärger befreien. Ich blickte auf die Rebhänge hinaus und ließ ihn reden. Wir werden morgen früh fahren, dachte ich. Vielleicht kann ich noch einmal in den Park gehen.

Jetzt in Paris frage ich mich, ob Helmholtz auch den Park von Baden-Baden lieben könnte. Die Behäbigkeit würde uns nicht stören, dachte ich. Er müßte auch die frischen grünen Farben lieben, mit mir auf der Bank sitzen und die Zeit einfach vergehen lassen. Ich möchte, daß Helmholtz träumen, phantasieren kann, dachte ich. Marketing, Werbung, vor allem ohne Phantasie, ist undenkbar. Ich wollte mich in seine Phantasie hineinbegeben. Ich wollte ihm Baden-Baden zeigen. Später einmal. Ich wollte über das unvermeidliche Ende dieser Tagung hinausspringen.

21. Dezember

– Ich gebe Ihnen nun eine Checkliste in die Hand, sagt Mathey am Beginn unserer Nachmittagssitzung, auf der Sie kurz jene Schwachstellen im Vertriebsmanagement charakterisiert finden, die, wie Untersuchungen gezeigt haben, immer wieder auftreten. Sie sollen die Liste erweitern und ergänzen und in Ihren Gruppen die Genesis – er sagte Genesis – der Fehler diskutieren. In einem Brainstorming müssen Sie zu einem Maßnahmekatalog kommen, der sozusagen die Schritte der Therapie andeutet. Bewerten Sie die Therapievorschläge, ordnen Sie die Vorschläge nach der Priorität und entwickeln Sie in einer gestellten Szene eine Methode, die zeigen soll, wie Sie den Mitarbeitern die gleichen Einsichten vermitteln wollen. Sie können zum Beispiel eine der Situationen kurz anspielen, also das Dokument eines Fehlverhaltens liefern und aus ihm dann knapp und konkret die Heilungsschritte ableiten. Aber ich möchte Ihnen keine zu großen Vorgaben anbieten. Sie müssen selbst ran an den Speck. Und so diskutieren wir darüber, daß das Umfeld des Vertriebsleiters meist nicht vertriebsorientiert und vertriebsintegriert denkt, sondern aus einem suboptimierten Abteilungsegoismus heraus handelt. Ein entscheidender Fehler ist die mangelnde Kommunikation im Unternehmen, vor allem Vertriebsleitung und Marketing arbeiten nicht integriert. Die Folge davon sind Gegensätze in den Kommunikationsaussagen durch Außendienst und Werbung. Ich muß mir wieder klar machen, daß Werbung nicht isoliert vom Außendienst betrieben oder geplant werden kann und daß über das Vertriebsmanagement insgesamt die Brücken gebaut werden müssen. Weiß ich doch. Aber Mathey redet immer noch; das Ausbildungsprogramm für den Außendienst kommt zustande. Nicole schreibt auf den großen weißen Karton die möglichen Heilungsschritte. Die Auffassung vom Verkauf, natürlich wieder eine moderne als Voraussetzung. Die berühmte Partnerschaft des Außendienstmitarbeiters mit dem Kunden, die Identifizierung des Mitarbeiters mit der Marketingpolitik des Unternehmens. Dann Fachwissen, Wettbewerbswissen, Kenntnis der Werbemethoden, schließlich die verkaufstechnische Schulung. Soll ich denn da auch noch mitarbeiten? Werbung ist doch mein Feld. Aber die Tagungsidee ist ja, leitende Mitarbeiter benachbarter Bereiche zusammenzubringen, die leider im täglichen Arbeitsablauf nicht zueinanderkommen, aber etwas miteinander zu tun haben. Also Rhetorik, Demonstrationstechniken, Akquisitionstechnik, Marktforschung, wichtig für den Außendienst, neue Kundenkonzeptionen, Integration von Werbemaßnahmen mit Aktivitäten vor Ort, Rückmeldungen, dann die verkaufspsychologische Schulung.

Die darauffolgende Gruppenarbeit macht mehr Spaß. Sammeln der Problemlösungsvorschläge. Dann die Vorbereitung der Videopräsentation. Ich habe die einzelnen Aufgaben zu verteilen. Schließlich bleibt mir die Rolle des Texters. Sie machen Werbung, Ihnen wird schneller als uns etwas einfallen. Warum soll ich mich zieren? Ich kann die Texte für Nicole schreiben. Rollen werden angespielt. Dann die Darstellung des Problems durch Nicole. Gehen Sie ran mit dem Zoom, sage ich, man muß das Gesicht groß sehen, nicht immer in der Totalen bleiben. Beim Probedurchlauf sind wir in der Gruppe recht zufrieden. Die Vorführung im Plenum bringt uns in die Konkurrenzsituation. Wie werden sich die anderen Gruppen darstellen? Unsere Chancen sind nicht schlecht. Mein Text bekommt bei der anschließenden Plenumsdiskussion gute Noten. Bei der Vorführung richtet sich meine Aufmerksamkeit ausschließlich auf Nicole. Habe ich Angst vor dem Urteil der Kollegen? Ich kann Nicoles Auftritt nicht mehr objektiv beurteilen.

Am Abend in der Hotelbar. Pelletier hat den großen Raum reservieren lassen. Die übrigen Hotelgäste müssen an diesem Abend mit einer kleineren Bar im Frühstücksraum vorliebnehmen. Wir treffen uns um 21 Uhr an der Bar, hat Mathey bekanntgegeben. Von einem solchen Treffen kann man sich nicht absetzen. Gehen Sie gerne hin, habe ich Nicole am Ende der Nachmittagssitzung gefragt? Sie sah mich an und schüttelte den Kopf. Aber, das wissen Sie doch, Franz, sagte sie, dieser Abend wird als Dienst gewertet. Wir müssen wohl oder übel teilnehmen. Auf bald also. Wie zu erwarten, wird der Abend ein Besäufnis. Man kann sich alles leisten. Pelletier hat die Damen des Pariser Büros mitgebracht, um den Männerüberhang auszugleichen. Die Band spielt einen sehr sanften Pop. Nach zwei Stunden hat sie Mühe, die laut gewordenen Gespräche zu übertönen. Ich tanze zweimal mit Nicole. Ich will nicht auffallen. Nicole wird immer wieder zum Tanz geholt. Ich beginne, eifersüchtig zu werden. Ich kann die Zudringlichkeiten betrunkener Kollegen nicht ausstehen. Will Nicole sich vergnügen? Mit wem wird sie zuerst flirten? Ich versuche, in ihrer Nähe zu bleiben. Der Rauch aus den unzähligen Zigaretten beizt die Augen. Eine halbe Stunde vor Mitternacht stehe ich auf und sage: Ich muß kurz Luft schnappen und wende mich direkt an Nicole: Kommen Sie mit, auf einen Zehnminutenspaziergang, einmal zur Métro und zurück. Warum nicht, hier ist dicke Luft, warten Sie, ich komme gleich, und sie eilt auf ihr Zimmer, um Mantel und Pelzmütze zu holen. Auch ich hole meinen Mantel. Wir treffen uns wieder an der Rezeption. Draußen leichter Nieselregen. Wir gehen stumm nebeneinander her. Nicole hängt sich bei mir ein. Die Eiffelturmlichtschnüre kaum sichtbar. Straßenlaternenglanz reflektiert von den regenfeuchten Gehsteigen.

Als wir in das Hotel zurückkehren, frage ich: Kommen Sie für eine halbe Stunde mit? Nicole zögert. Sie sagt: Was würden die anderen denken? Ich muß wenigstens noch eine Viertelstunde in die Bar. Vielleicht komme ich nach. Ich weiß ja die Nummer Ihres Zimmers.

Ich gehe zum Lift. Im Zimmer brennt das Licht. Ein Stück Schokolade auf dem Kopfkissen. Ich lege den Mantel ab, öffne das Schiebefenster. Die Luft im Zimmer ist stickig heiß. Die Straße unten ist leer. Ich setze mich vor die Schreibplatte, die über die halbe Zimmerbreite unter dem Fenster verläuft und an die links eine velourbezogene Sitzbank anschließt. Ich stehe auf und lösche die Deckenbeleuchtung. Die Kugellampe neben dem Bett ist hell genug. Ich kann das Fenster wieder zuschieben. Ich blättere in den Hotelbriefbögen und schichte die Briefumschläge um. Das Pariser Telefonbuch liegt in einem offenen Fach. Ich blättere, ohne auf die Namen zu sehen durch die Seiten.

Nicole kloft an die Türe; wir umarmen uns. Nicole hat eine Rose mitgebracht. Mein Gastgeschenk, sagt sie. Woher hat sie jetzt die Rose bekommen? Ich lege die Rose auf das Brettchen unter dem Spiegel. Nicole hat sich umgezogen und trägt nun richtig vergammelte Jeans und eine weiße Bluse, darüber eine Strickjacke offen. Mein Hausanzug, sagt sie. Oder hätte ich mich für den Besuch fein machen müssen? Ich meine, die Rose genügt. Haben Sie die Sprache verloren, Franz? Nein, aber ich freue mich, daß uns hier niemand aus der besoffenen Runde stören kann, sage ich. Meinen Sie? Und wenn mich jemand sucht, vielleicht vermißt mich einer der Kollegen. Hoffentlich keiner der eifrigen Tänzer, sage ich. Und der könnte doch auf den Gedanken kommen . . ., meint Nicole. Wenn schon, sage ich, niemand wird nach Mitternacht einen Versuch machen, Sie zu erreichen, wir sind allein, ungestört.

Wir gehen zur Polsterbank. Nicole setzt sich neben mich. Unsere Umarmungen sind wie bisher eher verspielt als leidenschaftlich. Nicole kommt mir nicht entgegen. Sie hält meine Hände, führt sie zu ihrem Gesicht, schmiegt sich hinein. Sie läßt sich küssen und blickt mich wie verwundert an. Wir reden nicht über uns, wir sparen jedes Wort über unsere Situationen aus. Wir brauchen die Worte nicht als Bestätigung oder Forderung.

Nicole geht nach einer Stunde. Ich kann und will sie nicht aufhalten. Als sie die Türe hinter sich zuzieht, denke ich: vielleicht war dies das letzte Mal.

Ich bleibe wach und denke über diesen Tag nach. Was ich bis hierher schrieb, hat sich wohl so abgespielt. Aber ich frage mich: werde ich morgen wieder in diesem Zimmer sitzen und nicht sicher sein? Was ist zwischen mir und Nicole geschehen? Möchte ich nicht, daß alles weiter offen bleibt, daß wir stehenbleiben auf dem ungefährdeten Punkt? Ich will mit ihr ins Bett gehen und frage mich: Könnte ich die Schwebe erhalten? Will ich, daß die letzte Möglichkeit nicht aufgelöst wird? Ich habe begonnen, diese Frau zu lieben und habe doch Angst, sie in mein Leben eingreifen zu lassen.

Noch kann alles offenbleiben, rede ich mir ein, wir haben zwar begonnen, aber morgen, morgen können wir wieder zurück.

Ich glaube nicht an meine Worte. Ich weiß, daß jede Einrede umsonst ist. Wir haben die Grenze berührt. Meine Gedanken sind vorausgelaufen.

22. Dezember

Drei Uhr früh. Als ich um zwei Uhr aus dem Zimmer von Franz Helmholtz in mein Zimmer zurückkehrte, war ich glücklich. Dann fiel mein Blick auf das aufgeschlagene Heft. Hatte ich es offen liegengelassen? Das Zimmermädchen wird nicht Deutsch lesen können, beruhigte ich mich. Ich überlegte, ob ich weiterschreiben sollte. Aber die Nähe des nun nicht mehr Fremden, seine Gegenwart, die ich noch auf Mund und Gesicht zu spüren glaubte, ließen nicht einen Satz zu. Da war keine Erinnerung, nur Gegenwart. Ich schloß die Augen, aber konnte mir sein Gesicht einfach nicht vorstellen. Ich spürte ihn noch am ganzen Leib, aber dieses Gefühl schluckte die Einzelheiten auf. Ich schwamm in dieser unbegrenzten sinnlichen Affektation, ich wurde aus mir weggehoben und wußte doch: jetzt bin ich ganz ich. Da schrillte das Telefon. Die Telefonistin meldete mir ein Telefongespräch aus Deutschland. Ich nahm das Gespräch an. Welch ein Idiot ruft mich zu dieser Zeit an, konnte ich gerade noch denken und wußte doch schon, ehe ich seine Stimme hörte: das ist Frederik. Wie eine Peitsche holte mich sein Name, sein Anruf aus meinem Gefühl heraus. Er mußte die Hotelnummer über mein Büro erfragt haben. Ich war hellwach, als ich seine Worte auf mich einprasseln ließ. Er habe den ganzen Tag über versucht, mich zu erreichen, am Vormittag nichts, am Abend nichts. Dann die Auskunft, daß unsere Gruppe in der Bar versammelt sei. Er habe mich ausrufen lassen, zweimal. Man habe bedauert, ich sei zwar dagewesen, aber seit einiger Zeit nicht gesehen worden. Wieder ein Versuch, mich auf dem Zimmer zu erreichen. Da habe er Verdacht geschöpft. Noch einmal ein Anruf und die Bitte, einen der Kollegen an das Telefon zu holen. Die Auskunft, ich sei vielleicht mit einem Kollegen noch einmal weggegangen. Dann alle Viertelstunden ein neuer Telefonversuch. Er hätte die ärgerliche Stimme der Telefonistin schon nicht mehr ertragen können. Was ich mir denn denke? Ob ich ihn vergessen hätte? Wahrscheinlich käme ich gerade aus einem anderen Bett. Die Beweise seien doch eindeutig. Es sei gemein von mir, ihn in einer Situation zu betrügen, in der er sich nicht wehren könne. Ob ich denn seine Enttäuschung nicht verstehen wolle? Frederik redete auf mich ein, schrie mich durch das Telefon an, beschimpfte mich. Ich hätte den Hörer auflegen können. Aber wie festgebannt hielt ich den Hörer ans Ohr und ließ mich von Frederiks bösen Worten überschütten. Er wollte mir weh tun. Er griff mich an, er verbiß sich in seine Eifersucht, die in Haß umschlug. Ich meinte, seinen Haß, seine blinde Verzweiflung und Enttäuschung zu spüren. Er ließ mich nicht zu Wort kommen, er schnitt mir jeden Versuch der Entgegnung mit neuen Beschimpfungen ab. Ich hatte ihn betrogen, er hatte mich durch Zufall ertappt. Wahrscheinlich sei mein Pariser Abenteuer nicht das erste gewesen. Nur er hätte bisher so dumm sein können zu glauben, ich würde auf meinen vielen Dienstreisen die Gelegenheiten nicht wahrnehmen. Er hätte mir geglaubt, er sei auf mich hereingefallen. Auch der Neue würde sicher bald mit mir die gleiche Erfahrung machen. Dann war er plötzlich stumm geworden, schien seine Gedanken zu sammeln, zu einem erneuten Angriff anzusetzen. Ich setzte mich zur Wehr, versuchte, ihm das Unglaubliche seiner Anwürfe klarzumachen. Ich leugnete jede Form der Untreue ab. Ich lachte ihn aus, ich fragte ihn, ob er wirklich sich der Lächerlichkeit preisgeben wolle. Im übrigen habe er kein Recht auf mich, wir seien nicht verheiratet, und ich würde mich auch in einer Ehe nicht so behandeln lassen. Ob er denn glaube, man könne eine Frau heute noch als Leibeigene behandeln. Da müsse er sich eine ganz andere suchen. Eine, die ihn um Almosen anbettle. Ich sei Gott sei Dank unabhängig. Ich wollte seine Stimme nicht mehr hören, ich war entsetzt über sein unkontrolliertes Fordern und Anklagen. Dann verlegte er sich auf das Bitten. Ich solle doch seine Situation verstehen. Ich dürfe doch nicht die gemeinsame Zeit kaputtmachen. Er habe mir doch keinen Anlaß gegeben, daß ich ihn jetzt so behandle. Wir hätten doch vor meinem Abflug noch den Winterurlaub besprochen. Er bat mich um meine Liebe. Er erinnerte mich an die gemeinsame Zeit. Er setzte mich ins Unrecht und bettelte um Reue. Aber ich hatte nichts zu bereuen. Mit jedem Satz vernichtete er sich mehr. Frederik erschien mir klein, abscheulich. Begann ich, ihn zu hassen? Aus Rache, weil er mich angegriffen, überführt hatte? Ich war ihm keine Rechenschaft schuldig. Er zwang mich durch sein Gerede, sein Bitten zum Gegenschlag. Jetzt wollte ich ihn vernichten. Er hatte mich aus meiner Reserve herausgeredet. Aber welchen Beweis hatte er denn in der Hand? Wie schäbig, mir noch mit Hilfe des Telefons nachzuspüren. Ich konnte weiter jeden Verdachtsmoment ableugnen. Er hatte nur meine Stimme zur Verfügung. Ich mußte ihn nicht ansehen. Was ging ihn meine Situation hier in Paris an? Ich hatte mein Leben ohne ihn aufgebaut. Ich wollte ihm keine Rechenschaft geben. Noch durch das Telefon war er ein Mann wie alle anderen Männer auch. Eifersüchtig, verletzt in seiner Eitelkeit, aufgeschreckt in seiner Machtlosigkeit. Ich sollte von ihm abhängig sein, ihn bewundern, ihn, die Sportskanone, den Superskifahrer, den Mann, um den sich die Mädchen reißen. Ich müßte froh sein, ihn gekapert zu haben. Der Mann, der immer mit der Frau tun kann, was er will. Er macht sie gefügig durch Stärke oder durch bewußt eingesetzte Sanftheit. Immer das gleiche Ergebnis. Die Frau gibt nach. Die Frau läßt sich befehlen, kommt den Befehlen nach. Welch eine Abrichtung. Die nicht endenwollenden Dressurakte. Die Weiblichkeit geht nicht zu Ende, weil die Männlichkeit nicht nachgeben will. Frederiks Verzweiflung war doch nur der Ausdruck des Beleidigtseins. Ich hatte ihn abgehängt. Ich war nicht jede Minute auf seinen Sender eingestellt gewesen. Ich wollte nicht wie ein kleines Mädchen jeden Tag zu Hause anrufen und sagen: Da bin ich wieder. Ich bin brav gewesen, folgsam. Frederik wollte mich folgsam haben. Warum erkannte ich die Situation erst bei diesem Telefongespräch? Er mußte immer so gewesen sein. Meine Zukunft, die Zukunt der Frauen: Erlösung von diesem Typ von Männern. Aber sind sie nicht alle gleich? Was weiß ich denn von Franz Helmholtz? Der Lack blättert doch immer erst nach dem ersten Geschmack ab. Die Ferienstimmung im Tagungsmilieu ist kein rechter Prüfstein. Ich sah Frederik vor mir, er spielte die Rolle des Niedergeschlagenen, des Verzweifelten gut. Ich stieß ihn tiefer hinein in seine Rolle. Er war mir gleichgültig geworden in diesem Augenblick. Seine Verzweiflung und mein aufkommender Haß blockierten die Leitung. Ich wollte und konnte ihm nicht ein einziges Wort anbieten, das ihm geholfen hätte. Ich wollte, daß er verloren sei. Ich werde ihm nie seinen Dreck wegräumen, ich werde mich nie von ihm aushalten lassen, ich will ich bleiben. Wenn er nicht lernt, das zu respektieren, will ich ihn nie mehr sehen. Ich kann auf seine Erfolge verzichten. Ich werde ihn weder bewundern noch mich ihm anpassen. Ich hörte auf seine unterwürfig gezielten Beteuerungen. Er bat mich, ehrlich zu sein. Wir hätten doch immer Vertrauen zueinander gehabt, keine Geheimnisse haben wollen. Was denn jetzt in mich gefahren sei? Er hätte sich doch nichts vorzuwerfen. Man könne doch Liebe nicht so einfach abstellen. Er könne das nicht. Und schon gar nicht wegen einer Zufallsbekanntschaft. Ich solle ihm doch nichts vormachen. Die fremde Umgebung, natürlich, er würde verstehen, die Versuchungen. Aber das könne ich doch nicht ernst meinen. Unsere Liebe dagegen sei über Jahre gewachsen. Noch hatte ich ihm nicht die leiseste Andeutung gemacht. Ich ließ ihn drauflosphantasieren. Ich genoß beinahe seine Vorstellungen. Er malte sich Zusammenhänge aus, die gar nicht vorhanden waren. Er konnte kombinieren, war wohl stolz auf seine Einfälle. Er zeigte Verständnis für meine Situation. Wollte er mich bemitleiden? Ich mußte seinen Vermutungen mit der Wahrheit aufhelfen. Ich kam ihm entgegen. Ich bestätigte, gab zu, daß ich einen Mann getroffen hatte, sprach nur in Andeutungen davon, daß ich mit ihm beim Essen und im Theater gewesen war. Das mußte für Frederik genügen. Ich hatte ihm sein Selbstbewußtsein wiedergegeben. Wieder konnte er mich beschimpfen, niedermachen. Ich hatte ihm mit wenigen Sätzen die Chance gegeben, mich zu verachten, seine Auffassung zu bestätigen, daß Frauen immer Dirnen bleiben, daß sie geil darauf sind, von einem Mann genommen zu werden. Man müßte nur die richtige Tour reiten, dann würde jede die Beine spreizen. Auch ich sei also keine Ausnahme. Wie oft ich schon mit dem anderen geschlafen hätte? Er war überzeugt, daß ihn ein anderer durch die größere Potenz aus dem Feld geschlagen hatte. Die infame Reduzierung der Beziehung auf die Bocksprünge in dem Augenblick, in dem die Niederlage deutlich wird. Ich war erschöpft, ich hatte Frederik nicht abgeschüttelt, sondern bewußt niedergemacht. Ich hatte mich gewehrt gegen seine Tricks, gegen die Selbstverständlichkeit des Zugreifens. Ich hatte mich der Versuchung, nachzugeben, entzogen. Ich hatte die Wahrheit, die Auseinandersetzung gewählt, obgleich ich mich eigentlich leicht hätte verteidigen können. Aber ich hatte gespürt: Wenn du jetzt in die Falle gehst, wirst du nie wieder herauskommen.

Frederik verstummte. Dann legte er auf. Ich ließ den Hörer auf die Gabel fallen.

Ich war wieder allein, hier in dem Hotelzimmer. Ich hätte Franz Helmholtz anrufen können, um ihn zu bitten, zu mir zu kommen. Ich könnte ihm alles erzählen, dachte ich. Oder gar nichts sagen, nur bitten: Ich brauche Sie, kommen Sie. Ich hätte ihn für mich haben können in dieser Nacht. Ihn, den ich kaum kannte, für den ich Frederik geopfert hatte. Ich wollte Helmholtz nicht anrufen, ich mußte mit mir zurechtkommen. Ich war erschlagen. Auf diesen Angriff war ich nicht gefaßt gewesen. Ich hatte Frederik getroffen. Aber er hatte auch mich getroffen. Ich war Frederik ausgeliefert in dieser Nacht. Was konnte mir der Abbruch des Telefongesprächs nutzen? Frederik war wieder da. Seine impulsive Gegenwart erschreckte mich, wirbelte die Erinnerungen auf, die ich hatte ablegen können. Ich mußte zurückdenken, ich sah eine Entwicklung vor mir, an deren Ende sein Anruf hier in Paris stand. Die Bewältigung unserer damaligen Krise war wie weggewischt. Ich stand wieder mitten drin in jenen schnell eskalierenden Ereignissen, aus denen ich schließlich nur mit Hilfe des Therapeuten herausgefunden hatte.

Vor drei Jahren war Frederik so in seine Arbeit eingespannt, daß kaum ein Tag in der Woche frei blieb für einen gemeinsamen Abend. Ich wollte nicht einsehen, daß ich mich aus diesem Grunde zurückziehen, abkapseln sollte, nur um auf ihn zu warten, daheim in meiner Wohnung. Ich brauchte Gesellschaft, lud Freunde ein und ging auch ohne Frederik aus.

Freunde brachten mich auf den Gedanken, etwas für meine Gesundheit zu tun und überredeten mich, zweimal wöchentlich mit ihnen zusammen einen Kurs zu besuchen. Angeboten waren Yoga, Entspannungstraining, Entcountergruppen und analytisch orientierte Gruppendynamik. Christian las die Kursbeschreibung für die Gruppendynamik vor. Geeignet für Menschen, die seelisch belastbar und bereit sind, wenn nötig, sich den Vorgängen in ihrem eigenen Unbewußten und dem Unbewußten der Gruppe zu stellen. Das „ideale" Ziel ist Selbstfindung und Selbstverwirklichung nicht nur innerhalb der geplanten Gruppe, sondern auch in anderen sozialen Gruppen, denen die Teilnehmer jeweils angehören. Konkrete Nahziele sind das Erkennen und die Veränderung von hinderndem Fehlverhalten in der Gruppe. Angestrebt wird die Stabilität der Arbeitsfähigkeit und die Stärkung und Vertiefung der Fähigkeit, Liebe zu geben und zu empfangen. Die bevorzugte Methode ist die analytische Gruppendynamik, die die jeweils in der Gegenwart herrschende Dynamik in einer Gruppe beobachtet, und Psychoanalyse, die nach den im Unbewußten wirkenden Mechanismen fragt.

Ganz schön geschwollen ausgedrückt, sagte Helmut, aber seelisch belastbar bist du Nicole? Wer will denn nicht seine Arbeitsfähigkeit stärken? Von der Vertiefung der Fähigkeit, Liebe zu geben, halte ich allerdings nicht viel, meinte Christian, diese Fähigkeit pflege ich nicht in einer Gruppe.

Ich sprach mit Frederik über den Kurs. Er war dagegen und wollte mich überreden, etwas Vernünftiges, wie er sagte, zu unternehmen, zum Beispiel an einer Fitnessgymnastik oder an einer Atem- und Entspannungsgymnastik teilzunehmen. Da hast du etwas, das du beim Skifahren oder beim Segeln brauchen kannst. Halte dir die Psychoanalyse vom Leibe, glaub nicht an diesen gruppendynamischen Blödsinn.

Ich aber hatte mich entschieden, ich wollte zeigen, daß ich seelisch belastbar war, mich reizte das Neue. Die Versprechungen, daß sich mit mir etwas verändern würde, daß ich mich selbst besser kennenlernen sollte, waren stärker als Frederiks Widerstand. Ich setzte mich durch. Ich kam zur ersten Stunde und versuchte, mich nach dem anfänglichen Befremden einzufügen. Ich ließ die ungewohnte Atmosphäre über mich ergehen, hielt mich zurück, ließ die anderen reden, beobachtete. Das Training fand in einer Schule an den Abenden statt. Der moderne Pavillonbau ließ den Schuleindruck verschwinden. In unserem Raum konnten die Tische und Stühle geräumt und Matten ausgebreitet werden, auf denen wir uns auf dem Boden gruppierten. Wie sollte ich wirksam mit meinen Gefühlen umgehen, wie sollte ich mein Bedürfnis nach Anerkennung und Liebe in dieser Runde äußern? Meist, so sagte der Trainer, wird versucht, die eine oder sogar beide Gefühlsrichtungen zu unterdrücken. So kommen in der Gruppe drei Typen zustande, der machtorientierte Typ, der in der Gruppe überlegen sein will, der zuwendungsorientierte Typ, der versucht, von der Gruppe angenommen zu werden, der nett, freundlich ist, und der rationalorientierte Typ, dem die Emotionen unangenehm sind, der seine intellektuellen Fähigkeiten spielen läßt und versucht, sich mit sachlichen Argumenten durchzusetzen.

Ich war enttäuscht und konnte oder wollte mich keinem der Typen zuordnen, ich wollte beobachten, ich brauchte Zeit, um überhaupt in der Gruppe warm zu werden, von Durchsetzungswillen konnte keine Rede sein. Nicht die Gruppe war mir in den ersten Stunden wichtig, ich versuchte, in mich hineinzuhören und merkte dabei gar nicht, daß ich mich zurückzog, abkapselte, vielleicht, weil ich immer wieder an Frederik dachte, weil in der Gruppe einige Paare waren, die sehr schnell ihre Schwierigkeiten in den Gruppenprozeß einbrachten. Ich schien mich auch gegen die Freunde zu sperren, die mich zum Mitkommen veranlaßt hatten. Jetzt störten sie mich. Ich war nicht bereit, mich vor ihnen mit mir zu besprechen. Und schließlich äußerte ich meine Skepsis gegen die ganze Methode. Ich sagte, daß ich keine Beziehungen zu den Leuten im Raum entwickeln könnte, daß meine Erwartungen gesunken seien, daß ich mich von meinen Freunden hätte überreden lassen, aber daß ich trotzdem in der Gruppe bleiben wollte. Gleichzeitig verspürte ich eine starke körperliche Reaktion, ich schwitzte und zitterte, ich war unruhig und sprach stockend. Der Trainer ging nicht auf meine Argumente ein, sondern wies auf meine körperlichen Reaktionen hin, fragte, ob ich häufig so reagiere. Ich mußte mich daran erinnern, daß ich das gleiche oder ein ähnliches Gefühl schon als Kind gehabt hatte, wenn ich besonders angespannt gewesen war. Wieder rollten vor mir die Streiche ab, die meine Mutter zur Verzweiflung gebracht hatten, ich war geschimpft, gelegentlich geohrfeigt worden. Aber hatte ich nicht geliebt werden wollen, von der robusten, eindeutigen, ordentlichen Mutter? Ich war das unmögliche, phantasiereiche, das ausschweifende Kind gewesen. War ich deshalb abgelehnt worden? Suchte ich aus diesem Grund auch als Erwachsener die Liebe und Anerkennung eines Starken, war ich so an Frederik geraten? Ich hatte über mich zu sprechen begonnen, ich hatte die Gruppe oder den Trainer akzeptiert, hatte die Distanz überwunden, ein wenig schien mir deutlich zu werden, daß ich reden konnte und mußte. Neue Abwehrhaltungen kamen, neues Zurückziehen, aber nach wenigen Sitzungen fühlte ich mich in die Gruppe einbezogen und hatte beschlossen, mitzuarbeiten. In meinen Gesprächen mit Frederik muß die Gruppenerfahrung eine Rolle gespielt haben, ich hatte ihm wohl einige meiner Erlebnisse berichtet. Sie stimmten ihn nicht positiver, ich fühlte, wie sein Widerstand wuchs, er empfand die Gruppe und den Trainer als Gegner. Er lehnte die Schwindelmethoden, wie er sie nannte, ab, er wollte mich überreden, abzubrechen. Wir stritten uns, ich gab nicht nach. Er sollte lernen, mich zu akzeptieren. Er wurde eifersüchtig auf die Gruppe, spürte, daß ich mich in der Gruppe wohl fühlte, vermutete, daß ich Beziehungen zu Mitgliedern der Gruppe aufgenommen hatte, die ihm im Wege sein konnten. Er wollte von mir die Namen der Teilnehmer wissen, ich sollte ihm Aussehen und Verhalten vor allem der Männer beschreiben. Ich lehnte ab. Er wertete meine Ablehnung als Eingeständnis einer Schuld. Schuld? Ich lachte ihn aus. Du hast keine Ahnung, sagte ich und versuchte, ihn mit Zärtlichkeiten zu beschwichtigen. Doch seine Unruhe wuchs, heftiger und ausfallender versuchte er, mich umzustimmen.

An einem Freitagabend, wir hockten gerade im Trainingsraum entspannt im Schneidersitz auf dem Boden, wurde die Tür aufgerissen. Frederik stürmte herein. Er trug zu einem braunen Glenchecksakko eine grüne Hose und einen braunen

Seidenschal im offenen Hemd. Ich blickte ihn starr an. Die Haare wucherten in die Stirn. Ich bemerkte den harten Nasenrücken und die Falten, die sich von den Nasenflügeln zu den Mundwinkeln zogen. Ich sah seine starken, gebräunten Hände und die hervorspringenden Adern auf den Handrücken. Er mußte gelaufen sein. Er blieb in der offenen Türe stehen, dann begann sein Mund zu schreien. Alle hatten sich ihm zugewandt. Einen Augenblick lang hatte ich den Eindruck, der Trainer wollte Frederik entgegenstürzen, ihn anbrüllen. Aber nichts geschah, alle schwiegen betreten, blieben sitzen, rührten sich nicht von der Stelle. Frederiks Mund fragte laut: Mit wem hast du mich betrogen? Wir waren seine Gegner geworden. Er beschimpfte uns und suchte doch nur einen. Er ging langsam auf mich zu und sagte: Du sagst mir seinen Namen, du zeigst auf ihn. Ich lasse mich nicht so behandeln, schau dir doch diese Kerle an.

Blickten jetzt alle auf mich? Die Peinlichkeit schlug über mir zusammen. Die anderen wurden Zeugen einer Szene, sie mußten zusehen, wie ich bloßgestellt wurde. Die Situation wurde für mich von Sekunde zu Sekunde unangenehmer. Was konnte ich tun? Ich wußte, was ich tun mußte. Ich stand auf und sagte in die peinliche Situation hinein: Frederik, komm, wir gehen zusammen hinaus. Wir verließen den Raum. Ich führte ihn hinaus. Ich ging mit ihm durch den Gang in die Aula der Schule, führte ihn zu einer Sitzgruppe in der rechten Ecke. Was sollte ich ihm sagen? Daß er sich unmöglich benommen und mich blamiert hatte? Er mußte froh sein, überhaupt mit mir reden zu können. Ich hätte davonlaufen können. Vielleicht hätte ich davonlaufen sollen.

Frederik war eifersüchtig. Das wußte ich seit langem. Deswegen hatte ich ihm nie irgendein harmloses Treffen mit einem alten Freund oder neuen Bekannten gebeichtet. Frederik wollte mich haben, mich nicht teilen, wie er immer wieder betonte. Kaum, daß wir uns kennengelernt hatten, bekam ich die wütende Eifersucht zu spüren. Er konnte mir beim Tanzen, bei einer Einladung eine Szene machen und sich dabei noch im Recht glauben. Er redete laut auf mich ein, so laut, daß wenigstens die Umstehenden merken mußten, daß er mir mißtraute. Er konnte sich auf der Couch im Wohnzimmer von Freunden zurücklehnen und mich nicht einen Tanz lang aus den Augen lassen. Ich fühlte mich von seinen Augen verfolgt. Starr hielt er das Wein- oder Bierglas in der Hand, nahm kaum am Gespräch teil. Er wollte mich beobachten, sehen, ob mich ein Partner zu eng umfaßte, ob ich den Partner anlächelte oder mich an ihn lehnte. Ich brauchte einige Zeit, um mich über diesen Tick hinwegsetzen zu können. Dann freilich ärgerte ich ihn auch einmal bewußt, schwärmte einen anderen Mann an, an dem mir gar nichts lag, wohl wissend, daß der Heimweg unerträglich werden würde. Aber ich liebte Frederik, ich ließ mich einmal sogar abführen, das heißt, vorzeitig aus einer Partyrunde entfernen. Er ließ mir nicht einmal Zeit, mich höflich von dem Partner zu verabschieden, den ich beim Tanz geküßt hatte. Und diesen Partner hätte ich gerne noch einmal geküßt. Und das hatte ich Frederik dann auch noch gesagt, nachdem sich die Haustüre hinter uns geschlossen hatte. Aber unsere Liebe ging nicht auseinander. Jetzt war sie kaputt, seit heute abend wußte ich, daß nicht ich, sondern er sie kaputtgemacht hatte. Jetzt wußte ich, er hatte immer nur den Mann gespielt, den, der anschaffen darf, weil ihn die Natur dazu bestimmt hat. Er hätte mich als brave Ehefrau wahrscheinlich lieber gesehen und nie meinen beruflichen Erfolg anerkennen können. Er hatte doch all seine Bemühungen darauf gerichtet, mir den eigenen Weg zu verlegen, nicht brutal, nicht offensichtlich, sondern verdeckt und auch liebenswürdig. Und doch hätte ich heulen können. Ich sah ihm die Verzweiflung an. Er war getroffen. Er wollte mich zurückgewinnen. Was wollte er denn von mir wissen? Ich war nicht bereit, mit ihm über meine Empfindungen zu reden. Er würde mit wenigen Sätzen versuchen, sie kaputtzumachen. Er stand weit weg von diesen Empfindungen und schlug blind und mit den Fäusten auf einen unbekannten Gegner ein. Alle waren seine Gegner, alle, die Beziehungen zu mir aufgenommen hatten. Sah er in der Gruppe eine Verschwörung gegen ihn? Ich hatte Mitleid mit ihm. Er saß vor mir, in den Sessel gekauert und biß sich auf die Unterlippe. Er schwitzte. Er sah mich an, und ich bemerkte in seinen Augen Angst und Haß. Wie kann ich mit ihm von unserer Liebe noch reden, dachte ich. Er begann, mit seinen Augen zu fragen. Ich wollte ihm keine Antwort geben.

– Nicole, sagte er, wir müssen versuchen, ungeschehen zu machen, was du angestellt hast.

– Ich habe nichts angestellt. Versuche nicht, in mir Schuldgefühle zu wecken.

– Aber wer hat denn den anderen hintergangen?

– Was habe ich dir getan?

– In eine solche Gruppe geht man doch nicht zum Vergnügen. Man will Probleme loswerden, Kontakt knüpfen. Du hast einen anderen kennengelernt. Du bist einem anderen nachgelaufen. Einem von diesen langweiligen Psychopathen, die drüben im Saal auf den Matten hocken. Lauter Kranke. Die sollen sich belehren lassen, meinetwegen ihre Gefühle auffrischen lassen. Ich kann mir nicht vorstellen, daß dir einer von ihnen gefällt.

– Was geht das dich an, wer mir gefällt oder nicht.

– Ich denke, wir gehören zusammen, Nicole erinnere dich doch.

– Vielleicht bin ich in der Gruppe zu einem anderen Ergebnis gekommen.

– Das ist doch Unsinn. Du hast dich überrumpeln lassen. Er hat die Gelegenheit ausgenützt. Dafür hab ich doch Verständnis, aber jetzt ist Schluß damit. Ich bin doch wieder da. Nicole. Ich bin doch deinetwegen gekommen. Ich meinte, daß du mich brauchst. Du kannst mich nicht vergessen wollen. Aber du kannst den anderen vergessen, du mußt ihn vergessen. Ich dachte an die befreiende, offene Situation in der Gruppe, sollte ich mich jetzt wieder von ihm zwingen lassen? Jedes Eingehen auf ihn bedeutete doch Zwang, Selbstaufgabe.

Ich redete weiter mit ihm, ich ließ mich sogar überreden, mit ihm die Schule zu verlassen, als er sagte: Hier können wir doch nicht weiterreden. Ich kann die Atmosphäre dieser Schule nicht ausstehen. Jeden Augenblick kann jemand vorbeikommen. Ich kann nicht leise reden, ich bin erregt. Ich will mit dir unter vier Augen reden.

War sein Wunsch ein Manöver? Ich setzte mich ihm aus. Aber ich hatte keine Angst vor ihm. Ich war sicher, mich von ihm nicht umstimmen zu lassen. Übermorgen würde ich wieder in die Gruppe gehen. Ich wollte das Gespräch beenden. Warum sollte ich ausweichen? Dies war das letzte Mal. Ich hatte mich entschlossen, mich von Frederik zu trennen.

Draußen stand sein Wagen. Wir fuhren in meine Wohnung. Sie lag näher bei der Schule. Meine Wohnung war aufgeräumt. Ich hatte das Bett schon für die Nacht hergerichtet. Ich ließ Frederik ins Wohnzimmer treten. Aus der Nachbarwohnung hörte ich das Brummen eines Staubsaugers. In einer anderen Wohnung spielte jemand auf der Flöte. Immer das gleiche Kinderlied. Die Melodie, obgleich sie nur schwach durch die Wand zu hören war, setzte sich im Hirn fest.

– Wir müssen reinen Tisch machen, sagte Frederik.

– Was verstehst du darunter?

– Ich muß wissen, woran ich bin. Ich kann nicht mit einer Frau zusammenleben, die ständig auf Abenteuer aus ist.

– Was heißt ständig und was Abenteuer?

– Dann erzähl mir doch, was wirklich in den Gruppensitzungen vorgefallen ist, was ihr nach den Sitzungen treibt.

– Was meinst du mit dem Hinweis auf die Zeit nach den Sitzungen?

– Weil ich mehrmals versucht habe, mit dir zu telefonieren, vergeblich.

– Kann ja mal später werden.

– Gut, dann kannst du ja erzählen.

– Ich denke nicht daran, für dich den Fremdenführer hinein in meine Angelegenheiten zu machen.

– Damit gibst du alles zu. Ich wußte von der ersten Andeutung an, was vorgefallen war.

– Was heißt, ich gebe alles zu?

– Daß du mit dem anderen beisammen warst.

– Ich werde deine Phantasie und deine Phantastereien nicht unterstützen.

– Ich aber muß wissen, was vorgefallen ist, ich muß mich entscheiden.

– Und du glaubst, ich ließe mir dein Wohlgefallen oder deine Mißachtung zumessen, je nach dem Grad meiner sogenannten Verfehlung.

– Aber ich habe dir doch gesagt, daß ich über das Vergangene wegkommen möchte, vorausgesetzt, daß es wirklich vergangen ist.

– Du willst mich wieder unter Druck setzen? Ich soll dir ausgeliefert sein, ich soll mich nach dir richten. Du willst dich durchsetzen, du willst über mich bestimmen.

– Warum nur legst du so großen Wert auf Selbstbestimmung? Liebe ist doch die einzige Möglichkeit, von der uneingeschränkten Selbstbestimmung wegzukommen.

– Vielleicht, aber du vergißt dabei, daß zwei dazu gehören.

– Wir zwei natürlich, sagte Frederik. Du, Nicole, mußt doch wissen, daß du unrecht hast und Unrecht getan hast.

– Weil eine Frau nie einen Mann betrügen darf?

– Du hast mich also betrogen! Jetzt hast du den Betrug zugegeben.

– Nichts habe ich. Ich habe nur mein Recht angedeutet. Das Recht, das ich nicht dir abgetreten habe und das ich nie einem Mann abtreten werde.

– Hast du deinem Liebhaber gesagt, daß du gebunden bist?

– Was geht dich das an?

– Dann hast du auch ihn betrogen.

– Zwischen uns ist davon nicht die Rede gewesen. Wir hatten bessere Themen.

– Kann ich mir denken. Ich wundere mich nur, daß du ihn noch nicht in deine Wohnung mitgenommen hast.

– Du gehst einen Schritt zu weit.

– Ich wundere mich, daß dir sichtlich die Meinung der anderen Gruppenmitglieder egal ist.

– Wenn du sie nicht gerade mit der Nase darauf gestoßen hättest, könnte sich niemand betroffen fühlen. Vielleicht sind sie auch toleranter als du.

– Weil sie dich nicht kennen. Und gerade jetzt hast du dich wieder verraten.

– Ich lasse mich von dir nicht aushorchen. Ich bin mit dir nur nach Hause gegangen, weil du mir leid tust. Weil du reden kannst, so lange du willst.

– Jetzt drehst du den Spieß um. Aber ich bin noch nicht fertig. Ich brauche dein Mitleid noch nicht. Vielleicht später.

– Niemand hat dich gebeten, mir nachzuspionieren.
– Daß ich mit dir reden wollte, daß ich nicht mehr auf deine Rückkehr warten konnte, das verstehst du nicht?
– Verstehen oder nicht. Du bist losgerannt, wie ein Verrückter, du hast nicht einmal vor den Teilnehmern die Besinnung zurückgewonnen. Du mußt dich unglaublich lächerlich gemacht haben.
– Was gehen mich deine Gruppenmitglieder an, ich will und werde keinen von ihnen wiedersehen. Und nun sei nicht verrückt, Nicole, vergiß, was heute, was in den letzten Tagen vorgefallen ist.
Frederik schien sich wieder gefangen zu haben. Er stand von seinem Sessel auf, kam auf mich zu. Ich sah ihn an ohne Bewegung, ich schätzte seine Situation ab, was wollte er von mir?
– Nicole, sagte er, gehen wir zusammen essen, dann fahren wir zu mir. Du bleibst diese Nacht bei mir. Ich will nicht mehr mit dir streiten.
– Nein, Frederik, sagte ich, ich werde nicht zu dir kommen, ich werde das Gespräch jetzt zu Ende führen. Das Gespräch ist zu Ende.
– Ich werde nicht aus deiner Wohnung gehen, wenn du nicht mitkommst. Dann werde ich eben hier übernachten.
– Nein, Frederik, ich werde Schluß machen. Wenn du nicht gehst, werde ich die Polizei rufen.
– Ich kann dich daran hindern, sagte er und griff nach meiner Hand.
– Du bedrohst mich? Du kannst nicht mehr gewinnen, du wirst verlieren.
– So leicht wirst du mich nicht los, stieß Frederik hervor. Du wirst deinen Standpunkt bereuen. Aber du kannst mich loswerden, ich verspreche dir, zu gehen, wenn du nachgibst, wenn du jetzt mit mir schläfst.
Ich zuckte zusammen. Das hatte ich nicht erwartet.
– Ich werde schreien, sagte ich und hatte Angst.
– Du wirst nicht schreien, sagte er, ich kann dich daran hindern. Wir sind allein in dieser Wohnung.
Frederik war im Unrecht. Ich hätte schreien können. Viel-

leicht hätte er mich geschlagen. Vielleicht hätte einer der Nachbarn mich gehört. War ich ihm ausgeliefert? Er war sich selbst ausgeliefert. Ich willigte in seine beschämende Forderung ein. Ich bot mich ihm an, um ihn loszuwerden. Hatte Frederik nicht mit meiner Bereitschaft gerechnet, hatte er sich auf eine längere Auseinandersetzung eingerichtet, glaubte er immer noch, mich umstimmen zu können? Er schaute mich erstaunt an. Er war überrascht. Ich machte mich bereit. Ich sprach kein Wort mehr mit ihm. Ich wollte ihn über mich ergehen lassen. Aber Frederik machte schlapp. Er konnte nicht kommen. Seine Männlichkeit war jämmerlich vor mir zugrunde gegangen.

Er zog sich schweigend an. Sein Gesicht war grau. Er ging zur Tür, drehte den Riegel, öffnete die Türe. Frederik drehte sich nicht um. Die Wohnungstür blieb einen Augenblick lang offen. Dann zog er sie mit einem harten Ruck zu. Ich war sitzengeblieben. Ich hörte, wie Frederiks Schritte sich entfernten. Ich hörte den Aufzug in meinem Stockwerk bremsen. Meine Wohnung lag direkt neben dem Aufzug. Die Metalltüre des Aufzugs wurde zugeworfen. Ich schlug die Hände vor das Gesicht und weinte.

Gegen das Unabänderliche war nichts zu tun. Ich blieb zurück in der zerbrochenen Welt meiner Gefühle, meiner Verletzungen. Frederik hatte die Grenze überschritten, die nicht überschritten werden durfte. Ich war bereit, das damit erklärte Ende anzunehmen, mich auf mich zu besinnen.

Ich saß in meiner Wohnung vor den Scherben, ich war leer zurückgeblieben. Ich werde nicht in die Gruppe zurückkehren, dachte ich, auch die Gruppe kann mir nicht helfen.

Ich ging nicht an das Telefon, wenn mich sein Schrillen aus dem Grübeln riß, ich wehrte die Versuche der Freunde ab, mich aus der beginnenden Isolierung zu befreien. Sie sollten sich nicht in mein Leben mischen. Ich wollte und mußte mich alleine von Frederik wegbewegen und hatte genug damit zu tun, im Büro mir nichts anmerken zu lassen. Die Kollegen mochten vielleicht bemerken, daß ich mehr als zuvor trank, daß die Whiskeyflasche zum Dauerrequisit auf meinem Schreibtisch wurde. Doch in welchem Büro wurde nicht getrunken?

Die einen bevorzugten Sekt, die anderen nahmen jeden Mittag eine Flasche Wein aus der Kantine mit ins Büro. Ich brauchte einige Wochen, ehe ich mich im Alleinsein eingerichtet hatte und empfand die Trennung von Frederik wie eine Scheidung. Mir wurde körperlich bewußt, wie intensiv wir miteinander gelebt hatten, auch wenn wir nach einem kurzen Versuch, in einer Wohnung zu leben, in die eigenen vier Wände zurückgekehrt waren, was ja nicht ausschloß, daß er einmal ein Wochenende lang bei mir blieb oder ich bei ihm übernachtete. Aber wir waren doch beisammen gewesen, hatten uns aufeinander eingestellt, und jetzt fiel ich aus diesem Netz der ungeschriebenen Sicherheiten und Vertrautheiten.

Frederik machte keinen Versuch, den Kontakt mit mir wieder aufzunehmen. Ich hatte ihn weggewünscht und wollte mir nicht eingestehen, daß ich ihn vermißte. Ich wollte nicht auf ihn warten, aber in den ersten Tagen wartete mein Körper auf ihn. Er konnte sich doch nicht einfach so entfernt haben, überlegte er denn nicht, was er mir angetan hatte? Warum konnte er mich nicht so akzeptieren wie ich war, warum beanspruchte er mich total, während er sich doch manche Freiheit einräumte? Hatte sein Versagen ihn so getroffen, daß er sich nicht mehr zurücktraute? Ich hätte ihn anrufen können, ihn bitten können, zu vergessen, wieder zu beginnen. Aber ich hätte eine Schuld eingestehen müssen, wo keine gewesen war. Er hatte mich verletzt.

Ich mußte frei werden von ihm, ich rief ihn nicht an, ich ließ das Schweigen zwischen uns wachsen, ich richtete mich nach meinem Kopf, nicht nach den Bedürfnissen meines Körpers.

Ich hatte beschlossen, mit mir selbst zurechtzukommen und mußte lernen, allein in ein Restaurant zu gehen, nicht mehr Lebensmittel für zwei Personen einzukaufen, um für Frederik und mich ein raffiniertes Abendessen in meiner Küche zuzubereiten. Jetzt genügten mir zu Hause belegte Brötchen, ich gewöhnte mir an, den Whiskey aus der Flasche zu trinken. Ich kam am Abend aus dem Büro leer und müde in meine Wohnung, ließ mich auf das Bett fallen oder saß auf der kleinen Couch und blickte zum Fenster. Ich hörte genauer den Lärm zu unterscheiden, der von unten aus der Straße zu mir heraufschlug. Früher hatten die Gespräche mit Frederik und den Freunden die Außengeräusche gelöscht. Ich lag nachts wach und wartete darauf, daß der Verkehr nach Mitternacht abebben würde. Immer noch wird man erstaunt angesehen, wenn man ohne Begleitung ein Restaurant betritt. Auch ich lernte nur zögernd, mich dieser Konvention zu entziehen, gegen sie anzukämpfen. Ich mußte die Spielregeln überwinden, um weiterleben zu können. Aber konnte ich denn aus den Regeln ausbrechen? Ich mußte doch weiter in einer Firma tätig bleiben, in der das Angepaßtsein gleichsam zum obersten Gebot erhoben worden war, denn nur in einer funktionierenden Gesellschaft, nur an zivilisierte, konfliktfreie Bürger konnten wir unsere Produkte verkaufen. Unsere Werbung war abgestimmt auf den selbstsicheren Bürger der Mittelklasse, der sich den Normen unterworfen hatte. Auch ich mußte doch gut angezogen, frisch aussehend ins Büro kommen, ich hatte Frische, Gepflegtsein anzubieten, vorzustellen. Ich gehörte nicht zur Klasse der Ausfahrer oder Boten, die sich leisten konnten, auch einmal in einem abgerissenen Anzug zum Dienst zu kommen, und ich gehörte nicht zur Klasse der Spinner, der Intellektuellen, die sich über die Regeln hinwegsetzen durften, die provozieren wollten. Bei mir war alles geregelt. Man erwartete von mir ein solides Innenleben, Konflikte sollten – wenn überhaupt – beim Betriebspsychologen normalisiert werden. Ich mußte funktionieren. Ich hatte funktioniert, mit Frederik zusammen. Frederik war immer gepflegt gewesen. Zu ihm paßte der Porsche, ich saß gerne neben ihm, fuhr gerne mit ihm vor bei Bekannten, ich hatte die Selbstverständlichkeit, Geld zu haben und es ausgeben zu können, genossen. Geld mußte auch jetzt kein Thema für mich sein. Ich hatte mein gutes Einkommen, meine Wohnung, meinen Wagen.

Aber mit einmal war ich der Firma, meinem Leben, meiner Umgebung gegenüber ich allein, und ich schien jeden Tag mehr zu empfinden, daß die Ordnung dieser Welt, in der ich nicht frei hatte wählen können, in die ich mich eingefügt hatte, fragwürdig geworden war. Ich war in diese Welt eingepaßt worden und hatte das Leben in ihr doch genossen.

Nun mußte und konnte ich mich mit mir selbst beschäftigen. Die Abende wurden lang, das Fernsehprogramm langweilte mich. Ich war gesichert, ich hatte alles, was zu einem angenehmen Leben nötig war. Aber ich wollte dieses Leben nicht annehmen, ich wollte mich nicht damit abfinden, daß ich Frederik endgültig verloren hatte. Ich saß vor dem Tisch in meinem Wohnzimmer oder lag im Bett und mußte mir die Augenblicke, die Monate des Zusammenseins mit Frederik wiederholen. Er mußte dabei nicht wirklich als Person in meine Vorstellungen treten, er war als Bild da, er war der Mann, vor dem ich mich gefürchtet hatte, den ich aber mehr als jeden anderen geliebt hatte. Ich konnte den Mann herbeirufen, ohne daß ich ihm Frederiks Gesicht geben mußte. Ich ließ mich von ihm ausziehen und streicheln, ihn auf mich zukommen und ihn in mich eindringen. Und dabei streichelte ich mich selbst. Die Tage waren stiller um mich geworden. Ich hatte aufgehört, mir Fernsehsendungen anzusehen und ging immer häufiger allein am Abend im Park spazieren. Ich konnte nicht lange genug auf das Singen der Amseln hören, die in den höchsten Zweigen der Bäume saßen und die Dämmerung zu lieben schienen. Ich bemerkte den Hauch des Windes, ich registrierte das Rascheln im Laub am Boden hinter der Bank, und ich lernte auf meinen Körper zu horchen. Ich bemerkte nicht nur den Herzschlag, sondern das leichte Kribbeln in den Händen, ich entdeckte, daß meine Kopfschmerzen zusammen mit einer mir unerklärlichen Müdigkeit auftraten. Waren die Schmerzen in den Gliedern beim Aufstehen die Anzeichen einer beginnenden Krankheit? Ich wurde unruhig und fühlte in mir eine Spannung wachsen, die mir fremd war. Ich meinte, das Herz im ganzen Körper schlagen zu hören, im Brustraum, in der Stirne, in meinen Armen und Beinen. Ich war meinem Körper ausgesetzt, war mit ihm allein. An manchen Abenden hatte ich die Angst, dieser Körper könnte mir entgleiten, könnte mein Ich alleine lassen, zurücklassen. Ich konnte ihm nicht mehr die üblichen Befehle geben. Ich war abgetrennt worden, von mir, von dem Ich, in dem, mit dem ich jahrelang in Frieden gelebt hatte, von Frederik, der mir Sicherheit gegeben hatte.

Der Anfall kam überraschend, in einer Nacht von Samstag

auf Sonntag. Ich konnte nicht einschlafen, ich war aufgeregt, bekam Angst, ich sah keine faßbare Bedrohung vor mir, aber die Angst blähte sich so auf, daß ich jeden Augenblick auf den Stillstand meines Herzens wartete. Ich hatte Mühe beim Schlucken, spürte den Mund trocken werden, dabei schien mein Herz schneller und schneller zu schlagen. Ich ging in die Küche und trank ein Glas Wasser, ich legte mich wieder hin, wälzte mich von der Bauchlage auf die Seite und wieder zurück. Schweiß brach aus, ich hatte das Gefühl, das Hirn entleere sich, alles Blut fließe aus ihm in den Bauch. Meine Hände zitterten. Ich spürte in der Brust ein bedrängendes Engegefühl und tat mich schwer beim Atmen. Was schnürte sich in mir zusammen, was kam auf mich zu? Niemand war in meiner Nähe, der mich hätte beruhigen können. Mit einem Mal fühlte ich mich abgeschnitten von allen Menschen, die ich je gekannt hatte. Sie hatten mich alleine gelassen, sie hatten sich zurückgezogen, ich würde einmal allein, verlassen zugrunde gehen müssen. Würde ich heute zugrunde gehen? Ich mußte den Arzt anrufen, ich erreichte einen Praktiker, der sich mit verschlafener Stimme nach meiner Adresse erkundigte und fragte, wie er in die Wohnung kommen könnte. Ich kann aufstehen, läuten Sie zweimal, sagte ich ihm. Ich stand auf, ging noch einmal in die Küche, ich öffnete die Wohnungstüre, ließ sie angelehnt. Meine Beine zitterten. Aber der Arzt hatte doch gesagt, ich solle ruhig liegenbleiben, er werde sich vom Hausmeister öffnen lassen. Jetzt in der Nacht, konnte ich noch denken, dann drehte sich etwas in mir, ich spürte, wie sich die Wand auf mich zubewegte.

Als ich erwachte, sah ich das Gesicht des Arztes über mir, ich lag am Boden. Er hatte mir eine Kalziumspritze gegeben und legte die Kontakte an, um ein EKG abzunehmen. Er hatte das kleine tragbare Gerät mitgebracht. Ich hatte immer noch Schmerzen in der Brust, Schweiß stand auf meiner Stirn, ich fror, obgleich mich der Arzt zugedeckt hatte. Meine Hände und Füße waren kühl.

Das EKG zeigte keinerlei Befund. Der Arzt erkundigte sich nach den Symptomen, wollte wissen, ob ich gerade besondere Belastungen zu ertragen, ob ich viel Alkohol getrunken hätte.

Ich wollte ihm keine Anhaltspunkte liefern, zeigte mich überrascht von dem Zusammenbruch, er spritzte mir noch ein Beruhigungsmittel und bestellte mich für den nächsten Tag zu einer gründlichen Untersuchung in seine Praxis. Auch diese Untersuchung erbrachte keine Ergebnisse, keine klaren Daten. Hatte ich einen Herzanfall gehabt, würde der Arzt die Diagnose vegetative Dystonie stellen und mir ein kreislaufstabilisierendes Medikament verschreiben? Er meinte, ich sei überarbeitet, müßte ausspannen, eine Luftveränderung täte mir gut, ich sollte mich nicht gehen lassen, die Symptome nicht überbewerten. Ich glaubte ihm nicht, ich wollte Gewißheit haben, ich hatte Angst, ich meldete mich zur Untersuchung in der Universitätsklinik an, als ich zwei Wochen später, diesmal am Nachmittag und wieder plötzlich einen ähnlichen Anfall nahen spürte, der freilich schnell abklang. Mußte ich jetzt immer befürchten, wieder in eine Ohnmacht zu fallen, vielleicht während einer Sitzung, beim Autofahren? In der Klinik schilderte ich dem Professor meine Erfahrungen mit der Krankheit. Ich war krank, daran bestand für mich kein Zweifel. Noch einmal wurde das EKG abgenommen, wieder kein Befund. Auch das Belastungs-EKG überstand ich ohne besondere Vorkommnisse. Mein Herz konnte Belastungen aushalten. Aber da waren doch die Schmerzen in der Brust gewesen, das Sichzusammenziehen, und da war immer wieder meine Angst, manchmal riesengroß, manchmal heimtückisch kurz aufflakkernd. Wollten die Ärzte mir nicht glauben, ich mußte mich doch schonen, ich brauchte Ruhe. Nach dem Belastungs-EKG noch die Hirnstromableitungen, Blutuntersuchungen. Bei manchen Blutwerten ergaben sich kleine Verschiebungen gegen die Norm, aber doch immer tolerabel. Ich war gesund und bekam Valium und anfangs auch Librium zur Beruhigung verschrieben. Ich wurde für eine Woche krank geschrieben, machte lange Spaziergänge, ließ mir Zeit und sank doch tiefer hinein in eine undurchdringliche Traurigkeit. Ich hatte Angst, in meine Wohnung zurückzukehren, hatte Angst vor den Nächten. Die Anfälle würden wiederkehren, das wußte ich, wie sollte ich den Bedrohungen entgehen, wie mich wehren gegen den Körper, der mich im Stich lassen wollte? Ich wurde so ängstlich, daß ich das leiseste Stechen in der Brust, ein Zittern des Fingers als Anzeichen einer drohenden Katastrophe ansah. Ich fürchtete mich, irgendwohin zu gehen, wo ich eine größere Menschenmenge vermuten mußte. Ich wollte nicht mehr ins Kino, nicht mehr ins Theater gehen. Ich stellte mir vor, mitten in einer Reihe, rechts und links bedrängt von anderen Zuschauern sitzen zu müssen und plötzlich umzufallen.

Diese Vorstellung war so schrecklich, daß ich jede Einladung zu einer größeren Party, zu einem Vortrag ablehnte. Man sollte mich als Sonderling, als eigensinnig ansehen, das war mir gleichgültig. Die Kollegen und Bekannten sollten über mich denken, was sie wollten. Ich mußte mich in meine Angst zurückziehen, die Angst sog mich ein, sie stand hinter mir, und ich sah sie mit aufgerissenen Augen vor mir stehen. Ich war ihr ausgeliefert und wartete auf die nächste Bedrohung. Steckte nicht hinter den Anzeichen mehr, waren die diagnostischen Instrumente nicht fein genug gewesen, um den beginnenden, organischen Zerfallsprozeß sichtbar zu machen? Saß tief in mir der Beginn einer tödlichen Krankheit, konnten die Ärzte nur den Keim noch nicht sehen, dessen langsames Wachsen ich jeden Tag stärker spürte? Ich ging zu anderen Ärzten, ich ließ mir von Heilpraktikern Schröpfköpfe ansetzen und Eigenblut spritzen, ich glaubte der Augendiagnostik, die eine schwache Nierenentzündung herausgebracht haben wollte und trank fleißig und gewissenhaft dreimal am Tag die verordneten bitteren Tees.

Was konnte ich mir noch zumuten, mußte ich nicht auf einen niedrigeren Gang zurückschalten, meine beruflichen Interessen einschränken, mich schonen? Hatte ich mich in dem angespannten Leben mit Frederik übernommen, meine Kräfte überschätzt? Ich wollte mich schonen, mir keine großen Anstrengungen mehr zumuten, ich delegierte Aufgaben, die mich früher interessiert hätten, an Mitarbeiter, lehnte Dienstreisen ab, wollte vor allem keine weiten Strecken mehr fliegen. Ich legte mich am Abend früh schlafen. Das Valium versetzte mich in den erwünschten Dämmerzustand. Ich fühlte mich nicht wohl, ich lebte ständig in der ängstlichen Erwartung, bald von dem völligen Zusammenbruch überrascht zu werden. Ich lief vor diesem Zusammenbruch davon und lief ihm zugleich nach. Ich registrierte meinen Pulsschlag, ich lernte die Schläge zählen, ich forderte von den Ärzten immer neue therapeutische Maßnahmen. Wenn ich gähnen mußte, wenn die Müdigkeit mich überfiel, brachte ich diese Körperreaktionen in Zusammenhang mit meinem Blutdruck. Ich kaufte mir einen Blutdruckmesser und legte mehrmals am Tag die Manschette an, die geringsten Schwankungen beunruhigten mich, ich quälte mich, wenn wieder einmal düsteres regnerisches Wetter aufzog, ich ließ das Grau der Wolken meine Gedanken verdunkeln, ich meldete mich krank, wenn ich wieder das Ziehen in den Gliedern verspürte, wenn ich mich leer und wehrlos fühlte. Was hatte ich falsch gemacht, was war mit mir geschehen, wann hatten die Veränderungen eingesetzt? Da mußte doch in irgendeinem Organ der Defekt sitzen, man sollte nur weitersuchen. Die Ärzte schienen willig meine Beobachtungen aufzugreifen, ich konnte mit immer neuen Ratschlägen und Medikamenten rechnen. Ich konnte mein Interesse nicht mehr von mir weg auf andere lenken und glaubte keinem, der mir sagte, ich sollte mich nicht so ernst, ich sollte das Leben leichter nehmen. Ich hatte mich selbst gezwungen, mich ernst zu nehmen, meine Krankheit, ich bewegte mich in den Wänden, die ich selbst näher und näher gerückt hatte, die dichter und dichter die Laute der anderen abschirmten und in denen mein Herzschlag dröhnend auf mich einhämmerte.

Ich stellte mir vor, daß Frederik sich nun mit einer anderen Frau vergnügte, daß er mich vergessen hatte. Ich mußte mir jedes Detail seines Umgangs mit dieser Frau vorstellen. Jetzt war Frederik nicht mehr mit meinem Körper im Gespräch, jetzt streichelte er mich nicht mehr in meinen Traumvorstellungen, sondern hatte sich der anderen genähert. Er stand vor ihr nackt im Schlafzimmer, er stellte sich vor die andere, er ging auf sie zu und streichelte ihr die Schultern und die Brust. Er glitt in sie hinein und bewegte ihren Körper mit seinen Bewegungen, ich mußte ihm zusehen, er war mit ihr so beschäftigt, daß er mich nicht sehen konnte. Meine Nerven waren gespannt, ich preßte die Fäuste gegen meine Schläfen und konnte mit diesen Händen nicht auf ihn und die Frau einschlagen, aber ich schrie auf, als die beiden zum Höhepunkt kamen. Ich weinte und fiel zurück in meine Angst. An manchen Tagen verzichtete ich auf das Essen, an anderen fraß ich in mich hinein, was im Kühlschrank war. Ein Kreis drehte sich um mich und schleuderte mir die Bilder meiner erregten Phantasie entgegen. Ich konnte die Bilder, auch wenn ich die Hände gegen sie hob und mich mit den Armen gegen sie stemmte, nicht zurückdrängen.

Mein Valiumkonsum stieg, ich mußte mich beruhigen, ich fürchtete mich vor dem Alleinsein und wollte doch niemand sehen.

Ich steckte in dem Tief und wußte nicht mehr, wann es begonnen hatte. Meine Wünsche fielen von mir ab, ich konnte mich gegen die dumpfen Bedrängnisse, die aus meinem Inneren kamen, nicht wehren, alles um mich wurde bedeutungslos. Ich erledigte die täglichen Pflichten in meiner Wohnung und im Büro zunehmend mechanischer, vernachlässigte noch keine der Aufgaben, wurde aber immer gleichgültiger. Manchmal war ich so niedergeschlagen, daß ich gereizt reagierte, mich weigerte, mit den Verkäufern ein längeres Gespräch zu führen, daß ich Kunden vor den Kopf stieß. Ich wollte mit niemand reden, und wenn ich mit jemand reden wollte, war niemand da. Ich brauchte die Tabletten, um mich zu beruhigen, um meinen Frieden zu finden und wachte doch bald nach Mitternacht auf mit quälenden Kopfschmerzen, gegen die weder kaltes Duschen noch weitere Tabletten halfen. Das Leben, das ich führte, wurde für mich selbst immer unwichtiger. Niemand würde doch bemerken, wenn ich nicht mehr da wäre. Ich hatte längst die Kontakte zu meiner Familie abreißen lassen. Meine Mutter lebte in Düsseldorf. Ein Weihnachtsgruß war die einzige Verbindung. Ich hatte mich abgenabelt von dieser Mutter, die mich schon als Kind nicht gemocht hatte, die sich mir entzogen hatte, weil ich mißraten war, weil ich so viele Unarten gehabt hatte. Keine Gedanken mehr an Frederik, oder eigentlich jeden Tag Gedanken an ihn oder den anderen, der hätte sein können, den ich geliebt hätte, der mich nie verlassen hätte. Kann man einfach seinen Lebenswillen loslassen, fragte ich mich, kann man so gleichgültig werden? Ich konnte so gleichgültig werden, ich lernte stundenlang in die Flamme einer niederbrennenden Kerze hineinzusehen, ich blieb in der kälter werdenden Wohnung sitzen, fröstelte und trank ein Glas nach dem anderen. Ich wußte, daß mein Körper aufschwoll, daß meine Gesichtszüge schwammig und meine Hände unsicher wurden, wenn ich mich konzentrieren mußte. Ich war nicht stolz, Frederik war stolz, ich hatte ihn zerbrochen. Die Wochen nach unserem Streit, nach unserer Trennung waren ein einziger Entzug, eine Entfremdung, die ich mir zumuten mußte, die Frederik begonnen hatte. Früher hatte ich immer geglaubt, mich in der Hand zu haben, mich steuern zu können. Jetzt erfuhr ich, daß ich hilflos war, daß ich unfähig war, noch einmal anzufangen. Mit wem denn? Oder sollte ich allein, mit mir wieder anfangen? Dazu fehlte mir der Mut. Ich lernte die Depression kennen, ich lernte verstehen, daß man nicht mehr aus und ein wissen kann, auch wenn ich früher über die Depressionen anderer gelacht oder sie als Schwäche bezeichnet hatte. Meine Depression war keine zeitweilige Verstimmung, sondern eine wachsende Verzweiflung, die mich am Sinn meines Lebens verzweifeln ließ. Vielleicht hätte ich über meinen Zustand mit anderen Menschen reden müssen, vielleicht hätte ich einen Menschen gefunden, der mir zugehört hätte. Aber ich war unfähig, auf einen zuzugehen, ihn zu bitten, ihm meine Situation zu schildern.

Meine Gefühle hatten sich verändert. Alle Möglichkeiten waren in einem schmerzenden Knoten zusammengeschnürt. Ich versuchte nach außen gelassen zu erscheinen, mir nichts anmerken zu lassen, dabei hätte ich jeden Augenblick in Heulen ausbrechen können. Ich bemühte mich, mein Gesicht zurückzuziehen, und war doch überzeugt davon, daß jeder, wenn er nur wollte, mir die Verzweiflung aus den Augen hätte ablesen können.

An einem Freitagnachmittag blieb ich länger als die Kollegen im Büro. Ich muß mich auf die Montagssitzung vorbereiten, sagte ich ihnen und wünschte ein erholsames Wochenende. Das Haus leerte sich schnell wie an jedem Freitag. Jeder wollte nach Hause kommen. Die Stille machte sich breit, von Zimmer zu Zimmer. Ich schickte die Sekretärin fort. Sie wäre geblieben, ungern vielleicht, wenn ich sie darum gebeten und ihr noch diktiert hätte. Ich ordnete die Papiere auf dem Schreibtisch, sah die Unterschriftenmappen durch. Alle Briefe waren unterschrieben, wir hatten viel erledigt an diesem Tag, ich konnte zufrieden sein. Auf der linken Seite des Schreibtisches lagen die Vormerkungen für die Montagssitzung, ich blätterte in den Papieren. Ich schaltete das Radio ein. Im Nachmittagskonzert wurde gerade der zweite Satz von Mahlers dritter Sinfonie gespielt, Bernhard Haitink dirigierte das Sinfonieorchester des Bayerischen Rundfunks. Der Norddeutsche Rundfunk hatte die Aufnahme aus München übernommen. Ich holte die Whiskyflasche aus der Schublade meines Schreibtisches. Das also war meine Zeit, Trinken und Alleinsein im Büro. Ich konnte vom Schreibtisch aus auf die Bäume blicken, die auf der Grünfläche vor dem Bürohaus gepflanzt worden waren. In der Mittagspause konnte man über den Rasen gehen oder unter den Bäumen sitzen. Zur Straße hin hatten unsere Gärtner eine dichte Hecke gepflanzt. Nach einigen Jahren waren Vögel in der Hecke heimisch geworden und nisteten in ihr.

Die Sonne war untergegangen, ein schwacher Widerschein hing in den Wolken, rosig und leer. Aus dieser Stille konnte man sich entfernen. Ich ließ die Augenblicke einfach vergehen. Die Musik war schwermütig und doch besänftigend. Der Alkohol begann zu wirken. Ich blätterte wieder in den Papieren, legte ein neues, unbeschriebenes Blatt rechts daneben und machte mir Notizen, schrieb Stichworte für die Sitzung auf, ich wollte genau vorbereitet sein. Ich rekapitulierte die Daten, ich stellte mir die Themen miteinander verknüpft vor, die voraussichtlich behandelt würden. Ich hatte keine Schwierigkeiten, mich damit zu beschäftigen, die Gedanken waren leicht und beweglich geworden.

Wenn dies so leicht ist, dachte ich, wenn ich nur anzustoßen brauche und hinaussegeln kann in die Wolkenweite, die meine Gedanken aufzehrt, wenn die Schwierigkeiten so federleicht in die Luft geblasen werden können, werde auch ich leicht sein, weggehen können. Meine Hand griff wie von selbst nach der Handtasche, in der ich das Glasröhrchen mit Valium 10 immer mitführte. Ist doch gar nicht schwierig, dachte ich, wenn ich jetzt den Inhalt des braunen Röhrchens in den Mund nehme und mit Whisky hinunterspüle. Ich drehte die Musik lauter, ich schüttete die Tabletten in den Mund und goß Whisky nach, ich leerte die Flasche in langen Schlucken, ich war überzeugt, daß der Übergang leicht, schwebend sein werde, daß niemand und nichts mich zurückhalten konnte. Einschlafen können, ohne aufwachen zu müssen.

Ich hatte nicht mit den Putzfrauen gerechnet, einfach nicht daran gedacht, daß sie am Freitag früher als an anderen Wochentagen die Büros reinigten. Sie haben mich gefunden. Ich wachte in der Klinik wieder auf, man hatte mir den Magen ausgepumpt und mich an eine Infusion gehängt. Als ich aufwachte, war eine Schwester bei mir, später kam der Stationsarzt. Sie machten mir keine Vorwürfe. Ich war enttäuscht, daß ich zurückgeholt worden war, aber ich war auch erleichtert. Jetzt kümmerten sich wieder Menschen um mich. Ich wurde gut betreut, ich hatte vollkommen versagt, war nicht einmal soweit gekommen, ohne Komplikationen zu verschwinden, aber mein Versagen war durch den Zufall bestimmt worden, ich hatte eine ernsthafte Absicht gehabt und mir keinen Ausweg offenlassen wollen.

Nach einigen Tagen wurde ich aus dem Krankenhaus entlassen, entgiftet. Der Stationsarzt riet mir, mich mit meinem Hausarzt zu besprechen und eventuell einen Psychotherapeuten aufzusuchen. Ich mußte wieder in mein Leben zurückkehren. Die Kollegen waren sehr fair zu mir, entweder hatten sie gar nichts über den Zwischenfall erfahren oder sie wollten mich schonen. Vom Chef erfuhr ich, daß er die beiden Putzfrauen, die mich gefunden hatten, zum Stillschweigen verpflichtet hatte. Sie waren überarbeitet, Frau Ellmann, sagte er, spannen Sie aus, drei Wochen lang. Sie können sich eine Kur verschreiben lassen oder diese Tage als Ausgleich für Überstunden nehmen, die im letzten Jahr, wie ich weiß, häufig angefallen sind. Auch wenn leitende Mitarbeiter keine Überstunden abrechnen, so können wir in Ihrem Fall doch einen Ausgleich vereinbaren.

Alle waren freundlich zu mir, ich hatte den Zwischenfall hinter mich gebracht, ich war von den Medizinern freigegeben worden, sie hatten die akute Gefahr beseitigt, aber ich allein mußte zurückkehren in meine Wohnung, ich mußte fertig werden mit meinem Alleinsein. Doch nichts hatte sich geändert, die Probleme waren die gleichen geblieben, man hatte sich in der Klinik nicht mit ihnen beschäftigt. Ich ging nicht in die Kur, ich blieb acht Tage lang zu Hause, versuchte selbst mit mir zurechtzukommen. Ich lernte die alten Wege neu gehen, blieb möglichst lange draußen im Park, in der Stadt, ich hatte auch am Tag Angst, in meiner Wohnung zu sein. Ich wußte, daß ich Hilfe brauchte, daß ich in mich zurückgehen und neu beginnen mußte. Ich konnte mich nicht entschließen, mich bei dem Psychotherapeuten anzumelden, den mir der Stationsarzt genannt hatte. Ich wollte nicht mit einem Fremden ins Gespräch kommen. Ich wußte, daß der Psychotherapeut, der die Gruppe geleitet hatte, auch eine Privatpraxis betrieb und Analysen durchführte. Auch zu ihm konnte ich mich zunächst nicht entschließen, aber je gefährlicher wieder meine Beklemmungen wurden, je stärker wieder die Angst wuchs, um so klarer wurde mir, daß ich entweder Hilfe erbitten oder noch einmal ein Ende machen mußte.

Ich rief den Gruppentrainer und Psychotherapeuten an und vereinbarte einen Termin. Die Exploration dauerte einige Stunden. Ich faßte Vertrauen und erfuhr, daß meine Ängste eine lange Geschichte hatten. Der Therapeut führte mich in meine Kindheit zurück, und ich sollte erkennen, daß meine Depression die Suche nach Liebe, nach Geliebtwerden bedeutete, daß Krisen der Beziehung schon in meinem Verhältnis zu meiner Mutter vorhanden waren. Ich sah, daß Frederik nicht das gleiche Bedürfnis nach Nähe wie ich selbst entwickeln hatte können, ja, daß er aggressiv und ablehnend gegen meine Umklammerung reagieren hatte müssen. Die ersten Gespräche mit dem Therapeuten waren deprimierend für mich, ich stemmte mich gegen die Bilderbuchvermutungen, wie ich sie nannte. Ich wollte kein Fall aus dem Lehrbuch des Psychoanalytikers sein, ich lehnte die Einordnungen, Rückführungen und Übertragungen ab und wollte nicht, daß da jemand in meiner Vergangenheit und in meinen Gefühlen herumstocherte. Konnte man nicht einfach den Deckel auf die Kindheit, auf das Vergangene tun und damit die erlebten oder erduldeten Situationen ein für allemal wegschließen? Wohin war ich denn abgesunken, wohinein war ich geschlittert während meiner Depression, die mich zur Selbstvernichtung geführt hatte? Das Loch war nicht im Boden, nicht weg von Ihnen, sagte der Therapeut, das Loch war in Ihren Gefühlen, in Ihrem Körper. Ich hatte einmal gelesen, daß japanische Weisheitslehrer vom Schwerpunkt jedes Menschen sprechen, von seinem unerschütterlichen Schwerpunkt in der Mitte des Körpers. Wenn ein Mensch Hara hat, ist er zentriert, ausgeglichen. Ich hatte kein Hara. Hoffentlich fängt er jetzt nicht auch noch von dem Hara an zu reden, dann steige ich aus der Therapie aus, dachte ich. Ich wußte doch, daß ich nicht ausgeglichen war, daß ich meine Empfindungen nicht in der Hand hatte, daß ich an mir selbst litt. Aber ich brauchte Hilfe, ich konnte sie mir nicht selbst geben. Ich mußte aufgeben, meinen Gefühlen nachgeben, mich fallen lassen, ich mußte Mut und Vertrauen fassen.

Ich hatte mich Frederiks selbstverständlicher Besitzsicherheit entziehen wollen, hatte seine besitzergreifende Art nicht akzeptiert und von ihm eine anschmiegende und dann freilich ausschließliche Liebe erwartet. Ich hatte immer Angst gehabt, ihn zu verlieren, aber auch keinen Versuch gemacht, ihn zu halten, als er mich verließ. Hatte ich ihn denn erpreßt, versucht, in ihm Schuldgefühle zu erzeugen? Er hatte doch immer versucht, mich gefügig zu machen.

Ich lernte mein Handeln zu prüfen, ich mußte mich ohne Vorbehalte sehen. In den therapeutischen Sitzungen konnte ich Frederik angreifen, ihn beschuldigen, ihn immer wieder verlassen, ihm Vorwürfe machen. Das Gespräch war bald auf Frederik gekommen, ich mußte einsehen, daß alle meine Überlegungen und Probleme zu ihm hinliefen. Der Therapeut führte mich Kreis um Kreis zu diesem Mittelpunkt meiner Gefühle, um den mein Denken sich herumschlich.

Ich durfte Frederik in Gedanken umbringen, ihn aus meinem Leben herauslösen, aber da mir nicht gelang, ihn zu überwinden, wurde ich bald in langsamen Schritten zu ihm zurückgeführt. Der Therapeut hatte erkannt, daß meine Liebe zu Frederik nicht aufgehört hatte, daß ich an der willkürlichen plötzlichen Entfernung litt, daß ich zu ihm zurückfinden wollte und nicht konnte. Ich lernte mir selbst zu vertrauen, mich wieder anzunehmen und in den Schritten zu meiner Gesundung wußte ich, daß ich auch Frederik wieder ertragen würde, daß ich entweder zu ihm zurückkehren oder ihn in einer letzten Auseinandersetzung ganz auslöschen mußte.

Der Tag kam, an dem ich Frederik anrief, an dem ich den ersten Schritt tat. Das erste Gespräch war das schwierigste. Ich hatte Angst, daß er in die alte Rechthaberei zurückfallen würde. Er war vorsichtig, zurückhaltend und glücklich. Er hatte mich nicht vergessen, aber auch nicht seine Erniedrigung und Enttäuschung allein überwinden können. Ich mußte ihm helfen. Meine Hoffnung wuchs. Frederik ließ sich auf Gespräche ein, die ich bei ihm nicht für möglich gehalten hätte. War ich getäuscht worden, hatte ich mich täuschen lassen? War seine Eifersucht nur eine kurze heftige Reaktion gewesen? Waren die Eifersuchtsreaktionen nicht alle vorübergegangen? Ich wollte ihm glauben, ich ließ mich wieder auf ihn ein. Wir schienen zur alten Vertrautheit zurückzufinden. Ich redete mir ein, unsere neue Liebe sei gestärkt worden durch die Prüfung, in die ich hineingerannt war. Frederik hatte mir geholfen, aus meiner depressiven Stimmung herauszukommen. Wir waren auf dem Weg zu neuen Gemeinsamkeiten.

Monatelang wuchs meine Sicherheit, ich begann mich wieder im Beruf zu engagieren, ich war glücklich über meine Fähigkeit, konzeptionell zu denken. Ich begleitete Frederik gerne bei seinen sportlichen Aktivitäten, ich begann ein neues Leben mit ihm, und vielleicht hätten wir sogar geheiratet, wenn die Versetzung nach Mexiko, nach Guadalajara, nicht gekommen wäre. Ich konnte das Angebot nicht ausschlagen, die Chance war zu verlockend. Mit dieser Aufgabe in der Tasche konnte ich sicher nach achtzehn Monaten oder nach zwei Jahren als Abteilungsleiterin nach Deutschland zurückkehren oder eine Stabsabteilung in New York in der Zentrale übernehmen. Frederik war nicht begeistert, als ich ihm meinen Entschluß mitteilte. Zunächst versuchte er, mich umzustimmen, mich zum Bleiben zu überreden. Er kannte unsere Firma nicht. Vielleicht konnte man ein solches Angebot bei VW ausschlagen. Bei uns wäre man für immer auf der alten Bank sitzengeblieben. Aber ich sah eine Chance, Frederik während des Auslandsaufenthalts nicht ganz aus den Augen zu verlieren. Frederik sprach Portugiesisch und Spanisch. Warum meldest du dich nicht für eine Position bei VW do Brasil oder für eine Aufgabe in Caracas, fragte ich und brachte ihn schließlich so weit, daß er sich mit Nachdruck um eine Arbeit in Venezuela bemühte. Zwei Monate nach mir konnte er in Venezuela mit der Arbeit beginnen. Die immer noch großen Entfernungen auf dem lateinamerikanischen Kontinent ließen nicht mehr als ein Treffen pro Monat an einem Ort zu, aber wir hatten unvergleichliche gemeinsame Tage an der Karibik, wir trafen uns in Mexico City und flogen nach Manaus am Amazonas, wir besuchten die Stätten der frühen mexikanischen Kultur und jagten auf Wasserskiern durch die Wellen vor Acapulco. Wir erlebten unsere Liebe im Rausch der heißeren Sonne, unter einem wie für uns betrunkenen Himmel, und verbrachten die Wochen der Urlaube in einer angespannten Hochstimmung. Wir hatten Geld, konnten uns dank der Auslandszulagen ein angenehmes Leben leisten.

Frederik mußte eher als ich nach Deutschland zurückkehren. Ich hatte ein wenig Angst vor der Hamburger Enge, aber Frederik schien in Venezuela ein anderer geworden zu sein, er holte mich glücklich am Flughafen ab. Unser Leben begann zu gelingen.

Warum hatte er jetzt durch seinen Anruf in Paris dieses Gelingen zerrissen? Mit einem Schlag war wieder alles zusammengebrochen. Hatte er sich so verstellen können, hatte er das Glück unserer karibischen Tage nur gespielt? Nein, jede Minute war wirklich gewesen, aber ich, ich hatte das Mißtrauen, das in ihm immer noch vorhanden war, geweckt, ich hatte seine Zweifel verstärkt. Ich hatte nicht die richtigen Worte gefunden, ich hatte ihm den Anlaß zu den Beschimpfungen geliefert. Wie leicht hätte ich ihn doch besänftigen können, aber ich hatte mich auf das Erwidern, auf das Zurückschlagen eingelassen, ich hatte ihn abgeschüttelt, zurückgewiesen, ich hatte ihn verletzt, seine Befürchtungen bestätigt. Ich hatte ihn Helmholtz geopfert. Meine Worte am Telefon waren nur ein schwaches Eingeständnis dessen gewesen, was mir zur Gewißheit geworden war.

Ich liebte Helmholtz, nicht Frederik. Ich hatte mich in der Angst nach meinem Selbstmordversuch an Frederik geklammert, aber war immer unfrei geblieben, ich hatte mich von seiner Betriebsamkeit einfangen lassen, ich hatte mich seinem ständigen Beschäftigtsein eingefügt, mich ihm angepaßt, und er hatte mich wieder so haben können, wie er immer eine Frau hatte haben wollen, folgsam, nachgiebig. Ich hatte ihm meine Zeit geopfert, er hatte nie Zeit für mich gehabt, immer wenn er mich gewollt hatte, waren ihm seine Wünsche wichtiger als die meinen gewesen. In dem japanischen Theater war mir klar geworden, daß eine andere Liebe, daß ein anderer seinen Platz eingenommen hatte. Und so hatte ich mich nicht verstecken wollen, so hatte ich Frederik noch einmal treffen, ihm einen Denkzettel geben wollen und nicht gleich eingehängt, als ich seine wütenden ersten Sätze gehört hatte.

Was dachte er sich jetzt aus, würde er aufgeben, würde er endlich zur Besinnung kommen, aufhören mit dieser schrecklichen, dieser zerstörerischen Eifersucht? Ich kam nicht los von den ängstlichen Gedanken an Frederik, ich sah ihn in seiner Wohnung in Hamburg auf und ab gehen, mit den Fäusten auf den Tisch trommeln. Frederik drohte mir, Frederik bedrohte mich.

Ich war erschöpft, ich griff zum erstenmal wieder nach dem Tablettenröhrchen. Ich hatte nach meinem Unfall überlegt, ob ich alle Tablettenvorräte vernichten sollte, mich dann aber entschieden, immer ein Röhrchen voll in Reichweite zu haben, als abschreckende Mahnung und Erinnerung, wie ich mir einredete. Ich hatte sie nicht mehr gebraucht. Ich war froh, sie jetzt zu haben. Ich mußte der alten Angst entkommen, ich mußte schlafen, ich wollte das drohende Gesicht Frederiks wegschieben, wollte meine Gedanken auslöschen, betäuben. Ich fror und zog die Decke eng um den Leib, ich hatte die Heizung voll aufgedreht.

Die Tabletten wirkten, ich schlief ein.

Als ich erwachte, als ich im Halbschlaf neben das Bett griff, war der Traum noch nicht zu Ende, der mich mit einem Schrei hatte auffahren lassen. Jede Einzelheit dieses Traums stand greifbar vor mir. Ich ging mit Franz durch eine Stadt, im

Herbst, der Regen troff von den Bäumen, der Wind schlug uns die Nässe ins Gesicht. Ich konnte die Namen auf den Straßenschildern nicht lesen. Die Häuser waren hoch und grau. Wir gingen durch die leeren Straßen. Ich hatte den Eindruck, die Häuser würden sich über uns hoch oben berühren. Wie konnte da der Regen herabkommen? Der Regen kam von vorne. Die Häuser neigten sich oben einander zu. In keinem der Häuser brannte Licht. Aber im Schein der Straßenlaternen sah ich den Regen in peitschenden Strähnen fallen. Ich drängte, ich wollte nicht länger gegen den Regen ankämpfen. Wir kamen aus der Häuserhöhle heraus. Franz führte mich zu einer Brücke, die über einen dunklen Fluß führte. Ich sah unten im gurgelnden Wasser schwarze Fische schwimmen. Die Fische mußten heller als die Nacht und der Fluß sein. Einige Stufen führten zu einem Brückenbogen. Ich stieg mit Franz die Stufen hinunter. Ich setzte mich einen Augenblick lang auf den kalten Boden. Ich war sehr müde. Franz blieb stehen. Er zündete sich eine Zigarette an. Franz ist doch Nichtraucher, dachte ich. Ich stand auf und lehnte mich an ihn. Er nahm mich in seine Arme. Da war plötzlich hinter uns ein Sprung, aus dem Fluß, aus der Nacht sprang etwas auf uns zu. Ich sah den Sprung, ich sah den Schatten, der sich auf Franz warf. Ich spürte den Schlag gegen seinen Körper. Jemand hatte ihn angegriffen. Das Gesicht, das sich mir zuwandte, verzog sich im Schmerz. Franz schüttelte mich ab. Er stand Frederik gegenüber. Frederik hatte das feststehende Messer aus seinem Rücken gezogen und drang wieder auf ihn ein. Jetzt von vorne. Franz war ihm ausgeliefert. Er spürte den Schmerz, der Schmerz schien ihm den Atem zu nehmen. Er schrie: Nicole, weg, weg! Er sah mich nicht mehr, nur den Haß in Frederiks Gesicht. Hatte er Angst, Frederik würde auch auf mich einstechen? Frederik wird Franz umbringen, ich wußte, er würde ihn einfach kalt machen.

Ich sah das haßverbissene Gesicht Frederiks vor mir und sah wie in einem Blitz die Puppe, die nackte Puppe, in die der Japaner das Messer stieß. Die Puppe, die umgebracht wurde. Die sich nicht wehren konnte. Die festgebannten Glasaugen der Puppe spiegelten sich in den Augen des Mörders. Die Hand über der Puppe. Die Hand mit dem Messer über Franz Helmholtz. Die wird sterben, die Puppe wird zerstört, verbrannt werden.

Die Puppe hatte Angst, die Puppe wurde zerbrochen. Das Messer steckte im Leib der Puppe. Die Hand des Mörders drehte das Messer in ihrem Leib. Der Leib der Puppe splitterte auseinander. Das große Loch im Leib der Puppe. Ich erfuhr noch einmal den Tod der Puppe. Mein Mörder, sein Mörder. Ich glaubte seinen Atem im Gesicht zu spüren. Ich sah ihn vor mir und dachte an die Puppe. Ich sah ihn und sah die Puppe. Ich stand reglos da und mußte zusehen, wie das Messer den Leib der Puppe aufriß.

22. Dezember

Nicole kommt verspätet zum Frühstück. Da sich Casado zu mir an den Tisch gesetzt hat, bleibt das Gespräch unpersönlich, kollegial. Nicole sieht übermüdet aus, ist unruhig und scheint kaum Anteil an den Themen zu nehmen, die Casado versucht anzuschlagen. Beim Gang zum Tagungsraum kann ich sie ansprechen. Sie spricht von schlechtem Schlaf, Migräne und wischt mein Bemühen, an ihrem so offensichtlich schlechtem Zustand Anteil zu nehmen, beiseite. Mathey beginnt den letzten Seminartag. Wir hätten noch ein großes Pensum zu bewältigen. Da nicht alle Teilnehmer bis morgen bleiben können, ist vorgesehen, heute früher am Nachmittag zu schließen. Ich habe für den Rückflug nach München die Air France 732 gebucht, Abflug Charles de Gaulle 18.20 Uhr, Ankunft 19.40 Uhr. Das heißt, daß ich spätestens um 16.30 Uhr das Hotel verlassen muß. Ich habe vor, mit der Métro bis zur Place de la port Maillot zu fahren und von dort den Air-France-Schnellbus zu nehmen. Abfahrt alle 15 Minuten, Fahrzeit 30 Minuten. Nicole, das weiß ich, wird erst morgen Mittag zurückfliegen. Ich habe schon am nächsten Vormittag einen Termin in München wahrzunehmen, wie mir meine Sekretärin mitgeteilt hat. Die Konzentration der Tagungsteilnehmer scheint nachzulassen. Spärlich nur kommen Zwischenfragen. Man läßt Mathey reden. Viele dämmern vor sich hin. Die meisten haben nur wenige Stunden geschlafen. Auch Nicole ist unkonzentriert. Weicht sie meinen Blicken aus? Sie ist sichtlich mit sich selbst beschäftigt. Wenigstens beim Mittagessen will ich noch einmal mit ihr sprechen, sie bitten, mich in München anzurufen, vielleicht läßt sich ein Termin für ein Treffen vereinbaren. Die Pariser Tage können doch nicht so einfach ins Aus laufen.

Ich höre Mathey reden, ich höre ihm nicht genau zu, die Sätze siedeln sich neben mir an und in Nebenhöhlen des

Gehirns. Die große Rekapitulation beginnt, ich weiß nicht mehr, was gestern, was vorgestern in mich hineingeträufelt wurde, was abgelagert in mir ist. Ich spüre die Begriffe, ich handle mit den Sätzen, lasse sie treiben. Sätze machen sich selbständig, betreiben ihr eigenes Marketing. Ich werde von ihnen betrieben, die Spielregeln haben mich gefangengenommen. Die erste Maxime für die Unternehmenspolitik ist, keinesfalls ein Angebot zu machen, das in irgendeiner Weise seine Nachfrage finden wird, sondern ein Angebot zu schaffen, das den Bedingungen des Marktes entspricht. Zu beachten: Bedürfnisse des Kunden, deren Kaufverhalten testen, nutzbar machen. Rückwirkung auf die Produktion. Die Nachfrage, die wir schaffen, kein Nachfragen, unsere Bedürfnisse. Wir bedürfen des Kunden. Standortpolitik, Verkaufsorganisation, Verkaufsstellengestaltung, Produktgestaltung, Kundenservice, Preispolitik, Absatzfinanzierung und wieder die Werbung. Produkteigenschaften, die Nutzungsmöglichkeiten, Nutzenmöglichkeiten objektiv begründen. Subjektivität zu eliminieren. Nutzenbreite ergibt sich aus der Vielzahl der im Ensemble vereinigten Produkte. Analyse des Konkurrenzangebots im Vergleich zum eigenen hat die eigenen Stärken und Schwächen und die Lücken im Angebot der anderen erwiesen. Wir wissen Bescheid, Weitergabe der Bescheide. Erkenntnisse aus Analyse der Angebots- und Nachfragesituation führen zu Auswahl der Zielgruppen. Frauengruppen, Mädchengruppen, rasierte Männergruppen. Eingerechnet saisonale Schwankungen. Der Damenrasierapparat neben der Tageslotion. Avocadocremes grünglänzend. Kinder spielen mit den Weichplastikflaschen, erzeugen duftenden Schaum. Schnellverbrauch durch Spielanlässe. Wiederholungstäter, preiswertere Füllungen, nichts Exklusives. Der Schaum steigt über den Nabel. Frauengruppen in den mit tropischen Düften satt gefüllten Bädern. Bei ihnen keine Befangenheit aus der Fremdheit der Personen und des Betriebes. Anders bei ehrgeizigen Mitarbeitern. Lassen sich leichter einweisen, wenn sie zur gestellten Aufgabe zunächst eigene Vorstellungen entwickeln können. Mit gezielten Fragen Prüfung durch den Vorgesetzten. Sitzt vor mir, zuckt mit den Händen. Erfahre, ob der Mitarbeiter alle Funktionen nach dem

Management-Regelkreis-Modell wahrnehmen will. Also doch keine eigenen Vorstellungen. Ich stecke im Regelkreis und bin „Doppelvertreter“ verschiedener Interessen. Repräsentiere den Willen der Unternehmensleitung den Mitarbeitern gegenüber, setze ihn durch. Ebenso Delegierter der Mitarbeiter. Trage deren Forderungen „oben“ vor, nehme wahr. Warum stehe ich oben? Wo werde ich getäuscht? In der ständigen Zerreißprobe also. Deshalb nötig: robustes zentrales und vegetatives Nervensystem. Innovationsbereitschaft erhöht, belastbar. Führungskräfte können sich psychosomatische Beschwerden nicht leisten. Kein Aussteigen. Ich denke an Harald Seiban. Immer Schweißausbrüche, schnellerer Herzschlag, leicht zu erregen, abnehmender Appetit. Ich hatte ihn einige Wochen lang beobachtet, ihn beobachten lassen, Gespräche mit seiner Sekretärin, mit seinen Mitarbeitern geführt. Die Führungsqualifikationen schienen nicht mehr gegeben zu sein. Er hatte Angst. Als er in mein Büro kam, sah ich die schweißnasse Stirn. Seine Erklärungen waren stockend. Hatte den Überblick über die Entwicklung seines Bereiches verloren. Beschuldigte die Sekretärin, hilflose Versuche, die Schuld von sich abzuwälzen. Welche Schuld? Nichtiger Anlaß. Kleinigkeiten. Unregelmäßigkeiten bei den Reiseabrechnungen der Vertreter. Einer hatte geplaudert. War er an Manipulationen beteiligt? Die Beschuldigungen ließen sich nicht nachprüfen. Ich stellte ihn zur Rede. Wollte ich ihm helfen? Sollte ich kurzen oder langen Prozeß machen? Seine Hände zitterten, als er vor mir saß. Hat, wie mir berichtet worden war, auch Schwierigkeiten zu Hause. Die jüngere Frau, die er nach seiner Scheidung geheiratet hatte, schien sich von ihm zu entfernen. Er bot alle Ausflüchte an, ich könnte über ihn verfügen. Plötzlich griff er an die Stirn, sagte, mir ist übel, kippte vornüber, war weg für einige Augenblicke. Kreislauf konstatierte ich, Gang zur Hausapotheke. Novadral vielleicht, aber wenn er Hypertoniker ist. Hypertoniker fallen nicht um. Besser den Notarzt rufen. Kamen in zehn Minuten, gleich mit der Bahre ins Büro. Der Arzt öffnete ihm das Hemd. Seiban atmete schwer, Schweißtropfen rannen von seiner Stirne. Der Arzt hörte ihn ab, maß Blutdruck und Puls. Kein Grund zur

Aufregung, momentaner Blutdruckabfall. Ihr Kollege hat getrunken, sagte er zu mir. Muß Angst gehabt haben. Lassen Sie ihn von einem Mitarbeiter nach Hause bringen, ein Transport im Notarztwagen ist nicht nötig. Aber hätte ja schlimmer sein können. Sah wohl beängstigend aus. Ich ließ Seiban nach Hause fahren, er fiel eine Woche lang aus. Die Beratung im Hause ergab, daß wir ihm eine andere Arbeit geben mußten. Er war den Aufgaben und Beanspruchungen nicht gewachsen. Solche Zwischenfälle können wir uns nicht leisten.

Phänomen, das allgemein Ängstlichkeit, Angstanfälligkeit genannt wird, kann als Wechselbeziehung zwischen den Ausprägungsrichtungen Introversion und emotionale Labilität der Persönlichkeitsdimension, Extraversion/Introversion und emotionale Labilität/Stabilität gesehen werden. Koordinatensystem der Empfindungen, Einordnungen. Je emotional labiler und introvertierter ein Individuum ist, um so stärker seine emotionale Erregbarkeit und Ansprechbarkeit, Empfindlichkeit im Hinblick auf Strafreize. Er blickte hin auf die Strafe und wollte gelobt werden. Hat Seiban die Strafe geahnt, war sein Zusammenbruch die körperliche Vorsorge gegen die Strafe? Wir haben emotionale, labile und introvertierte Äußerungen auszuschließen. Gegen-Angst-Training, Therapie für Führungskräfte, sofern sie die emotionalen Versuchungen nicht von vornherein ausschließen können, Angst wird nicht eingeplant. Wo sie auftritt, haben Gegenstrategien sie auf ein nicht merkbares Maß zu reduzieren. Aber das Neue einer Situation, Überangebot unbekannter Reize, kann Angst auslösen. Was hatte Seiban an Neuem zu bewältigen? Er hatte vor dem Gewohnten Angst, vermochte das Gewohnte nicht zu bewältigen. Erlernt man Angstreaktionen? Der Konflikt, der entsteht, wenn der Organismus vor zwei gleichstarken, einander entgegengesetzten Antrieben oder Motiven, Gefühlen aktiviert wird. Sie sollten wissen, sagt die Stimme, daß ich zwar schneller zum Ziel komme, wenn ich mich rücksichtslos durchsetze, andererseits der Annäherungstendenz zu diesem Verhalten sofort die Vermeidungstendenz zur Angst vor gesellschaftlicher, sozialer Strafe in Form von Abwendung, Mißbilligung, Benachteiligung gegenübertritt. Es wird auch hier für Ihren psychischen Energiehaushalt von Vorteil sein, wenn Sie trainieren, lernen, bestimmte Entscheidungs- und Konfliktsituationen auf ihre aversiven Anteile und das damit verbundene Vermeidungsverhalten hin zu untersuchen. Mein Verhalten zu Nicole als Vermeidungsverhalten, ohne aversive Anteile? Weiß ich das? Immer der Haushalt der möglichen Ängste ausgewogen durch frühzeitige Gegensteuerung. Alle Möglichkeiten in Gedanken einbeziehen. Wird mein Körper sich nach den Trainingsvorgaben richten? Ich werde ihn einstellen, habe ihn eingestellt, wäre sonst wie Seiban zusammengeknickt. Gelegenheiten lieferten die letzten Monate genug. Weil ich die systematische Desensibilisierung gelernt habe, wird mich Bill nicht kleinkriegen. Der Tag kommt, an dem ich ihm ohne Rücksicht meine Meinung sagen werde. Dann wird das Feld zwischen uns bereinigt sein. Die allgemeinen Grundsätze der „systematischen Desensibilisierung in der Vorstellung“ laufen in meinem Gehirn ab. Jeden Abend die Rückmeldungen. Gehirnmarken, Gedankenkästchen. Ich führe Protokoll über die Desensibilisierungssitzungen, trage Zeit, Ort, Anzahl und die Nummern der in einer Sitzung bewältigten und auf Kärtchen festgehaltenen items ein und die Zahl der pro item benötigten Wiederholungen. Ich überprüfe regelmäßig den Angstwert, den richtigen Angstwert der entsprechend eingeordneten Kärtchen der ganzen Hierarchie. Hierarchie der Ängste, Stufen der Schrecken, Maßnahmen maßgenommen. Ich schließe nie eine Sitzung mit einem nicht angstfrei bewältigten item oder unangenehmen Gefühlen ab. Ich richte mich nach dem Programm. Die Programme reden auf mich ein. Die Körperbewegungen folgen den Informationen, die auf Kärtchen vorgezeichnet sind. Vorschriften, deren Einhaltung mich fähig macht, zu führen.

Ich nehme die unangenehmen Gefühle nicht hin, aber ich spüre, daß Nicole in sich hineinsieht, daß sie nicht wie gestern meinen Blick sucht, ich bin unruhig, ich habe die unangenehmen Gefühle, keine methodische Verdrängung hilft, ich steuere gegen sie an, ich schreibe mir Reaktionen vor, die nicht eintreten.

Gehört Nicole zu den unter Erwartungsangst leidenden

Menschen? Furchtgefühle vor kommenden Ereignissen. Dann würde sie zu dem emotional labilen Typ gehören, dessen Angstpegel schnell überschwappt. Was weiß ich, aus welchem Grund Nicole Angst hat? Sie hat keine Angst, sie ist müde, hat sie doch gesagt, wollte nicht mit mir sprechen. Erwartungsangst, ich habe Angst vor dem Ende dieses Tages. Üben Sie Entspannung. Üben Sie die Konzentration auf eine Vorstellung, die Sie an etwas Angenehmes erinnert. Ich werde Bill ganz ruhig meine Meinung sagen, ich denke an die nächtliche Fahrt durch Paris im Anschluß an das Theater. Ich schaue durch Bill hindurch und denke an Nicole. Ich halte die konditionierten Angstauslöser von mir fern. Ich lege eine Angstreizhierarchie in Karteiform an. Freilinger hat dafür gesorgt, daß für diese Sitzung im Sitzungsraum einige Flaschen trockener Badischer Wein zur Verfügung stehen. Die Flaschen mit dem gelben Weinsiegel stehen auf einem Tischchen an der Stirnseite des Tagungsraumes. Mathey blickt ständig auf die Flaschen. Wer will, kann zum Tischchen gehen und sich ein Glas voll Wein einschenken. Einer sagt: Ich kann nicht verstehen, daß im letzten Halbjahr die Dropoutquote so hoch war. Gestreifter dunkelgrauer Anzug. Der kleine Bart schwarz, rote Krawatte. Wir haben doch über das erste Vierteljahr des laufenden Jahres eine Sonderauswertung. Neue Generation von Käufern. Ist der Altersdurchschnitt jünger geworden? Mathey darf keinen Wein trinken, konzentriert redet er weiter, gibt Antworten. Man sollte dies analysieren. Casado zündet die Streichhölzer wie eine Frau an, indem er sie vom Körper weg auf der Zündfläche anreißt. Das könnte man ungefähr trendmäßig erfassen.

Dann werden Sie in den verschiedenen Situationen richtig reagieren. In kurzer Zeit werden Sie den Erfolg merken. Auch am Beginn dieses Lernschrittes stand das Brainstorming. Das Gesagte verdeutlicht die Ambivalenz, das meint, die Mehrdeutigkeit, Vieldeutigkeit der Ihnen zunächst einfach erscheinenden Verhaltensweisen. Ich sage ja, und Jasagen bedeutet unreflektiertes Unterordnen, sich fügen, klein beigeben, Konflikten ausweichen, sich manipulieren lassen. Ihr redet leicht. Aber ich sage zu Bill ja. Ich zeige Einverständnis.

Die Frage führt auf den Kern des Verhaltens des Kunden. Der Verkäufer als Auslöser, Zweck der Verstärkung nichts anderes, als den Partner oder die Partnerin, den Kunden in ein seelisches Wohlbefinden zu versetzen. Sag ja zu meinem Angebot in diesem Wohlbefinden. Proargumentation. Ich habe mich trainiert. Nicole hat den Verkäufer gespielt. Jetzt bin ich der Kunde. In der Verkaufsarbeit kommt es auf die Begabung des Verkäufers an. Ich teste, ob ich mehr Einfühlungsvermögen, Durchsetzungsvermögen oder mehr soziale Sensibilität besitze. Ich höre nicht richtig zu, ich lasse die Sätze durch mich hindurchgehen, ich weiß, die Sätze decken nur oberflächlich meine Unruhe zu. Ich muß wissen, was mit Nicole los ist, warum sie sich zurückgezogen hat.

Mathey redet weiter, aber da ist ihm jemand in die Rede gefallen, alle hören ihm nicht mehr zu, alle hören das Schluchzen, das plötzlich im Raum ist, das Weinen, von dem Nicole geschüttelt wird. Sie läßt den Kopf auf den Tisch sinken, stützt ihn auf die Arme, kümmert sich nicht um die Umgebung. Keiner wagt sich vor, Mathey stockt. Und da ist mein Name im Raum, Nicole hat ihn hervorgestoßen.

Ich weiß: Jetzt bin ich mit im Spiel. Nun müssen die Kollegen meine Zuneigung zu Nicole bemerken. Sie sind Zeugen einer persönlichen Szene, die sie nicht verhindern können. Nicoles Situation dringt auf uns ein, sie stellt sich vor uns bloß. Nicole hat ihren Kopf wieder gehoben. Sie weint. Sie sieht mich an. Ich werde nicht mehr auf Matheys Gerede hören. Sollen die Kollegen die Gelegenheit nutzen, um Vermutungen anzustellen. Ich bin beteiligt. Ich stehe auf, gehe um den Tisch herum, ich sehe, daß mir alle Blicke folgen, aber ich schaue durch die Blicke hindurch und gehe auf Nicole zu. Alle können wissen: ich bin gemeint. Sollen sie flüstern: so also sind die Verhältnisse. Habe ich mir gleich gedacht. Im Theater, an der Bar. Man kann Verhältnisse haben, so viele wie man will, doch Komplikationen im Betrieb sind unerwünscht. Nicole steht auf. Nicole ist bei mir, sie legt die Arme um mich und weint. Ich halte sie, ich führe sie aus dem Raum. Niemand hat gesprochen. Ich schließe die Tür. Nicole sagt: Kommen Sie mit, ich werde alles erklären. Ich begleite sie auf ihr Zimmer, sehe, daß das Bett noch nicht gemacht ist. Nicole hängt das Schild Don't disturb vor die Tür, sagt, ich will jetzt nicht gestört werden, ich muß mit Ihnen reden, jetzt. Sie können mir helfen. Ich führe sie zu dem Sessel. Ich setze mich neben sie. Nicole friert. Nicole sieht mich an. Sie hat Angst. Nicole läßt sich von mir umarmen, sie sucht mich, Nicole beginnt zu erzählen von einem nächtlichen Telefongespräch, von den Drohungen eines Frederik, der sie verfolgt, den sie liebt, den sie seit Jahren kennt, mit dem sie zusammenlebt. Sie sieht mich erschrocken an, muß annehmen, daß ich nach dieser Eröffnung aufstehe, das Zimmer verlasse, glaube, sie hätte mich getäuscht, sie hätte nur mit mir gespielt. Aber ich spüre ihren Körper, ich weiß seit gestern, daß sie nicht nur mit mir geflirtet hat. Was hat Nicole diesem Frederik gesagt? Daß wir miteinander durch Paris gelaufen sind, daß wir uns geküßt haben, daß wir nicht miteinander geschlafen haben? Er wird sie zwingen, alles zu sagen. Er wird wieder anrufen, er wird kommen, sagt Nicole. Müßte sie nicht Situationen und Handlungen erfinden, nur um ihn zufriedenzustellen? Es ist nichts als die Wut der besinnungslosen Eifersucht. Ich muß mir aus den Brocken, die mir Nicole berichtet, ein Bild von ihm zusammenfügen. Nicole deutet frühere peinliche Szenen an. Auseinandersetzungen. Ich will mit ihm nichts zu tun haben. Wie kommt er dazu, mich einzubeziehen? Er hat mich nicht einbezogen. Nicole hat mich mit ihm in Verbindung gebracht. Wie kann ich standhalten gegen diesen langjährigen Geliebten? Habe ich meine Partie schon verloren, nie gewinnen können? Seine Jahre gegen meine Stunden. Plötzlich bin ich in eine mir neue schreckliche Erfahrung hineingezogen. Muß ich nicht auf ihn eifersüchtig sein? Er hat mir Dauer und Gewohnheit voraus. Ich komme nicht los von dem Gedanken, Nicole in seinen Armen zu sehen. Wie oft hat er schon mit Nicole geschlafen, ihren Mund geküßt, sie gestreichelt? Alles vor mir, alles sein Besitz, seit Jahren, seit Monaten, immer wieder.

Warum ist Nicole bei ihm geblieben, wenn er sie so behandelt hat? Sie erzählt mir von ihrer Angst, von ihrem Zusammenbruch und von dem geglückten Versuch, zu Frederik zurückzukehren. Sie wollte immer Frederik retten. Sie hat Frederik gerettet und sich selbst. Nicole sitzt da, stumm geworden.

Ich kann nicht begreifen, warum sie sich nicht längst von diesem Fremden, den ich zu hassen beginne, befreit hat. Wo ist ihr Selbstgefühl geblieben? Ich liebe Nicole, und doch steht seit wenigen Minuten zwischen ihr und mir der Fremde. Für Nicole aber ist Frederik der Vertraute, ich bin der Fremde. Mit Frederik hat sie gelebt, mich hat sie einige Male angesehen. Ich renne mit meinen Gedanken gegen einen Unbekannten an. Wie soll ich mir diesen Unbekannten vorstellen? Aus Nicoles Schilderungen kann ich mir keinen Gegner zusammensetzen. Ich wehre mich gegen die Intimität der Beziehung zwischen ihm und Nicole. Aber Nicole hätte mich doch nicht gerufen, wenn sie mich nicht liebte. Nicole hat vor allen Kollegen gezeigt, daß wir zusammengehören. Ich kann die Angst nicht durchstoßen, die mich aus ihren Augen ansieht. Was sieht sie jetzt, worauf wartet sie? Nicole starrt den Telefonapparat an, Nicole wartet auf Frederik. Warum kann sich Nicole nicht einfach mir zuwenden? Jetzt muß sie doch Frederik vergessen, ausradieren. Ist Frederik stärker als ich?

Nicole, Sie können nicht in den Seminarraum zurückkehren, sage ich.

– Sie aber müssen gleich hinuntergehen, sagt Nicole. Die anderen werden Sie vermissen.

– Sie haben doch nicht nach mir gerufen, um mir jetzt zu sagen, daß das Seminar weitergeführt wird?

– Ich weiß überhaupt nicht, was ich tun soll. Ich will, daß Sie dableiben, ich weiß, daß Sie nicht bleiben können.

– Ich werde bleiben, sage ich. Nicole lehnt sich an mich. Sie ist verstört, sie ist verletzt worden.

Ich überlege: Wie soll ich Nicole klarmachen, daß mich in wenigen Stunden das Flugzeug nach München zurückbringen wird? Der Termin morgen Vormittag. Die Schlußsitzung könnte ich versäumen. Aber das Flugzeug ist gebucht. Ich muß morgen in München sein. Ich rede mit Nicole. Ich sage ihr, ich kann noch eine gute Stunde bleiben. Ich lasse Mathey und die anderen sitzen. Mir ist egal, was die denken. Nicole sieht mich stumm an. Ich weiß: Nur Nicole ist jetzt wichtig. Ich rufe in München an, sage, ich sei hier festgehalten, sei krank, hätte noch einen geschäftlichen Termin wahrzunehmen. Ich gebe der

Sekretärin die Entschuldigung durch. Sie wundert sich, versucht mir die Wichtigkeit des Termins noch einmal klarzumachen. Ich bin kurz angebunden und fahre sie an: Bitte geben Sie die Information weiter. Ich muß hier entscheiden, nicht Sie. Anruf bei der Fluggesellschaft. Annullierung kein Problem. Wir haben zehn Fluggäste auf der Warteliste, sagt die Dame. Aber kommen Sie wegen der Umbuchung morgen in das Stadtbüro. Ich muß dem Hoteltelefonisten erst klarmachen, daß die Gespräche nicht auf Nicoles Rechnung gehen. Er begreift nicht, sagt, daß die Gespräche von den einzelnen Apparaten automatisch auf die Rechnung kämen. Wir können keine Sonderabrechnungen machen. – Also bin ich Ihnen zwei Telefongespräche schuldig, sage ich zu Nicole. Ich verständige Mathey. Ich müsse mich um die Kollegin kümmern. Er zeigt Verständnis. Ich lasse Ihnen die Unterlagen für die letzte Sitzung ins Fach legen, sagt er. Nun ist entschieden, daß wir noch einen Tag, eine Nacht zusammenbleiben können. Unser Gespräch schleppt sich dahin. Nicole will nicht mehr über Frederik sprechen. Wir verlassen das Hotel gegen 20 Uhr. Ich muß hier raus, hat Nicole gesagt, an die frische Luft. Die anderen werden schon weg sein. Und wenn wir einem von ihnen begegnen, gehen wir einfach weiter.

Die Luft draußen ist kalt. Ein scharfer Wind bläst uns Schneeflocken ins Gesicht. Der Schirm kann sie kaum abhalten. Ich habe den rechten Arm um Nicole gelegt und halte mit der linken Hand den Schirm. Die Straßen sind beinahe leer. Kaum Fußgänger. Der übliche Autoverkehr in den großen Straßen. Nicole ist zerstreut. Ich weiß, sie will nicht über Frederik reden. Aber Frederik hat sich zwischen uns gestellt. Die Unbefangenheit der letzten Tage ist zerbrochen. Wir werden nicht mehr in sie zurückfinden. Wie soll ich erfahren, was zwischen Nicole und Frederik vorgefallen ist? Liebt Nicole diesen Frederik? Liegt die Schuld bei mir? Ich darf nicht zulassen, daß sich Nicole entfernt. Aber hat sie sich denn von mir entfernt? Kann unsere Nähe je gegen ihre Bindung an Frederik aufkommen? Ich gehe neben einer Frau her, die ich seit wenigen Tagen versucht habe kennenzulernen, und die mir wieder zu entgleiten droht. Sie hat mich gerufen. Aus Verzweiflung? Nicole, die Selbständige. Ich kenne Nicole nicht. Ich sehe sie vor mir in das abgeriegelte Leben zurückfallen, das ich selbst kenne. Die Hoffnung, die Vereinzelung durchbrechen zu können, scheint zu schwinden. Losgelassen müssen wir wegtaumeln. Aber Nicole ist doch neben mir, ich kann anhalten, sie an den Schultern fassen und ihr Gesicht in die Hände nehmen, sie küssen und die Regenschneeflocken treiben lassen, mit meiner Hand über das nasse Gesicht streichen, ihren Namen sagen, sie zurückrufen. Ich kann nicht das andere Gesicht zur Seite schieben. Nicole, die Frederik vor sich sehen muß, Nicole, die sich von ihm bloßgestellt fühlt, zurückgefordert, Nicole, die ihm, dem anderen weh getan hat. Aber Frederik ist doch weg. Nicole hat mit ihm abgeschlossen. Sie kann doch nicht mit mir im Regen spazierengehen, ohne ihn abgeschüttelt zu haben. Nicole wird ihn vergessen, sie muß ihn vergessen. Nicole friert. Nicole sagt: Lassen Sie uns zurückgehen, ich bin so müde, ich möchte ins Hotel zurück. Kein Taxi, nein, ich will zurückgehen. Wir gehen zurück ins Hotel. Wir gehen durch die Rue Humblot, vorbei an der Place Dupleix. Wir wollen zur Avenue de Suffren. Nicole drängt. Sie ist unruhig. Aber sie friert. In der Rue Dupleix ist kein Mensch zu sehen. Der Regen- und Schneewind peitscht uns ins Gesicht. Ein Schneevorhang wälzt sich uns entgegen. Wir müssen uns unterstellen. Einige Minuten abwarten. Ich schiebe Nicole in eine Hauseinfahrt. Wir drängen uns in eine Nische. Nicole ist erschöpft. Sie setzt sich auf eine Stufe. Steh auf, sage ich, du erfrierst. Sie sieht mich an, hat den Kopf zu mir gehoben und stammelt nur: Du, du. Ich ziehe sie an mich. Du Nicole, ja du, jetzt, und ich will bei dir sein, ich bin bei dir. Wir drücken die unversperrte Tür eines Hausflurs auf. Sie bleibt offen stehen. In dem Augenblick höre ich, wie in diesem Haus, im ersten Stock, Musik einsetzt. Jemand muß eine Schallplatte aufgelegt haben. Ich meine zu träumen, denn diese Melodie kenne ich. Jemand spielt die Sonate B-dur op. posth. von Franz Schubert. Svatoslav Richter spielt, ich glaube die Aufnahme zu erkennen. Ich schaue Nicole an und sage: Hör zu, die Musik mag ich. Schubert, kennst du die Sonate? Nicole scheint nicht zu begreifen, aber auch sie ist wie verzaubert. Sie ist aufgestanden und hat ihr Gesicht an mir versteckt. Sie hat meinen Mantel aufgeknöpft und versucht, mich näher zu spüren. Ich habe die Türe nicht hinter mir geschlossen. Mit der rechten Schulter halte ich sie offen, unentschlossen und beinahe träumend in diesen Augenblick hinein aufgelöst, glücklich. Jetzt brauche ich nicht mehr zu fragen, keine Angst mehr zu haben. Ich weiß: Nicole liebt mich. Sie ist bei mir.

Da schreit Nicole auf, ihr Körper spannt sich, sie tritt zurück, lehnt sich an die Wand. Die Augen weit aufgerissen. Ihr rechter Arm deutet zur Tür, zu den Schatten, die sich draußen zu bewegen scheinen. Da ist er, ruft sie, hilf mir Franz. Sie sieht Frederik vor sich. Ihre Angst hat sich in ihn verwandelt. Sie wehrt ihn ab. Er dringt auf mich ein. Nicole will mich schützen, sie glaubt, Frederik wolle mich umbringen. Ihre erregte Phantasie läßt sie die Realität vergessen, ihre Traumbilder, ihre Angstbilder sind stärker als meine Gegenwart.

Ich rede auf sie ein, ziehe sie an mich, sie läßt sich nicht beruhigen. Die Türe fällt plötzlich zu. Ein Windstoß muß sie bewegt haben. Nicole glaubt, ihr Verfolger habe sie zugestoßen. Nur schwaches Licht kommt durch ein Oberlichtfenster und über das Treppenhaus in den Eingang. Wir können uns kaum noch sehen. Nicole starrt in das Dunkel. Sie scheint Umrisse zu sehen, sie wehrt wieder ab, sie gibt auf, sie ist überwältigt worden. Der Schrecken hat sie hilflos gemacht.

Ich will ganz für Nicole da sein, will ihr die Angst nehmen, aber wie soll ich diesen Panzer der Bedrohung durchstoßen? Ich bringe Nicole zurück ins Hotel. Wir gehen wieder auf ihr Zimmer. Ich überlege, ob ich versuchen soll, einen Arzt zu erreichen. Nicole will keinen Arzt sehen. Sie setzt sich mit angezogenen Beinen auf das Bett, schweigt, stützt den Kopf auf die Knie.

Frederik ist zurückgekommen, Frederik hat wieder Besitz von Nicole genommen. Er hockt in ihrer Angst. Er ist ihre Angst.

Nicole beginnt zu sprechen, sie redet mit sich, daß ich im Zimmer bin, ist gleichgültig. Ich erfahre ihre Geschichte mit Frederik, werde immer stärker hineingenommen in die mir unverständliche Bindung. Ich sehe, daß Nicole sich von ihm lösen will, aber den Weg nicht findet. Sie kann nicht einfach meine Bereitschaft, ihr zu helfen, in Anspruch nehmen. Sie quält sich und quält mich. Indem sie von Frederik redet, gewinnt er mehr und mehr Einfluß auf ihr ängstliches Reden, auf die Bewegungen ihrer Hände, ihres Körpers. Ich werde berührt von einem Spannungszustand, der sich in immer heftigeren Wellen aufbaut.

Nicole redet von den Schwierigkeiten, die sie seit ihrer Kindheit gehabt hat, wenn sie versucht hatte, vor ihrer Mutter selbstsicher dazustehen. Sie hatte um Sicherheit gebettelt und sie doch nie erhalten. Der Graben, über den man nicht hinübergehen kann, obgleich man sich mit den Händen berühren könnte. Dann jede Begegnung mit Jungen und dann die mit Männern, der Versuch, Selbstbestätigung nachzuholen. Aber wie konnte Frederik ihr die Sicherheit geben? Frederik, der sie gleichzeitig bedrohte, ihr keinen Spielraum ließ? Aber vorher die Angst vor der Vereinsamung, und die sportliche Selbstsicherheit, die Stärke des Mannes dann.

Ich will diese Anklagen, diese Erläuterungen nicht mehr hören. Ich muß die Kreisbewegungen durchhauen. Ich kann Nicole nicht beruhigen. Ich versuche das Gespenst Frederik auszulöschen. Ich schreie Nicole an, sie erschrickt. Ich werfe ihr vor, daß sie sich nicht entscheidet, daß sie nicht handelt. Sie zieht sich zurück. Sie ist hilflos. Ich habe sie an die Wand gedrückt, ich habe ihr den letzten Spielraum genommen.

22. Dezember

Ich würde Frederik nicht vergessen können. Noch nie hatte ich ihn so stark gespürt wie an diesem Abend, als ich mich mit Franz nach dem abendlichen Spaziergang in der Hauseinfahrt unterstellte. Ich war froh, der Unruhe des Tages entkommen zu sein und hätte vor Glück weinen können, als mich Franz in die Arme nahm und wir still in der windgeschützten Ecke standen.

Und dann war Frederik da, im Halbdunkel, so, wie ich ihn in meinem Traum gesehen hatte. Er drang mit dem Messer auf Franz ein, und ich konnte Franz nicht vor ihm schützen. Ich war Frederik ausgeliefert und wußte, daß meine Liebe zu Franz, die ich an diesem Abend ohne Einschränkung angenommen und gestanden hatte, nicht den übermächtigen Schatten zu verdrängen vermochte, der aus meiner Vergangenheit herauswuchs und sich über mich und Franz schob, mich erdrückte und mir, sein Recht fordernd, gegenüberstand. Sein Recht. Ich hatte ihm das Recht über mich gegeben, ich war zu ihm zurückgekehrt und hatte mich ihm damit ausgeliefert. Ich wartete auf ihn, ich wußte, er würde immer hinter mir stehen, mich einholen, wohin ich auch gehen würde. Meine Angst war auch die Traurigkeit darüber, daß ich nichts gegen seine fordernde Gegenwart tun konnte, daß ich zurückfiel in die Depression, die mich einmal beinahe ausgelöscht hatte. Was war das Leben wert, wenn man so wenig vermochte?

Zum Zusammenbruch meiner Hoffnungen kam, daß mich Franz nicht verstehen konnte. Ich sah, wie er sich bemühte, ich machte anfangs den Versuch, ihm mein Verhalten zu erklären, ihm meine Ängste zu schildern. Er hörte zu und verlor dann die Geduld. Seine Stimme und seine Vorwürfe schlugen auf mich ein. Für ihn schienen meine Ängste nur die unbewältigten Betriebspannen zu sein. Er würde sich eine solche Wehleidigkeit nicht gestatten. Franz hatte gelernt, mit seinen Stimmungen umzugehen, sie zu regulieren, ich war meinen Stimmungen ausgeliefert. Zerbrach meine Hoffnung, die in den letzten Tagen gewachsen war, an der Selbstdisziplin dieses Mannes? Warum blieb er draußen, warum war Angst, so wie ich sie empfand, für ihn fremd? Ich konnte ihm meine Gefühle nicht verständlich machen. Wir hatten kaum miteinander gesprochen in diesen wenigen Tagen. Ich hatte nichts über ihn erfahren, ich beschäftigte mich mit ihm und hatte auf eine Zukunft vertraut, die mir jetzt entglitten war.

Aber ich habe gewußt, daß er zu mir gehören sollte. Seine Person war die uneingeschränkte Versprechung auf ein Leben ohne Angst. Ich wußte, daß man vielleicht einmal im Leben die Chance erhält, einem Menschen zu begegnen, bei dem man vom ersten Augenblick an weiß: der ist es. Und dieses Es ist alles, enthält alles, was man sich vorstellen und wünschen kann. Ich hatte in seinem Gesicht diese Versprechung gelesen, ich hatte mich an sie geklammert und mich für einige Tage aus dem Schatten Frederiks lösen können.

Aber ich würde von Frederik nicht loskommen, das wußte ich seit dem nächtlichen Telefongespräch. Er würde immer wieder auftauchen, jetzt besaß er auch meine Träume und konnte in diesen Träumen Franz niederstechen. Frederik war wieder da. Ich liebte den hilflosen Mann, der neben mir in meinem Hotelzimmer saß. Ich hätte ihn bitten wollen, mich einfach hinauszutragen aus meinen Ängsten, aber ich wußte, wenn er die Tür öffnete, stünde hinter ihr Frederik. Ich würde auf Frederik warten müssen. Da, vor mir war das große Loch. Ich spürte die Schmerzen in der linken Schläfe, spürte, wie meine Gedanken im Kreise liefen, aber ich war mir sicher, daß ich in das dunkle Loch hineingehen würde. Ich spürte die leichten Schwankungen des Herzschlags, das feine Ziehen in der Brust. Warten, worauf sollte ich warten? Ich hatte ihn doch am ersten Tag gerufen. Wenn auch er nicht den Schatten des anderen zur Seite drängen konnte, woher sollte ich die Kraft nehmen?

22. Dezember

Die Nacht geht zu Ende. Ich sehe in ihr Nicole abstürzen. Ich empfinde die winzigen Bewegungen weg von mir. Nicole geht in sich zurück. Die Nacht ist undurchdringlich leise um uns. Sie häuft die Pariser Tage auf. Muß ich Nicole in ihre Zeit zurückgeben, in die ich nicht eindringen konnte? Ich liebe Nicole, aber die Eifersucht des anderen, der mich in Nicoles Phantasien umbringen will, wird weiterleben.

Nicole kann sie nicht auslöschen. Ich kann das Leben, das zwischen Nicole und ihm war, nicht ungeschehen machen. Und dieses Leben ist in den letzten Stunden wieder gewachsen. Wird Nicole nicht immer ihm, dem anderen, entgegengehen?

Ich schaue Nicole an. Sie starrt auf den Telefonapparat. Der zweite Anruf kann jeden Augenblick kommen. Nicole hat Angst vor dem Anruf. Ich werde bis zum Morgen mit Nicole warten.

Alle Situationen und Figuren dieses Romans sind frei erfunden. Für die aus dem Marketing und dem Management kommende Terminologie und die im Roman daraus entwickelten Collagen hat der Autor dankbar einschlägige Marketing- und Managementliteratur konsultiert, soweit die eigenen Kenntnisse nicht genügten, u. a. Paul Feldmanns ‚Verkaufstraining', Horst Rückles ‚Sind Sie ein guter Verkäufer?' und Stephen Mores ‚Marketing Management'.